本书系2018年天津市"131"创新型人才培养工程第三层次

茅盾文学奖
获奖作品的传播

郝丹 ◎ 著

中国文联出版社

图书在版编目（CIP）数据

茅盾文学奖获奖作品的传播 / 郝丹著 . -- 北京：
中国文联出版社，2021.11（2023.1 重印）

ISBN 978 - 7 - 5190 - 4710 - 8

Ⅰ.①茅… Ⅱ.①郝… Ⅲ.①长篇小说—大众传播—
研究—中国 Ⅳ.①I207.425

中国版本图书馆 CIP 数据核字（2021）第 230491 号

著　者　郝　丹
责任编辑　刘　旭
责任校对　冀爱芳
装帧设计　人文在线

出版发行　中国文联出版社有限公司
地　　址　北京市朝阳区农展馆南里 10 号　　　　邮编　100125
电　　话　010 - 85923025（发行部）　　　　85923091（总编室）
经　　销　全国新华书店等
印　　刷　三河市华东印刷有限公司

开　　本　710 毫米×1000 毫米　　1/16
印　　张　14.5
字　　数　219 千字
版　　次　2023 年 1 月第 1 版第 2 次印刷
定　　价　75.00 元

序

◎秦艳华

  茅盾文学奖（以下简称"茅奖"）已成为我国最重要的文学奖项，它的设立和评选推动了我国文学的繁荣发展，获奖作品展现了我国改革开放以来长篇小说创作的辉煌成就，这是不言而喻的。不仅如此，茅奖还成为一个引发人们高度关注的学术研究的热点话题，为深化中国当代文学发展的研究提供了一个"学术富矿"。从学术研究的层面而言，我们不能只把茅奖作为一个单纯的文学奖项来对待，它应该是一个多学科交叉的学术考察对象，是一个涉及政治、经济、文化等研究的综合性学术工程：譬如对现实主义文学的张扬，之于文学发展时代性特征的研究；对文学制度深层驱动机制的探寻，之于文学意识形态的研究；对作家生存体验与作品思想性与艺术性相统一的考察，之于当代文学品格生成的研究；对评奖公信力的关注，之于文学生态的研究；等等，均属其中不可或缺的内容。而我于此还要指出的是，对茅奖获奖作品的传播之于当代文学发展的研究，同样也是不容忽视的一个方面，因为它在很大程度上决定着文学的生产方式和接受方式。近年来，有关这方面的研究不断深化，出现了许多优秀成果，它们与其他方面的研究一起，使茅奖研究成为真正意义上的"显学"，在当代文学研究中格外引人注目。

  郝丹博士的《茅盾文学奖获奖作品的传播》，如题所示，就是一本研究茅奖获奖作品传播的学术专著。本书虽然同样是以文学传播的视角观照

< 1 >

茅奖获奖作品，但又有与众不同的特点。据我所知，郝丹在硕士阶段专攻文学，特别对中国当代文学发展史上的诸多文学现象有着自己独到的学术思考。后来她又考上了北京师范大学文学院文学传播研究方向的博士研究生，对传播学进行了系统、精深的钻研。长期攻读、研究文学的学术实践，又加上专攻传播学的研究心得，使得她在文学传播这一研究领域获得了充分的学术自信。她以对文学和传播研究的双重体验，以跨学科研究得更为宽阔的学术视野，对茅奖获奖作品的传播进行了全方位的深入研究，别具只眼地发掘出茅奖获奖作品的生成机理，剖析了茅奖获奖作品的传播学意义。她在本书的"绪论"中直言："茅奖获奖作品的传播对于中国当代文学的发展以及中国人文学品位的塑造都有着重大的意义，本研究之所以选择将茅奖获奖作品的传播作为议题，就是因为茅奖本身所承载的丰富意义已经对获奖作品的传播构成了巨大的挑战，或者从另一个角度说，由于公众对茅奖的定位和认知存在一定的偏见，获奖作品的整体性传播到目前为止还没有达到与茅奖期待值相匹配的程度，所以茅奖本身的价值没有得到有效的、理想的释放。"这是一种学术责任感，这种责任感给作者以自我激励，而其具有的启示意义，也一定能为关注此项议题的研究者所深刻感知。

本书作者认为，茅奖获奖作品"奖前"传播的重要性远高于"奖后"传播。一般认为，一部作品只有获得了茅奖，才会生成传播的意义。但本书作者不同意这样的观点，她认为，如果没有"奖前"传播打下的坚实基础，"奖后"传播的效能就会大打折扣。文学编辑是一部文学作品实现传播的第一环节，对于茅奖获奖作品来说，"奖前"传播在很大程度上有赖于文学编辑的审美眼光和编辑、出版的功能实现。在现代社会，很难想象一部作品未经出版，其文学传播的意义会为社会普遍接受。从这个意义上说，文学编辑对文学作品传播意义的实现，是有着至关重要的决定性作用的。文学编辑的一大职能在于"挑选"，一方面对作品可能存在的阅读需求做出前瞻性判断，另一方面也对文本内容和艺术的价值做出自我的事实性判断，这些判断是由既是个体（编辑）又是群体（出版社）的道德体系

< 2 >

来决定的。也就是说，只有在编辑的审美判断与作品的文学价值达成高度重合的前提下，文学传播才能生成意义。文学编辑在对那些有着茅奖获奖实力的作品的审视中，也许有遗珠之憾，但我们有理由相信文学编辑、文学出版对中国当代文学的繁荣发展做出了应有的贡献。在这里我要说的是，"文学"具有文化的、商品的双重属性，离开任何一个属性来谈文学，是不可能诠释文学的全部意义的，这当然也包括文学传播。

在本书中，作者发挥自身熟稔传播学理论的优势，引入了"把关人""门区""象征资本"等传播学概念。我觉得考察茅奖获奖作品的传播，传播学理论是必然要涉及的。如果说，作者认同传播学奠基人、美国著名心理学家库尔特·勒温提出的，信息在群体当中传播时会途经一些设有关卡的渠道，这个关卡就是"门区"，在"门区"中执行把关任务的人就是"守门人"／"把关人"，只有那些符合"门区"标准或者说符合"守门人"的价值评判标准的信息才能够顺利地通过，而由此分别把文学编辑、文学批评、文学评奖当成第一、第二、第三"门区"，很好地诠释了茅奖获奖作品"奖前"传播的内在机理的话，那么，作者还引入"象征资本"这一传播学概念，对茅奖获奖作品的"奖后"传播做出了合理的解释。作者认为：文学奖项本身是一种"象征资本"，它是基于荣誉和声望的累积而形成的一种符号资本，由于这种资本通常与金融资本、人力资本等具有显性经济价值的资本类型相区分，所以它也被布迪厄称为"被否认的资本"。象征资本附着于任何一样具有交换价值的人或物上，都会成为"品牌"，而图书就是具有交换价值的物，所以附着于获奖作品之上的"茅盾文学奖"就是一个品牌。品牌化既有利于推动获奖作品的"奖后"传播，也有助于促进象征资本的累积。作者花费大量篇幅对茅奖获奖作品的影视改编、翻译出版，以及纸质媒体、网络媒体以及基于互联网讨论而形成的大众舆论是如何进一步推动了这些作品的传播，都一一给出了有说服力的解释。

本书的出版，将会使我们对茅奖及其获奖作品传播的意义有更为深刻的理解。在本书的"结语"中，作者表述了这样的认识："事实上，茅奖

< 3 >

评选对各种因素的兼顾在某种程度上体现的是它的包容性，这个'包容性'让茅奖获奖作品整体上拥有了另外一种价值，那就是读者可以通过阅读获奖作品更好地了解中国，即了解中国当代现实主义长篇小说创作中的艺术突破和文化坚守，了解中国社会所经历的复杂而漫长的发展过程，了解中国人内心深处渴望构筑的精神家园，这也是扩大获奖作品传播、提升茅奖传播影响力的题中之义。"由此可见一位青年学者进行这项学术研究的良苦用心，也可以看作是对中国当代文学发展的深深期许。

最后我要说的是，这本书揭示了一个真实存在的文学传播事实，从其对茅奖研究的贡献上看，不仅开辟了新的视角，而且拓宽和加深了对茅奖获奖作品传播的规律性认识，调动了人们进一步探究的学术欲望。也正因如此，我不仅期望作者在取得重要突破和收获的同时，继续努力，拓展出更大的学术空间，也期望更多的研究者能在文学传播这一领域贡献自己的学术才华，因为"酒香也怕巷子深"。

2020 年 2 月 10 日

< 4 >

目 录
Contents

< 3 >

绪 论

一、有意味的茅盾文学奖

1981 年，中国作家协会（以下简称"中国作协"）根据茅盾先生的遗愿设立了茅盾文学奖（以下简称"茅奖"），以鼓励国内优秀长篇小说的创作。首届茅奖将参选作品的出版时间限定在 1977 年至 1981 年，评选由茅奖评选委员会完成，评委会主任为著名作家巴金，奖金来自茅盾先生临终前捐赠的 25 万元稿费。茅奖最初规定每三年评选一次，但后来因各种条件的制约未能保持；从第五届开始，中国作协将评奖的时间间隔改为四年，这一规定一直贯彻到现在。茅盾文学奖至今已评选过十届，获奖作品共计 48 部（包括第三届获"荣誉奖"的 2 部作品），是国内最长寿的文学评奖之一。

茅盾文学奖是 1978 年中国共产党第十一届中央委员会第三次全体会议（以下简称"十一届三中全会"）以后国内设立的第一个专门针对中国当代长篇小说的文学奖项。由于茅奖是由著名作家茅盾的临终之愿促成的，且被冠以"茅盾"之名，所以该奖项的设立本身就有肯定茅盾毕生文学创作业绩的意味，而茅盾为中国文学做出的最大贡献就体现在他的现实主义创作实践和理论探索上。著名无产阶级革命家王若飞曾指出，茅盾"为中国的新文艺探索出一条现实主义的道路"①，他的《子夜》《霜叶红于二月

---

① 王若飞. 中国文化界的光荣，中国知识分子的光荣 [N]. 解放日报，1945-07-09.

< 1 >

花》《虹》《林家铺子》《腐蚀》和《蚀》三部曲以及"农村三部曲"等都是中国现代文学史不能绕过的现实主义经典之作。在现实主义的理论探索方面，茅盾最重视的是现实主义在中国的"落地生根"问题。从发生学的角度来看，茅盾的现实主义理论来源主要有三个，一是以左拉为代表的法国自然主义，二是茅盾所称的"新浪漫主义"（以罗曼·罗兰为代表），三是俄国的批判现实主义。茅盾指出，"新文学的写实主义于材料上最注意精密严肃，描写一定要忠实"①。茅盾从自然主义那里先是汲取了客观地为现实生活"画像"的主张，即文学创作要尊重客观事物的本来面目，这其实就和现实主义追求"客观真实"的理念相契合。另外，由于自然主义强调以生物学的视角来观察和分析人类社会，所以它表现出了一定的科学性倾向，这个"科学性"虽然实质上不甚科学，但却充分体现出自然主义倡导者以"实地观察"和"科学分析"来达成"求真"效果的态度，这种态度对茅盾的现实主义理论探索产生了很大的影响。当然，茅盾也及时地看到了自然主义的缺陷，除了在客观再现人类社会方面过分崇拜生物学思维之外，自然主义总是在呈现社会的黑暗面和人性的缺陷，这就意味着以自然主义为主要创作手法的文学作品容易带给人失落和绝望的情绪。为了弥补这种精神引导上的不足，茅盾把"新浪漫主义"的"理想化"一面纳入了他的现实主义理论体系当中，这样现实主义就被加上了"引导民众迈向光明"的注脚。不过茅盾对"新浪漫主义"的理解是有偏差的，因为他想要的这个"理想化"基本上只体现在罗曼·罗兰的创作当中，而所谓的"新浪漫主义"其实还涉及很多作家，比如罗伯特·路易斯·史蒂文森和莫里斯·梅特林克等。俄国现实主义文学为茅盾的现实主义文学观注入的一股关键力量是强烈的社会批判性。在茅盾看来，"凡是一种新思想，一方面固然要有哲学上的根据，一方面定须借文学的力量，就是在现实人

---

① 沈雁冰.什么是文学——我对于现文坛的感想［A］.张若英编.中国新文学运动史料［M］.
上海：光明书局，1934：312.

< 2 >

生里找寻出可批评的事来，开始攻击，然后这新思想能够'普遍宣传'"①，这一观点与其所提倡的"为人生而艺术"是高度契合的。在加入"左翼文学"阵营后，茅盾对现实主义创作有了更明确的定位。"'无产阶级'艺术理论的提出和革命现实主义文学观的形成"是"茅盾从政治思想上对俄国文学的超越"，"这种超越集中到一点，就是以马克思主义的阶级论取代了抽象的人性论，以'阶级的人生'区别了普泛的人生"。②

　　茅盾推崇现实主义创作自然不等于茅盾文学奖的评选一定要专门面向现实主义长篇小说。但综观十届评奖，获奖作品确实都以现实主义为主要创作手法，且我们在很多获奖作品当中都能够发现茅盾现实主义小说创作的遗风。首先，很多茅奖获奖作品都和茅盾的小说作品一样密切关注着中国社会的风云变幻和处于时代转折点当中的个人，且具有鲜明的史诗风格。茅盾致力于"大规模地描写中国社会"③，他的小说集结在一起"为我们提供了一部 20 世纪上半时段中国社会的编年史"④。像《霜叶红于二月花》就写了隶属于民族资产阶级阵营的王伯申与隶属于封建地主阶级阵营的赵守义在五四运动爆发之前的复杂斗争，小说还向读者呈现了这一时期年轻一代的蜕变，比如钱良材作为地主一直在尝试着改良，张婉卿勇敢地向旧式女性的身份告别等；《蚀》三部曲聚焦第一次国内战争前后中国人的生存状态和心理状态，《幻灭》中的静女士、《动摇》中的方罗兰，以及《追求》中的张曼青、王仲昭等人都是时代苦闷的承载者，他们经历了从希望之巅走向失望之谷的巨大落差冲击，他们是被历史残忍屠害并默默掩埋的一代人。在茅奖获奖作品中，除了《李自成》《金瓯缺》《张居正》等传统历史小说以及《东方》《战争和人》《历史的天空》等革命历史小说明显地融通了茅盾宏大而具有史诗风采的社会历史叙事外，《白鹿原》

① 茅盾.对于系统的经济的介绍西洋文学的意见［A］.茅盾选集（第五卷）［M］.成都：四川文艺出版社，1985：14.
② 翟耀.茅盾的文学思想与俄国批判现实主义文学［J］.文史哲，1992（1）：65-66.
③ 茅盾.子夜·后记［A］.茅盾全集（第三卷）［M］.北京：人民文学出版社，1984：553.
④ 钱理群，温儒敏，吴福辉.中国现代文学三十年（修订本）［M］.北京：北京大学出版社，1998：173.

< 3 >

《平凡的世界》《穆斯林的葬礼》《长恨歌》《尘埃落定》《茶人三部曲》《无字》《秦腔》《额尔古纳河右岸》《你在高原》《人世间》等也都是兼容社会宏阔和历史跨度的现实主义作品。其次，很多茅奖获奖作品都具有社会批判意识，像《将军吟》《许茂和他的女儿们》《芙蓉镇》和《冬天里的春天》都是反思"文化大革命"期间的作品，《抉择》直面了社会主义建设过程中存在的贪污腐败问题，《蛙》勇敢地对"计划生育"政策进行了辩证而深刻的思考，这些批判现实的创作实践与茅盾小说创作中所反映出的现实批判精神是契合的。茅盾的《子夜》就书写了 20 世纪 30 年代民族资产阶级代表吴荪甫在半殖民地半封建社会当中同买办资产阶级之间进行了怎样的殊死搏斗，农民、知识分子、普通市民阶层经历了怎样的生活衰败历程，爱国主义和民族意识如何在动荡不堪的社会环境之中生成。这部小说不仅披露和声讨了买办资产阶级勾结帝国主义侵略势力和国民党反动势力大发国难财的无耻行为，而且揭示了民族资产阶级在改造中国社会过程中摆脱不掉的局限性和软弱性。再次，茅奖获奖作品与茅盾的创作都具有一定的政治倾向性。茅盾在加入左翼作家联盟之后其作品反映出的服务于无产阶级革命的意图已然非常清晰，像《虹》对应的是从五四运动到五卅运动这个时间段，小说呈现了女性知识分子梅行素如何在启蒙思想和马克思主义的共同引导下艰难地投身到革命的洪流之中，作品"强调了历史前进取决于先进'集团'的领导"[①]，这个"先进集团"就是中国共产党；《腐蚀》是茅盾创作于抗战相持阶段的作品，小说虽然写的是国民党特务的生活，但实际上是想通过揭露蒋介石残酷的特务统治制度来确认只有中国共产党才能领导中国人民取得抗战的胜利。而在茅奖获奖作品当中也有相当一部分带有比较浓烈的政治色彩，这些作品具有较强的服务于社会主义意识形态建设的倾向，像《沉重的翅膀》《骚动之秋》《英雄时代》等关注的就是铁腕人物在社会主义改革中的尝试、突破与局限，《东方》《浴血罗霄》《历史的天空》《暗算》等关注的是革命战争年代英雄人物为

---

① 陈建华."青年成长"与现代"史诗"小说——茅盾《虹》简论 [A]. 王中忱，钱振纲主编. 茅盾研究（第 11 辑）[C]. 新加坡：新加坡文艺协会，2012：340.

< 4 >

中国的解放事业做出怎样的贡献。综上可见，茅盾文学奖确实使其最终的评选结果对"茅盾"这个名字以及它背后蕴含的现实主义创作传统得到了贯彻。

"茅盾"的名号让茅盾文学奖有了面向现实主义创作的一层意味，但实际上早在茅奖设立之前，针对短篇小说、中篇小说、新诗和报告文学的评奖活动就已经开启，因此长篇小说评奖即便不被冠以"茅盾"之名，也必然会在这一阶段出现。新时期之初设立的几个文学评奖面向着国家主流意识形态所期待的实现"四个现代化"建设的目标，具有鲜明的"国奖"性质。另外，由于中国作家协会是"中国共产党领导的中国各民族作家自愿结合的专业性人民团体，是党和政府联系广大作家、文学工作者的桥梁和纽带，是繁荣文学事业、加强社会主义精神文明建设的重要社会力量"，"是一个独立的、中央一级的全国性人民团体"①，所以在公众眼中，主办方的性质也决定了茅奖的"国家性"文学评奖性质。公众把茅奖看作"国奖"或"政治性"评奖也与茅奖评选标准中特别强调的"思想性"或曰"思想内涵"有很大关系。2015年3月15日，中国作家网发布了由中国作家协会书记处负责解释和修订的最新版的《茅盾文学奖评奖条例》，该条例明确给出的评奖标准是："茅盾文学奖评奖坚持思想性与艺术性统一的原则。获奖作品应有深刻丰富的思想内涵，有利于坚定文化自信，展现中国精神。对于深刻反映时代变革、现实生活和人民主体地位，书写中华民族伟大复兴中国梦的作品，尤应予以关注。注重作品的艺术价值，鼓励题材、主题、风格的多样化，鼓励探索和创新，鼓励具有中国风格、中国气派，满足人民精神文化生活新期待的作品。"② 从茅奖评选标准中不难看出，茅盾文学奖并不是一个仅仅面向文学作品艺术品位的文学评奖，它要考察的是作品的思想内涵和艺术品位融合在一起的综合水平，这个"思想

① 详见中国作家网"机构"项中的"中国作家协会简介"，http://www.chinawriter.com.cn/zxjg/.
② 中国作家协会书记处. 茅盾文学奖评奖条例（2019年3月11日修订）[EB/OL]. 中国作家网，http://www.chinawriter.com.cn/n1/2019/0315/c403937-30976984.html，2019-03-15.

< 5 >

内涵"带有明显的服务于中国特色的社会主义意识形态建设的意味，而这个"艺术品位"也特别关注"中国精神""中国风格"和"中国气派"。茅奖如此强调"中国""中华民族"和"人民"，其实也已明确呈现出了自己的奖项定位。

从官方的角度来说，一方面茅盾文学奖是为服务社会主义文化建设而创设的，它是文学奖励制度的一个具体体现，而文学的奖励制度和国家的文艺政策、出版制度、管理制度和报酬制度等一起构成了中国的文学制度体系，这个体系是一个具有强制性的文学规范体系；另一方面，虽然在一些文化精英和普通读者看来，茅盾文学奖的意识形态色彩偏重，前几届的评选中涉及政治权力干预，但官方对这个奖项的定位却不是偏政治性的。官方的定位与文化精英、大众读者的认知存在差异，茅奖引发争议也就在所难免。最初的几届评选比较明显地表现出了茅奖服务社会主义文学规范体系建设的意图，像《第二个太阳》《都市风流》《骚动之秋》《抉择》《英雄时代》等几部作品经由三名以上评委联合提名而直接进入终评并获奖，茅奖评委会要求张洁对《沉重的翅膀》进行修改，要求陈忠实对《白鹿原》进行修改，而后才把荣誉授予这两部作品等。另外，文化精英和大众读者对茅奖评选的公正性以及一些作品的艺术品质提出了质疑，像在第八届评奖引入评委实名制投票和"大评委制"后，有一些人就认为茅盾文学奖是"主席文学奖"，入围的各省作家协会主席、副主席或者会员等背景过硬，而持相反态度者则指出不应将"作协主席"妖魔化，因为他们的作品确实在当今文坛中具有较高水准。此外，网络文学入围茅奖也遭到了一些人的非议，在他们看来，茅奖允许网络文学入围不过是做做样子、摆摆姿态罢了，评奖结果已经证明网络文学并没有真正被茅奖接纳。虽然大众对茅奖评选提出了质疑，但实际上我们应该看到，茅奖一直都有为文学史"树典"、为公众做有价值的阅读引导的强烈意愿，虽然兼顾思想性和艺术性这样的评选标准给茅奖的评选带来了很大的难度，但它还是为中国人选出了像《白鹿原》《尘埃落定》《长恨歌》《额尔古纳河右岸》《江南三部曲》《繁花》《人世间》这样兼具思想性和艺术性的高峰之作。

< 6 >

茅奖评选在一定程度上体现了文学制度的强制性，而这种强制性与其评选标准中所设定的"思想性"是相辅相成的。文学制度以其强制性对文学的价值判断取向做出反应，也就是说这个价值判断从一开始就是有意识的、有目的的，其判断标准是被规范过的。文学评奖作为文学奖励制度的重要组成部分，有它自身的目的性，它的标准也是被订制的。调控国家的文学标准是官方举办文学评奖活动的目的之一——茅奖为长篇小说的评选制定了一套非常系统的评选标准，只有作家的创作遵守了这套标准才有可能获奖。现实主义创作手法经常被公众认定为是一种带有政治性意味的创作手法，这与茅奖按照自己制定的标准选出的作品多是现实主义作品有很大关系，而是否使用现实主义手法现已成为茅奖判断参选作品政治方向是否正确的一个重要的尺度。此外，对作家来说，获得茅奖不仅意味着获得奖金和证书，还意味着作家社会地位的提升，比如刘玉民在《骚动之秋》获奖后当选济南市作家协会主席和山东省文联副主席，王安忆在《长恨歌》获奖后当选上海市作家协会主席，麦家在《暗算》获奖后当选浙江省作家协会主席，张平在《抉择》获奖后不仅当选山西省作家协会主席，还在2008年当选山西省副省长。茅盾文学奖给获奖作家带来的丰厚"财富"不可避免地影响到了一些作家的创作，即如果作家在创作长篇小说时有意识地将茅奖评选的思想标准和艺术标准综合考虑进来，那么这些小说将从整体上向茅盾文学奖靠拢，这样官方就实现了其通过文学评奖来度量国家文学创作中好作品标准的目的。

茅盾文学奖评选还有一层意义在于它体现了中国人对民族自身文学标准的坚持和维护态度。虽然从文学接受的层面来看，中国人更喜欢阅读言情、武侠、科幻、推理、玄幻等各类通俗小说，但像《平凡的世界》《穆斯林的葬礼》《白鹿原》《长恨歌》《蛙》《尘埃落定》《秦腔》《推拿》这几部茅奖获奖作品也都是广受读者欢迎的畅销书、常销书，这意味着在严肃文学内部，读者仍旧对中国现实主义文学作品抱有较高的阅读热情。事实上，对于中国的许多普通老百姓来说，文学作品中的语言文字只是讲故事的工具，小说的语言越是简单直白，情节设计越是清晰紧凑、跌宕起

< 7 >

伏，他们就越喜欢阅读，而西方的那些抽象难懂的现代主义作品以及充斥着强烈而深刻的社会批判精神的现实主义作品并不符合他们的阅读趣味和阅读习惯。中国读者对传统现实主义创作的推崇自然也影响到了作家的创作实践，像"先锋文学"虽在 20 世纪 80 年代盛极一时，但那些先锋阵营中的作家在经历了实验性写作的狂飙突进后又用了近三十年的时间回归到现实主义的创作道路上，这一方面是因为"先锋文学"自身有其难以克服的艺术发展局限性，另一方面则是因为绝大多数普通读者对"先锋文学"中那些西方的现代主义元素无法抱有长久的兴趣。从这个意义上说，先锋作家的创作转型也是中国人以自己的阅读选择来守护民族自身文学传统的结果，格非和苏童会获得茅盾文学奖已然证明了这种坚持和维护的有效性。

二、茅盾文学奖获奖作品传播面临的挑战

茅盾文学奖本身所承载的丰富意义给获奖作品的传播带来了巨大的挑战。首先，官方以兼顾思想性和艺术性来定位茅盾文学奖，把这一奖项视为反映中国当代长篇小说最高艺术成就的一面镜子，但这个"思想性"和"艺术性"的标准既不是完全由专业的批评家和学者决定的，也不是由大众读者决定的，它是由茅盾文学奖评委会决定的。三十多年来，茅奖一直在调整它的评委会人员构成，最初担任茅奖评委的是在国家的文艺建设方面掌握主导权的一些人，他们大多供职于中国作家协会的领导层，在第一届茅奖的 15 个评委中有 12 个是中国作协的主席团成员，在第二届茅奖的 19 个评委中有 8 个是中国作协主席团成员。从第三届开始，评奖主办方主动打破了"主席团"独大的局面，将更多非主席团成员纳入评委会的队伍当中，而这些非主席团成员有的来自中国文学艺术界联合会，有的来自中国社会科学院文学研究所和中国作协创研部，有的来自《人民日报》《文艺报》《文学评论》等"大报大刊"，有的来自人民文学出版社（以下简称"人文社"）、作家出版社、解放军文艺出版社等大型出版单位。在第五届评委会成员中出现了两位高校任职教师，即北京大学中文系教授严家

炎和马振方，高校任职教师进入评委会体现了茅盾文学奖追求学术品质、提升艺术标准的意愿。第五届评奖之后，高校教师和科研院所研究员在评委会中的人数占比逐渐扩大，到了第八届、第九届和第十届评奖，这个比例已经超过了 1/3，而另外约 2/3 的评委主要来自中国作家协会主席团、各省市作家协会主席团以及国内的知名文艺报刊等。茅奖通过调整评委会人员构成彰显了自身的多元取向，增强了评奖的专业性和学术性。但不可否认的是，茅奖对已设定的评奖标准的坚持以及茅奖评委们的身份还是对评奖结果产生了一定的影响，即抛开思想意义和文学史价值不论，获奖作品的艺术品质良莠不齐。在这种情况下，茅奖获奖作品的整体性传播就受到了影响。另外，一些获奖作品无论是内容还是表现手法都不够"好看"，也会造成大众阅读抵触心理的产生。阅读的抵触心理衍生出的一个更为严峻的问题是，一些人对茅奖的固化认知在日积月累中已经变成一种偏见，这种偏见时至今日不再简单地体现为拒读获奖作品，而是演变为完全脱离阅读而直接否定获奖作品以及对茅奖评选结果进行批判。大众传媒对茅盾文学奖传播形象的负面塑造又加深了大众的认知偏见，这样舆论导向的偏移就为茅奖获奖作品的传播制造了障碍。

其次，当前"茅盾文学奖"作为一个文化品牌还没有充分释放出其自身应有的带动价值。《平凡的世界》《穆斯林的葬礼》《白鹿原》《尘埃落定》《长恨歌》等获奖作品能够获得传播上的成功，既得益于它们自身的艺术魅力和"奖前"的传播基础，也与它们较好地融入了茅奖的品牌化出版营销体系当中有关。而像《将军吟》《第二个太阳》《浴血罗霄》等在"奖前"就滞销的获奖作品，在获奖后也没有什么巨大的命运改变，它们在更多时候只是作为中文系学生需要阅读的"专业书目"而存在。从整体上看，茅奖的评选能够给获奖作品带来销量上的提升，但这种提升既是短时的，也是微小的。"短时"指的是茅奖获奖作品的销量提升主要集中在获奖名单公布后的几个月内，"微小"指的是茅奖获奖作品的整体销量在获奖名单公布后提升幅度并不很大。法国的龚古尔文学奖（Le Prix Gon-court，以下简称"龚古尔奖"）每年评选一次，每次评选出一部法语小说

< 9 >

作品，可以说几乎每一部龚古尔奖获奖作品在获奖后都会成为法国的顶级畅销书，像1984年的获奖作品《情人》"本来售出25万册，获奖后销量就上升到100万册"①，2006年的获奖作品《善心女神》就卖出了超过50万册②，而2016年的获奖作品《甜蜜的歌》在获奖之前就已经是冠军畅销书，在获奖后它"起码能再卖出45万册，甚至更多"③。此外，一些龚古尔奖获奖小说还成了具有世界性影响力的经典作品，比如马塞尔·普鲁斯特的《在少女们身旁》（《追忆似水年华》的第二卷）、西蒙娜·德·波伏娃的《名士风流》、帕特里克·莫迪亚诺的《暗店街》和玛格丽特·杜拉斯的《情人》等。英国的曼布克文学奖（Man Booker Prize，以下简称"布克奖"）也是一年选一次，通常每届选一部英语小说作品④，奖项的销量拉动力亦非常惊人，像2014年的获奖小说《通往北方深处的窄路》（理查德·弗拉纳根）"在英国的销量达30万册，全球销量将近80万册"，而"希拉里·曼特尔的获奖小说《狼厅》和《提堂》的英国版销量共超过100万册"⑤。布克奖也向世界文学市场输送了许多经典之作，有的还被改编成电影并获得国际大奖，比如扬·马特尔的《少年Pi的奇幻漂流》、迈克尔·翁达杰的《英国病人》，以及托马斯·肯尼利的《辛德勒的名单》等。同样是国家级文学评奖，茅奖的评奖周期还比龚古尔奖和布克奖的评奖周期要长很多，但选出来的作品却没有收获理想的传播效果，据《中国青年报》报道，萧克的《浴血罗霄》2013年一年仅售出6本，2014年也只卖出108本，而《战争和人》《将军吟》《历史的天空》等作品也都销

---

① 蓝梵. 韦耶尔冈爆冷折桂龚古尔奖 [N]. 东方早报，2005-11-06.

② 王晟. 奖金仅10欧元的龚古尔奖为何权威 [EB/OL]. 腾讯网，http://cul.qq.com/a/20150905/004104.htm，2015-09-05.

③ 王晟. 女作家蕾拉·斯利马尼因《甜蜜的歌》获2016年龚古尔奖 [EB/OL]. 腾讯网，http://cul.qq.com/a/20161104/007385.htm？t=1478226748713，2016-11-04.

④ 1974年，南丁·戈迪默的《自然资源保护论者》和斯丹利·米德尔顿的《假日》同时获奖；1992年，迈克尔·翁达杰的《英国病人》（又名《英伦情人》）和巴里·昂斯沃斯的《神圣的渴望》同时获奖。

⑤ 陈诗怀. 英国布克奖到底是一个什么样的奖？[EB/OL]. 澎湃新闻，http://www.thepaper.cn/newsDetail_forward_1384719，2015-10-14.

< 10 >

量惨淡①。诚然，在茅奖获奖作品当中既有像《平凡的世界》《穆斯林的葬礼》《白鹿原》《尘埃落定》这样累计销量破百万的常销作品，也有《蛙》《繁花》《推拿》《秦腔》《暗算》这样曾盘踞国内图书销售榜单前几名的畅销作品，但与中国庞大的人口基数相比，它们的销量还是有相当大的增长空间。茅奖自然不以选畅销书为根本目的，但它若想要达到引领公众阅读的目的，就要提升自身在国内和国际的传播带动力。

最后，茅盾文学奖获奖作品的传播要面临的最大挑战是中国人本身缺乏阅读文学作品的日常习惯，而且中国人的文学阅读更多地集中在了对通俗文学作品的阅读上。对于相当大一部分的中国人来说，阅读文学作品并不是他们的主要消遣娱乐方式，比起看小说、读散文，他们更喜欢把闲暇时间放在刷手机视频、玩网络游戏、逛街购物、聚餐聊天、看电视、打麻将或是睡懒觉上。据第十六次全国国民阅读调查数据显示，"2018 年我国成年国民综合阅读率为 80.8%"，"人均纸质图书阅读量为 4.67 本"，"人均阅读电子书 3.32 本"；而"我国成年国民网上活动行为中，以阅读新闻、社交和观看视频为主，娱乐化和碎片化特征明显，深度图书阅读行为的占比偏低"②。而据 2016 年公布的第十三次全国国民阅读调查结果显示，手机阅读接触群体"最喜欢的电子书类型是'都市言情'，其后是'文学经典''历史军事''武侠仙侠''玄幻奇幻'等"③。这些数据表明，目前，无论是纸质书还是电子书，中国成年国民的人均阅读量都有待进一步提高，而像言情、历史、武侠、玄幻这类通俗文学作品综合起来在电子书读者群当中的受欢迎程度要比严肃文学经典的受欢迎程度高。不过要特别指出的是，虽然中国国民对文学阅读的兴趣度不高，严肃文学也不及通俗文学那样受欢迎，但是在当代作家创作的严肃文学作品内部，茅奖获奖作品已经算是传播度和影响力都比较高的一类了。出现这种情况的原因主要

---

① 林蔚. 茅奖作品销量两重天 [N]. 中国青年报，2015-09-25 (12).
② 刘彬. 数字化阅读方式的接触率为 76.2%，纸质阅读率增长放缓 [N]. 光明日报，2019-04-19 (09).
③ 杜宇，刘彬. 第十三次全国国民阅读调查结果公布 [N]. 光明日报，2016-04-19 (09).

< 11 >

有三：一是自明清开始中国人就对长篇小说产生了浓厚的阅读兴趣，也就是说中国人有阅读长篇小说的传统，而茅奖作为目前国内最具影响力的长篇小说评奖，其获奖作品的受关注度自然要高一些；二是茅盾文学奖经过三十多年的积淀已经成为一个文化品牌，尽管在推动作品销量提升方面这个文化品牌的力量还有待进一步增强，但是它仍旧帮助获奖作品超越了许多在图书市场上单打独斗的非获奖作品；三是无论常销获奖作品在茅奖这个荣誉当中借力多少，它们的广泛传播都大大促进了茅盾文学奖知名度的提升，进而也带动了其他非畅销获奖作品的知名度的提升。

茅奖获奖作品的传播对于中国当代文学的发展以及中国人文学品位的塑造都有着重大的意义，本研究之所以选择将茅奖获奖作品的传播作为议题，就是因为茅奖本身所承载的丰富意义已经对获奖作品的传播构成了巨大的挑战，或者从另一个角度说，由于公众对茅奖的定位和认知存在一定的偏见，获奖作品的整体性传播到目前为止还没有达到与茅奖期待值相匹配的程度，所以茅奖本身的价值没有得到有效的、理想的释放。"传播"是一个过程，它是"人与人之间、人与社会之间，通过有意义的符号进行信息传递、信息接收或信息反馈活动的总称"①。文学作品的传播是一个动态的、复杂的过程，从作家把自己创作的作品交到文学编辑手中起，文学作品就开始了它的传播之路，而作品完成一次完整传播的标志就是普通读者对作品进行了阅读。从纵向来看，茅奖获奖作品的传播比一般文学作品的传播要更复杂一些，因为这些作品在成为获奖作品之前就已经历了一个传播阶段，而在斩获荣誉之后它们的传播又进入了一个新的阶段。不过，这两个阶段不是非此即彼、孤立存在的，也不是一定能被划分出来的，一方面常销获奖作品的"奖前"传播已经为其"奖后"传播打下了坚实的基础；另一方面，有些作品虽然获得了茅奖，但读者在阅读它们的时候仍然不知道它们是获奖作品，在这种情况下，茅奖本身并没有对获奖作品的传播产生新的意义。从横向来看，茅奖获奖作品的传播问题又不单单面向获奖作品本身，它还涉及改编自茅奖获奖作品的其他艺术形式作品的传播、

---

① 董璐. 传播学核心理论与概念 [M]. 北京：北京大学出版社，2008：1.

< 12 >

茅奖评奖信息的传播、获奖作品评价信息的传播以及与茅奖相关的互动话题的传播等，更为重要的是，改编作品、评奖信息、作品评价和话题讨论这些因素都会对茅奖获奖作品的传播产生影响。因此，研究茅奖获奖作品的传播既要有纵向的把握，也要有横向的视野。

< 13 >

第一章　传播基础："把关人"的
　　　　前期抑制与疏导

　　茅盾文学奖获奖作品的传播不论是在"奖前"还是"奖后"，都是面向社会大众的传播。文学作品本身就是信息，作家是信息的原初制造者和传播源头，广大读者是信息的最终接收者，也就是受众。由于大众传播特别强调社会组织对大众传播媒介的利用，所以在大众传播的场域之中，文学作品是不可能直接由作家传递给读者的，它们必须经过专业工作人员的筛选或过滤才能与读者见面，才能慢慢地在受众群中传播开来，这些专业的工作人员实际上就是"把关人"（Gatekeeper）。"把关人"的概念最早由传播学奠基人、美国著名心理学家库尔特·勒温提出，他认为信息在群体当中传播时会途经一些设有关卡的渠道，这个关卡就是"门区"（Gate Area），在"门区"中执行把关任务的人就是"守门人"／"把关人"，只有那些符合"门区"标准或者说符合"守门人"的价值评判标准的信息才能够顺利地通过。"把关人"可以是个人，也可以是团体或机构，其主要职能就是对信息进行收集、筛选、加工、处理和传播。美国学者大卫·怀特以"输入信息→门区→输出信息"这样一个"把关人模式"对勒温的观点做了深化，这一模式已经充分体现出"把关行为"对信息的抑制作用，因为一些信息通过"门区"也就意味着另外一些信息被阻隔在了门外。而实际上，在抑制的同时"把关人"也完成了对信息的疏导，因为对受众来说，那些能够通过重重把关而来到他们面前的信息一定具有较高的接受价值。

< 14 >

就文学作品的传播来说，作家如果想让大众读者看到自己创作的文学作品，就需要让作品获得进入大众传播场域的机会，文学编辑就是这个机会的提供者。但获得机会也不意味着能够实现广泛传播，因此，文学批评会对“入场”作品进行二度筛选，那些被批评家们重点品评甚至极力推荐的作品将会获得更多读者的关注。文学评奖为文学作品的传播设置了第三层“门区”，被该“门区”排除在外的作品并不会丧失持续传播的机会，只不过那些通过“门区”的作品偶尔会从“获奖作品”这样一个身份中获得传播动力。

第一节　文学出版：文学编辑的
职业性“守门”行为

对文学作品来说，文学编辑是最明确的“把关人”。美国传播学者T. C. 弗伦施指出：“图书编辑扮演的角色类似于报纸的地方新闻编辑，在出版过程的各个阶段包括写作、编辑、印刷和发行中同作者进行协商。”[①]编辑选择依赖于他们的编辑原则，而编辑原则即编辑从事具体工作时所要遵循的准则。编辑原则大体上包括客观原则、公正原则、独立原则和创新原则等。不同类型的编辑所要遵循的具体编辑原则也有所不同，且编辑原则是会随着时间的推移而发生变化的。由于文学编辑的工作重点在为文学作品进行艺术把关上，所以文学编辑在遵循客观、公正、独立和创新这四大宏观原则的基础上，还有专门针对文学作品的筛选、加工和宣传推广等方面所要秉持的审美艺术层面的编辑原则。就茅奖获奖作品而言，有相当一部分都是文学编辑眼中典型的“获奖潜力股”，一些编辑在组稿或选稿之初就有面向文学评奖的意图。当然，这种意图并不对作品的筛选起决定性作用，绝大多数文学编辑还是坚持以作品的艺术品质作为最终的衡量标

---

① ［美］休梅克. 大众传媒把关 Gatekeeping：中文注释版 ［M］. 张咏华注释. 上海：上海交通大学出版社，2007：4.

< 15 >

准。此外，由于文学编辑的审美编辑原则会受到政治环境因素、经济环境因素和文化环境因素的影响，所以诞生于不同时段的茅奖获奖作品在最初进入读者视野之前也有着不尽相同的命运。

一、新时期初社会主义艺术真实观的倡导①

1978 年十一届三中全会以后，面向"四个现代化"的文艺领域建设出现了许多新气象，单在文学评奖方面就有全国优秀短篇小说奖、全国优秀中篇小说奖、全国优秀报告文学奖、全国优秀新诗奖以及专门针对长篇小说而设立的茅盾文学奖。文学出版在新时期也恢复了活力，因此，茅盾文学奖的评选与长篇小说的出版是相辅相成的。人民文学出版社作为文学出版界的"老大哥"一直都有出版茅盾文学奖获奖作品的传统。在前两届获奖的 9 部作品中，有 6 部作品是由人民文学出版社最先出版的：这一方面是由于 20 世纪 70 年代末、80 年代初中国的出版事业还处于刚刚起步的阶段，文学作品不仅在出版平台上选择甚少，而且还要经过国家相关部门的严格审查；另一方面则是因为茅奖获奖作品中有相当一部分最早是刊发在《当代》杂志上的，而《当代》杂志就是由人民文学出版社编辑出版的。除了人民文学出版社，中国青年出版社（以下简称"中青社"）和北京出版社在这一时段也特别重视长篇小说的出版。1978 年，中青社负责人李庚在同北京出版社编辑田耕谈长篇小说出版时就指出，"长篇小说的读者面很广，写得好，可以做到雅俗共赏。一个出版社如能出几部出色的长篇小说，对创牌子很有帮助"，而北京出版社虽然在第一届茅奖中"一无所获"，但评委们对该社出版的"《星星草》和《黄河东流去》（上），均给予了相当高的评价，并表示《黄河东流去》只出版了上部，将来下部面世后，不影响参加下一届评奖"②。后来，第二届茅奖果然就没有让《黄河东流去》错过荣誉。

---

① 这部分以《文学评奖与文学编辑的"艺术真实观"——从前三届茅盾文学奖获奖作品的出版谈起》为题发表在《出版科学》2017 年第 4 期上。

② 田耕. 掘井十年方见水——我们是怎样抓长篇小说出版的 [J]. 出版史料, 2004 (4): 8.

< 16 >

　　在新环境中创设起来的文学评奖为文学作品的创作和筛选提供了新的艺术标准，而作为文学"把关人"的文学编辑自然会"顺势而行"，努力将符合时代需求和读者阅读需求的作品选推出来。因此，文学编辑的社会主义"艺术真实观"在其组稿、选稿、改稿、审稿和发稿的整个过程中起到了决定性的作用。回望 20 世纪 70 年代末以及整个 80 年代发表和出版的茅奖获奖作品，尽管从艺术手法上看也有浪漫主义元素和现代主义元素的融入，但是现实主义仍在作家的创作中占据了主要位置。在国家性文学评奖的驱动下，许多编辑对文学作品的审读和筛选也都集中在了现实主义作品上。应该说，新时期之初现实主义长篇小说创作在一定程度上承袭了"十七年"的社会现实主义传统。早在 20 世纪 50 年代，著名编辑家秦兆阳就指出："现实主义文学必须首先有一个标准，那就是当它反映客观现实的时候，它所达到的艺术性和真实性，以及在此基础上所表现的思想性的高度。"① 文学编辑重视现实主义长篇小说，就是因为它们所蕴含的艺术性、真实性和思想性有助于改善社会风气，能够服务于新时期的社会主义文艺建设。正是基于这一点，社会主义的艺术真实成了编辑们极力倡导的编辑原则。当然，这里的"艺术真实"是一种客观艺术真实，强调作品对现实生活或历史事件的客观反映，与主观艺术真实强调的情感真实相区别。

　　新时期初期，真实地反映民族历史和社会生活是文学编辑对现实主义长篇小说作品提出的基本要求，因此，小说的题材直接决定了作品能否被有效地支撑起来并有机会获得编辑们的青睐。"生活的真实"和"历史的真实"并不等同于复制或者还原生活和历史，它们是以现实生活或历史事件为基础进行的符合客观逻辑的艺术虚构。"'真实的效果'是文学虚构产生的一种极其特殊的信仰，这种信仰是通过拒绝指向被意指的真实而产生的，而这种意指允许人们在拒绝了解真实情况的同时了解一切。"② 韦君宜

---

① 何直（秦兆阳）. 现实主义——广阔的道路 [J]. 人民文学，1956（9）：1.
② [法] 皮埃尔·布尔迪厄. 序言 作为福楼拜的分析家的福楼拜 [A]. 艺术的法则——文学场的生成与结构（新修订本）[M]. 刘晖译. 北京：中央编译出版社，2011：30.

< 17 >

就指出，"选稿的首要标准，是有生活的，具有真实性的作品"①，而"艺术的真实和生活的真实不是完全一样的。怎样把张三和李四的特点捏合在一起，统一在一个人身上，而这个人看起来又是一个真实的人，就要在这方面下功夫。所以艺术又不能不虚构，但这种虚构决不同于造假，造假是根本没有那样的生活根据，虚构是你在生活中并没有看到过这样一件真实的事，但这样的事是完全可能发生的。有真实的生活的基础，才能进行虚构"②。事实上，无论是生活的真实，还是历史的真实，新时期之初文学编辑对题材的考虑都主要表现为以下三点：一是稿件的题材是否具有时代意义，比如像《将军吟》《许茂和他的女儿们》《沉重的翅膀》《钟鼓楼》《都市风流》和《穆斯林的葬礼》这类作品就十分贴合读者所处的时代环境，必然会引起编辑的注意；二是作者在处理素材的过程中是否遵循了基本的生活实际或史实，比如姚雪垠在写作《李自成》时翻阅了大量的史料，而其第一卷的责任编辑、第二卷的协助编辑江晓天也对作品所涉及的历史事件、人物甚至语言进行了严格的把关；三是作品在表现相同题材时是否具有独特的艺术风格和思想深度。

秦兆阳认为作家创作想要实现艺术的真实，"一是要站稳人民的立场，二是要不断丰富生活的经验、不断加深生活的体验"③。在新时期初期的社会主义文艺建设当中，人民的立场是文学作品的一个重要立足点，对当代的省思则是文学作品的最终旨归，这些与茅盾文学奖对爱国主义、集体主义和社会主义的强调与倡导都是相通的。《将军吟》《芙蓉镇》《钟鼓楼》在单行本出版发行之前，都在《当代》杂志上刊发过。从1979年初到1994年10月，秦兆阳一直任《当代》的主编，他强调"刊物要突出时代性、现实性、群众性和多样性"，要通过发表的作品"启发读者的思想，宣泄读者的情感，提高读者的判断能力，激励读者的生活意志，能引导读

---

① 韦君宜.我们的选稿标准 [A].老编辑手记 [M].成都：四川人民出版社，1985：12.

② 韦君宜.从编辑角度谈创作 [J].民族文学，1983（1）：82.

③ 达流.从人和社会的关系把握文艺——访秦兆阳先生 [J].湖北社会科学，1992（1）：33.

< 18 >

者积极向上"①。而"作者自己必须真心实意地跟人民结合在一起,必须走真诚的、真实的、先进的人生实践之路,然后才可能把自己真实的人生与自己作品真实的生命融为一体"②。正是从"人民的立场"和"启发读者的思想"出发,始终非常推崇现实主义创作的秦兆阳才会将《冬天里的春天》这样一部融合了意识流、蒙太奇、象征等现代主义创作手法的作品带到广大读者的面前,因为这部作品确实是其时民之所需,它"与社会生活中清除"左"祸长期肆虐所造成的诸多弊端和恶果的过程相呼应,并配合当时蓬勃发展的思想解放运动的需要"③。秦兆阳对文学作品的选择充分体现了他作为一名优秀的文学编辑家的艺术气度和社会责任感。

最初几届的茅奖得主既有已成名的老作家,也有无人知晓的文学新人,他们的作品有的在内容上和思想上涉及敏感话题,有的在艺术表现手法上具有新奇而危险的魅力,而对文学编辑来说,在作品没有刊发、出版和获奖之前,这些实际上都是极大的考验。应该说,在甄别和打造有潜力的文学作品以及践行社会主义"艺术真实观"方面,文学编辑的眼光、魄力和韧性都是至关重要的。"眼光"主要体现在编辑对新作家和新作品的挖掘上。1980年,《芙蓉镇》的作者古华还是一个名不见经传的基层创作员,他在中国作家协会主办的文学讲习所学习期间创作了《芙蓉镇》的草稿(原稿名为《遥远的山镇》),当他把这份草稿交给人民文学出版社编辑刘炜时,实际上只写了四分之三,且小说中的主要人物王秋赦还没有出现。但即便是在这种情况下,编辑还是从中看到了作品的"反思"光辉以及在人物塑造和结构设计上的新意。刘炜在看过书稿后把它拿给分管广东和广西的编辑彭沁阳,彭编辑也对书稿给予了肯定。这样,两个编辑就将支持意见和书稿交给了当时人民文学出版社小说南组的副组长、复审龙世辉,龙世辉读过书稿后也非常惊喜,古华由此获得了在京完善和修改小说

---

① 朱盛昌. 秦兆阳编当代 [J]. 当代,2014(3):212.

② 秦兆阳. "真实"杂谈——一九八四年八月在文学讲习所讲课的记录 [A]. 文学探路集 [M]. 北京:人民文学出版社,1984:356.

③ 何西来.《冬天里的春天》和李国文的小说创作 [J]. 当代作家评论,1998(4):23.

< 19 >

的机会。20 世纪 80 年代初，北京出版社文艺编辑室编辑邢福源在阅读自投稿的过程中发现了文学新人凌力的《星星草》，他认为作者的文笔不错，就把稿件拿给编辑室主任刘文，刘文看过后也对作品赞赏有加。在编辑和作者的协作打磨下，《星星草》顺利出版并获得了关注与好评。遗憾的是，在《星星草》出版之时，首届茅盾文学奖的评选已经进入尾声。《星星草》以后，凌力计划写一部历史长篇巨著《康熙大帝》，就是在准备材料的过程中她萌生了写作《少年天子》的念头，而这部作品的责任编辑就是刘文。

编辑除了要有过人的眼光，还要有惊人的魄力和韧性。应该说，编辑江晓天为《李自成》（第二卷）的出版立下了汗马功劳：一方面在书稿本身的修改完善上，江晓天和作者姚雪垠常常写信沟通，即便是在政治斗争为书稿的修改带来巨大压力之时，江晓天也始终同姚雪垠一道坚守作品的艺术品质；另一方面在书稿的出版遇到严重阻碍时，在取得上级的出版支持后，江晓天又帮助中青社重获《李自成》（第二卷）的出版权（原本已规定由人民文学出版社出版），"一本书救活一个出版社"的说法也由此传开。此外，《黄河东流去》的作者李準在写完上部之后，一直忙于为谢晋导演编写剧本，为了能够赶上第二届茅盾文学奖的评选，原北京十月文艺出版社（以下简称"十月文艺"）总编辑田耕和编辑刘文、吴光华一同拜访李準，在编辑们诚恳的坚持之下，作者才及时完成了作品的下部。

二、"新潮小说"包围下的现实主义坚守

在"文化大革命"结束的最初七八年里，中国当代文学一直以扎实的现实主义姿态阔步前行，在这一阶段当中，"伤痕文学""反思文学""改革文学"和传统历史小说以及革命历史小说的创作大多是以客观再现现实生活或历史事件为基础的。但是到了 20 世纪 80 年代中期，"新潮小说"的出现打破了现实主义"一统天下"的局面。"新潮小说的出现最初是对西方现代派作品技巧的剥离和移置。这主要指以王蒙为代表的'东方意识流'作品和'寻根派'作品，及至 1984 年、1985 年开始出现从内容到形

< 20 >

式都体现出先锋性、现代性的作品。如徐星、刘索拉的作品；残雪的创作使新潮小说的现代性趋向纯粹。马原使新潮小说愈益形式化，叙述方式成为小说主体。'马原后'的新潮小说各有路数，大抵回归到故事。"① 新潮小说的勃兴与 80 年代中期开始的出版改革关系密切。1986 年，国务院颁布了《国务院关于进一步推动横向经济联合若干问题的规定》②。1988 年，中宣部、出版总署又出台了《关于当前出版社改革的若干意见》和《关于当前图书发行体制改革的若干意见》③。在这些政策性文件的推动下，1988 年花城出版社、长江文艺出版社、安徽文艺出版社等 11 家地方文艺出版社共同组成了地方文艺出版社联合发行集团④，紧接着在 1989 年，江苏省、浙江省、安徽省、福建省、江西省、山东省和上海市又联合成立了“华东省级新华书店发行集团”，虽然这一阶段成立的这些“出版联合体”还比较松散，没有资本上和行政上的系统关系，但呼唤出版单位整合协作的声音已经越来越大。从行业发展来看，出版联合体形式的建立不仅帮助地方出版社提升了自身的综合竞争实力，也均衡了中国出版业的产业结构。出版平台的大幅度扩展以及各出版平台实力的飞速提升，大大增强了文学出版的自由度和开放度，而为了从日渐激烈的竞争中杀将出来并博得更多读者的关注，许多出版社都开始在文学作品的选择上求变求新，新潮小说也就由此成为该时段的宠儿。

在出版“新潮小说”上走在最前面的是作家出版社。1985 年，作家出版社计划为一些风格独特的文学新人出版他们的第一本书，该计划被命名为《新星文学丛书》（1985—1997 年）。目前文坛上许多知名的作家和作品都是经这套丛书为读者所知晓的，比如刘索拉和她的《你别无选择》、

---

① 汪新生. 奥林匹斯山的黄昏——新潮小说座谈会纪要 [J]. 湖北社会科学，1989（5）：78.
② 国务院关于进一步推动横向经济联合若干问题的规定 [J]. 中国经济体制改革，1986（4）：57.
③ 中央宣传部、新闻出版总署关于印发出版社改革、图书发行体制改革的意见的通知——1988 年 5 月 10 日·中宣发文（1998）7 号·（88）新出办字 422 号 [EB/OL]. 中国图书出版网，http：//www.bkpcn.com/Web/ArticleShow.aspx？artid=010018&cateid=A120201，2003-06-10.
④ 邹晓东. 跨过出版集团的成长路径和特征及其对中国出版业的启示 [J]. 四川大学学报（哲学社会科学版），2003（3）：35.

< 21 >

阿城和他的《棋王》、莫言和他的《透明的红萝卜》、马原和他的《冈底斯的诱惑》、洪峰和他的《瀚海》、残雪和她的《天堂里的对话》、刘震云和他的《塔铺》、池莉和她的《烦恼人生》、迟子建和她的《北极村童话》、阿来和他的《旧年的血迹》、徐星和他的《无主题变奏》、格非和他的《迷舟》、余华和他的《十八岁出门远行》以及毕淑敏和她的《昆仑殇》等。其实在《新星文学丛书》之前，北京十月文艺出版社就以《希望文学丛书》对 20 世纪 80 年代的青年作家做了关注，但由于这套丛书所收录的作品的先锋性和实验性远没有《新星文学丛书》那样强烈，所以影响力也相对较小。1986 年，上海文艺出版社出版了《探索小说集》，这部小说集收录了刘索拉的《你别无选择》、王安忆的《小鲍庄》、韩少功的《爸爸爸》、莫言的《透明的红萝卜》、扎西达娃的《西藏：系在皮绳扣上的魂》、马原的《折纸鹞的三种方法》和残雪的《山上的小屋》等颇具"新潮"意味的小说名篇。如潮涌般兴起的新潮小说虽然给文学编辑带来了新的阅读体验，刺激了新的文稿筛选标准的产生，但同时也让他们迎来了新的考验，即如何在花样翻新的小说创作实践中坚守住自己积淀已久的审美经验，如何在现代主义气息浓重的文学作品的包围下抓住现实主义文学的经典。

应该说，文学编辑钟爱具有创新精神和独立品格的作品是出于一种职业本能，因而当他们突然发现在卷帙浩繁的现实主义作品外还有新奇的新潮小说时，他们的或激动不已、高度推崇，或不知所措、盲目跟风，都是可以理解的。且不可否认的是，新潮小说当中确有相当一部分，不仅具有极强的艺术开创力和较高的美学价值，还拥有不可小觑的影响中国当代文学走向的文学史价值。当然，当代文学生态健康的维系很大程度上要依靠文学编辑的清醒和坚定，如果所有编辑都陷在"新蜜罐"中不能自拔，都忘却了"旧酒缸"里的甘酿，那文学艺术的丰富性和平衡性就会荡然无存了。1987 年，时任《北京日报》文艺部《广场》副刊编辑的赵尊党就明确指出："凡是脚踏实地、尊重事实、正确反映现实的作品和文章，总是有生命力的；而那种赶时髦，追浪头的作品和文章，经不住客观实际的检

< 22 >

验，总是短命的。"① 1988 年，《当代》杂志编辑章仲锷在分析其文学编辑的工作时也指出，受"气候"（即新潮小说的井喷式发力）的影响，1987年一年"刊物都比较平"，"有时要违心地发一些东西"，1988 年开始情况有所转变，现实主义有了复苏的趋势，"情节淡化、人物淡化的作品不像原来那么兴旺"，这种复苏同时也是"一种社会性的回归"，即"作品的社会批判性"开始回归②。由此可见，很多文学编辑在新潮小说来袭之时还是有意识地坚守着现实主义的编辑原则。刘心武的《钟鼓楼》最初发表在《当代》1984 年的第 5 期和第 6 期上，1985 年单行本由人民文学出版社出版，小说的责任编辑就是章仲锷。由于在《钟鼓楼》之前章仲锷已编辑过刘心武的《立体交叉桥》《如意》和《嘉陵江流进血管》等中篇作品，所以他对作家的艺术风格比较熟悉。在章仲锷看来，"《钟鼓楼》特别突出的是它的历史感和'清明上河图'般的生活画面，它的'京味'又非全盘北京口语方言的语言特点，以及它写当代北京市民生活的时代感"③。其实章仲锷一直都保持着对现实主义作品的高度关注，除《钟鼓楼》外，他参与编辑过的《沉重的翅膀》《第二个太阳》《跋涉者》和《新星》等都是当代文学中非常著名的现实主义作品。章仲锷的编辑实践也体现出文学编辑在审美层面的编辑原则具有一贯性，这种"一贯性"并不等同于一成不变，也不与艺术革新相矛盾，它主要体现为编辑会习惯性地关注某种类型的作品或某种创作方法的应用和创新。和章仲锷一样关注现实主义创作的编辑还有很多，单就担任过茅奖获奖作品的编辑来说，许显卿参与过《东方》和《第二个太阳》的编辑工作，杨柳参与过《沉重的翅膀》《第二个太阳》《东藏记》和《天行者》的编辑工作，于砚章参与过《战争和人》和《骚动之秋》的编辑工作，汪逸芳参与过《都市风流》和《茶人三部曲》的编辑工作，脚印参与过《尘埃落定》《历史的天空》和《暗算》的编辑工作，张懿翎参与过《秦腔》和《黄雀记》的编辑工作，曹元勇参与

---

① 赵尊党．"赶时髦"与脚踏实地——读稿随记之十 [J]．新闻与写作，1987 (2)：29.

② 赵玫．文学编辑谈文学 [J]．文学自由谈，1988 (3)：10-11.

③ 章仲锷．我编《钟鼓楼》[J]．出版工作，1986 (3)：31.

< 23 >

过《蛙》和《江南三部曲》的编辑工作，张亚丽参与过《湖光山色》《你在高原》《生命册》以及《江南三部曲》中的《山河入梦》的编辑工作。

《平凡的世界》第一部的出版过程是最能证明新潮小说对传统现实主义作品的冲击的。路遥在完成"第一部"后就把文稿交给了当时人民文学出版社的青年编辑周昌义，令人意想不到的是周昌义很快就给出了"退稿"的审稿结论，他的理由是作品啰唆，让人读不下去，故事没有悬念。这种判定其实就反映出部分文学编辑审美标准的时代局限性，在路遥坚持"不能轻易地被一种文学风潮席卷而去"①之时，他的作品却没有办法不受到潮流的压制。据周昌义回忆，"1986年春天，伤痕文学过去了，正流行反思文学、寻根文学，正流行现代主义"，"当时的中国人饥饿了多少年，眼睛都是绿的"，因此读小说"不仅要读情感，还要读新思想、新观念、新形式、新手法"，"那些所谓意识流中篇，连标点符号都懒得打"，但人们"那时候读着就是很来劲"，而这也正是导致他"铸成大错"的原因②。给"第一部"的出版带来命运转折的是中国文联出版社的青年编辑李金玉，李金玉认为《平凡的世界》是一部不可多得的好作品，尽管当时她的这种判断也受到了一些人的质疑，但她始终坚持自己的想法并最终说服了出版社。1986年，《平凡的世界》的第一部由中国文联出版社正式出版发行，包括精装和简装两个版本。出版于1988年的《浴血罗霄》是一部"写了50年才出版的长篇小说"③，据小说的责任编辑董保存的回忆，为了修改作品，他作为责编的第一个任务就是和小说的作者萧克将军到革命老区去深入了解抗战时期的历史，收集更多可靠的资料，而这样做的目的就是确保作品对战争和历史的呈现具有较高的真实度，这里也就看出，作为编辑董保存对现实主义的创作手法是非常尊重和推崇的。文学编辑在新潮小说的席卷中坚守现实主义的编辑原则可能是出于对文学作品艺术品质的清醒且客观的判断，也可能是出于对传统现实主义创作手法的固执而盲目

① 路遥.早晨从中午开始[M].西安：西北大学出版社，1992：42.
② 周昌义.记得当年毁路遥[J].文艺理论与批评，2007（6）：50.
③ 董保存.一部写了50年的长篇小说[J].新闻出版交流，1996（1）：38.

< 24 >

的偏爱,然无论是哪一种原因,都有效地预防了传统的现实主义作品在 20 世纪 80 年代中后期的缺席,从这个意义上说,文学编辑在平衡文学生态上所发挥的作用是不可替代的。

三、市场经济环境下文学多样性需求的满足

1984 年 10 月 20 日,中国共产党第十二届中央委员会第三次全体会议一致通过了《中共中央关于经济体制改革的决定》,其中一项重要内容就是"建立自觉运用价值规律的计划体制,发展社会主义商品经济"①。这就是说,在 20 世纪 80 年代中期,我国已经开始明确地对计划体制进行改革,并将发展社会主义商品经济提上国家建设的日程。发展商品经济的思路直接推动的是生产、分配、交换和消费的商品化。1992 年 10 月 12 日,江泽民在中国共产党第十四次全国代表大会上做了题为《加快改革开放和现代化建设步伐 夺取有中国特色社会主义事业的更大胜利》的报告,报告明确提出"我国经济体制改革的目标是建立社会主义市场经济体制"。在市场经济的大潮中,出版业又有了新的发展转向:自 1996 年新闻出版总署批准成立《广州日报》报业集团开始,"公司制"改造便拉开帷幕;而 1999 年 2 月上海世纪出版集团的成立以及 1999 年 12 月广东省出版集团的成立则标志着出版集团正式进入国家试点阶段。出版单位的企业化和出版企业的集团化促进了出版业的"做大蛋糕"和"分好蛋糕"。一般认为,商品经济发展到高级阶段就是市场经济,或者说,市场经济是商品经济发展的成熟状态。市场经济体制的建立大大促进了人们物质生活水平的提升,物质需求逐渐得到满足后,人们开始关注的是自身的精神需求。文学作品是人的精神的产物,文学生产是一种精神生产,政策的落实、经济的高速发展以及人们精神需求的增长让文学商品化的趋势日益明显起来。20 世纪 90 年代文学商品化最为突出的表现之一就是"作家下海",像张贤亮就在宁夏创办了"镇北堡西部影视城",谌容和家人共同办起了"快乐影视中心",王朔和朋友一起创立了"好梦影视公司",而据作家莫言回忆,他

---

① 中共中央关于经济体制改革的决定 [M]. 北京:人民出版社,1984:15.

< 25 >

"当时就没禁得住诱惑，也'下海'了，还创下了写电视剧的天价，1992年是一集一万五，惊喜是不可言喻的。但当看到那时'陕军'的作品后，就觉得自己干的是小事，人家成大事了"①。除了"作家下海"，90年代言情、武侠、演义等通俗文学在文化市场中占据了主导的位置，这就对严肃文学形成了极大的冲击。在这种形势下，作为文学作品"把关人"的文学编辑就又要面临全新的考验，他们一方面要坚守艺术品质的阵地，另一方面还得充分考虑市场，而优秀的文学编辑就是"不仅要在选题、选稿上具有独特的审美眼光，还要了解出版单位或企业的经营目标以及广大读者的需求"②。

人民文学出版社在进入20世纪90年代以后仍然延续着重视现实主义作品的传统，当然在商品经济浪潮扑面而来之际，人民文学出版社也敏锐地意识到满足读者口味和迎合市场需求的重要性。《白鹿原》就是一部兼具艺术价值、文化价值、社会价值和商业价值的经典作品，它的发表和出版应该说是中国当代文学编辑史上的一座闪耀的里程碑，因此《当代》杂志和人文社确是功不可没。《白鹿原》的发现首先得益于编辑和作家之间的深厚友谊，1992年，时任《当代》杂志常务副主编的何启治已经和《白鹿原》的作者陈忠实相识近20年，陈忠实之所以把自己的心血之作《白鹿原》交给《当代》和人文社就是因为80年代中期当他还执着于中篇小说的创作时，何启治就看到了他的才能和潜力，并和他约定第一部长篇小说要交给人民文学出版社来出版。当然，对于作品的审读陈忠实也有自己的担心，毕竟在90年代初中国还没有出现过像《白鹿原》这样的文学作品。所以在给何启治寄去的信中，陈忠实表示希望来取看稿件的编辑能有比较新的文学观念③，于是何启治就派编辑高贤均和洪清波赴西安取稿。

---

① 宋宇晟.莫言谈"下海"经历：时代大潮中作家要有定力 [EB/OL].中国新闻网，http://www.chinanews.com/cul/2013/09-01/5230405.shtml，2013-09-01.

② 郝丹.大数据时代文学出版的审美维度 [J].华北电力大学学报（社会科学版），2016（1）：113.

③ 陈忠实.何谓益友——我的责任编辑何启治 [A].凭什么活着 [M].长春：时代文艺出版社，2007：54.

< 26 >

　　当然，《白鹿原》能够获得编辑们的青睐并顺利发表和出版，最根本的原因还是小说的质量过硬。洪清波在给小说的初审意见（1992 年 4 月 18 日）中就指出，《白鹿原》"最突出的优点是，所描写的生活非常扎实"，它是"比较冷静的现实主义，很少渲染夸张"，"可读性较强，内容丰富，认识深刻"①。何启治在终审意见（1992 年 6 月 30 日）中也高度评价了这部小说，他认为《白鹿原》"是一部扎实、丰富，既有可读性又有历史深度的长篇小说，是既有认识价值也有审美价值的好作品"，作品不仅"体现了比较实事求是的历史观、革命观"，还"通过活生生的艺术形象和生动、形象的生活画面"表现了这种历史观和革命观，小说"通过白、鹿两个家族、两代人的复杂纠葛反映国民革命到解放这一时期西安平原的中国农村面貌，也是准确而有深度的"②。从审稿意见中不难看出，两位编辑看重《白鹿原》一方面是因为它是一部不可多得的现实主义力作，另一方面则是因为他们都认识到这部小说具有非常强的可读性，这也就意味着作品有获得广大读者关注和喜爱的市场潜力。

　　《白鹿原》一经发表就受到了读者的热捧，其单行本更是在很短的时间内就成了畅销书，出版社由此看到了市场的巨大力量。然而大约在同一时段，"《废都》被禁"事件又让编辑们感受到了作用在市场之外的"调控力"。1993 年下半年，在北京出版社推出贾平凹的《废都》后不久，作品就因"格调低下，夹杂色情描写"而被查禁，出版社方面所付出的代价除了缴付 100 万元的罚款外，还有小说的责任编辑田珍颖提前退休。《白鹿原》和《废都》以后，编辑们便基本掌握了市场的取向和出版的尺度，进入 20 世纪 90 年代中后期，作品的艺术品质、读者的兴趣和出版审查的标准等共同影响了文学编辑对稿件的选择。杨葵在出版界是一个比较著名的"实验者"，1993 年他给《长恨歌》做责任编辑时才 25 岁，据他回忆，他反复阅读《长恨歌》读出的是"一个'痛'字"③，正是作品中强大的"痛感"以及这"痛感"之后的"虚空"打动了他。除了王安忆，杨葵也

①② 何启治.《白鹿原》档案 [J]. 出版史料，2002（3）：20.
③ 王平平. 责任编辑眼中的茅盾文学奖得主 [N]. 江南时报，2000-11-16（8）.

< 27 >

给贾平凹、阿城、冰心等文学名家做过责编；此外，他还编辑过出身网络的作家安妮宝贝的《二三事》，以及因《奋斗》火遍大江南北的石康的《晃晃悠悠》，知名戏剧导演孟京辉的《先锋戏剧档案》和影视作品改编"专业户"海岩的《一场风花雪月的事》等；而实际上，2000 年的超级畅销书《哈佛女孩刘亦婷》也是由杨葵一手策划和编辑的。可见，杨葵对读者需求一直有着非常敏锐的判断。读者的情感共鸣不断被激发，眼界不断被拓宽，他们对文学多样性的需求就更强烈了，像《尘埃落定》这样从前鲜受关注的少数民族题材作品之所以能够成为畅销书，就是因为它满足了读者的文化需求。1994 年，作家阿来的好友、人民文学出版社编辑脚印一读到《尘埃落定》就被"它无处不在的诗意，出人意表的情节，超凡脱俗的想象"① 打动了，于是她把小说推荐给了《当代》杂志的周昌义和洪清波两位编辑。周昌义在看到稿件之前就有顾虑，一是作家是少数民族，写的是少数民族的生活，怕稿件会出现少数民族问题；二是阿来是诗人出身，诗人不一定熟悉小说的叙述。而在看过稿件之后周昌义又有了新的顾虑，即《尘埃落定》是少有的既有灵气又好读的美文，他和洪清波都觉得作品更适合发在重美文的《收获》上，如果发在重分量的《当代》则无法估计读者的反应②。这里其实就看出文学杂志的编辑在选稿的过程中既会分析作品的艺术品质，也会考虑读者的兴趣点和杂志本身的定位。虽然《尘埃落定》没能在《当代》发表，但它还是得到了出版社方面的充分肯定。1998 年小说的单行本由人民文学出版社率先出版，也就是在这一年人民文学出版社成立了专门服务于图书市场营销的宣传策划室。为了把《尘埃落定》做成一流的作品，人文社首次尝试全方位策划营销一部纯文学作品，具体包括写策划书，开新闻发布会，利用电视、广播、报纸进行大规模的立体宣传，支持区域代理和全国同时发货，监测每日销售量，等等③。

---

① 脚印. 从《尘埃落定》到《空山》[J]. 长篇小说选刊，2005（3）：53.

② 周昌义. 《尘埃落定》误会——听老编辑说事（四）[J]. 星火，2009（3）：122-125.

③ 脚印. 阿来与《尘埃落定》[N]. 人民日报海外版，2000-11-15（9）.

< 28 >

功夫不负有心人,《尘埃落定》在上市当年就拿下了 20 万册的销量①,成为 90 年代末不可多得的纯文学畅销书。

《白鹿原》《长恨歌》和《尘埃落定》的畅销无疑证明了现实主义文学在新的经济体制环境下仍然占据着举足轻重的地位。当然,这些作品在艺术上也对传统的现实主义做了突破,它们"既凸现了现实的深层意义,又在更加宽广的背景上将记忆与现实、传统与现代、情感与哲思混合成一个矛盾的复合体,在审美建构上达到了整体象征的效果"②。进入 21 世纪,精神消费已经成为中国人日常消费的重要组成部分,消费者对于精神产品的需求也更加多元化,因此,传统的文学作品实际上就受到了电视剧、电影、互联网娱乐等新兴的大众文化产物的冲击。而在文学领域内部,纯文学的写作也被以娱乐和消遣为旨归的大众文学围剿,这样,在兼顾市场和艺术品质上,文学编辑的"把关"可谓难度空前。一个更为严峻的问题是,由于市场需求在作品的编辑出版中占据了主导位置,所以文学作品的出版门槛越来越低,文学编辑的阅读引导作用也就不断被削弱。从最近三届的茅奖获奖作品来看,《暗算》《蛙》《推拿》和《繁花》的知名度都很高,但这四部作品的走俏都有着特别的机缘,《暗算》和《推拿》更多借力于影视作品改编,《蛙》更多借力于莫言获得诺贝尔文学奖,《繁花》则更多借力于可以进行实时互动的互联网平台。当然,今时今日仍然有很多文学编辑坚持着自己的编辑原则,不为市场和利润所动,否则也不会有《秦腔》《额尔古纳河右岸》《江南三部曲》《人世间》这样的高品质文学作品问世了。

文学编辑能够在市场和利润的侵袭下坚守自己的艺术审美标准其实也与政府和出版社对高品质文学作品出版的大力支持有很大的关系。这种支持具体来说体现在两个方面,一个是提供专项出版基金,一个是奖励优秀出版成果。近几年上海在这方面所进行的实践是最具代表意义的。"上海出版界坚守文艺创作的精神立场,把培育文艺精品当作一项长期事业,通

---

① 阿来,顾珍妮. 多次被退稿 上市当年销售 20 万册 [N]. 辽沈晚报,2013-04-19(C11).
② 张江,雷达,白烨,黄发有,叶梅. 现实主义魅力何在 [N]. 人民日报,2016-04-29(024).

< 29 >

过资金支持、平台搭建和编辑、作者、作品的多重鼓励推介机制，为全民阅读和书香社会持续提供更多有筋骨、有道德、有温度的时代书写。"① 在这种坚守之下，上海出版界也取得了非常突出的成绩，像第九届茅奖获奖作品《繁花》和《江南三部曲》的初版本就是由上海文艺出版社出版的，《黄雀记》和《繁花》最初也是发表在了上海的著名纯文学杂志《收获》上。与茅奖向网络文学敞开大门相契合，上海市新闻出版总局联合阅文集团为网络小说创作提供了上百万元的扶持基金，旨在鼓励网络上的草根作家能够创作出具有较高艺术品质的现实主义作品。出版社奖励与政府支持形成了某种呼应，上海世纪出版集团就及时地奖励了旗下出版社贡献的优秀出版成果，比如在 2016 年年初，该集团为出版了《江南三部曲》和《繁花》的上海文艺出版社颁发了集团嘉奖令。广东省也非常重视对重点图书项目实行资金支持，像南方出版传媒股份有限公司每年都会"拨出近千万元专项经费补贴学术原创、文艺精品图书出版"②。在资金的支持下广东省出版界也收获了骄人的成绩，像获得第九届茅奖的《这边风景》就是由广东省出版集团旗下的花城出版社出版的。实际上，资金支持和出版授奖不单单是守护了文学编辑的艺术眼光，也从整体上降低了文学作品的出版成本，提升了作家的稿酬待遇，这对于出版社出版具有较高艺术品质的文学作品是具有极大的推动作用的。

第二节　文学批评：意见领袖的评价与引导功能

文学编辑在对文学作品进行把关时有权对作品进行修改加工，这也是他们的职责所在。而一旦作品正式出版发行，进入大众阅读市场，文学编辑的把关工作就终止了，至于说对已发行的作品进行修订或再版，那又是新一轮传播把关才会考虑的问题。文学作品虽然获得了与大众读者见面的

① 黄启哲. 贡献更多有筋骨有道德有温度的时代写作 [N]. 文汇报，2015-10-15（1）.
② 陈龙. 王蒙《这边风景》获奖 [N]. 南方日报，2015-08-17（A01）.

< 30 >

机会，但并不是所有作品都能够吸引广大读者的目光，对于普通读者而言，他们的阅读是需要被引导的。读者群体当中最具专业眼光的应该说是文学批评家，文学批评家在文学作品的整个传播过程中扮演的是“意见领袖（Opinion Leaders）”的角色，意见领袖在发挥其把关职能时具有更大的社会影响力。“意见领袖”的概念最初是由美国著名传播学专家拉扎斯菲尔德（Paul Lagarsfeld）提出来的，他认为意见领袖通常是在信息传播过程中对信息进行过滤并为他人接收信息提供意见和建议的“活跃分子”，他们不仅是特定领域中的专业人士，而且拥有较多的信息获取渠道和接触大众传播媒介的机会。文学批评家“能从那些尚未被公众认清其意义、把握其价值的新作品中发现代表未来艺术发展方向的东西”，他们的“批评方式和批评结果将会经过社会化的媒介传递，在公众之间和社会范围内产生影响，它将作用于一般读者的艺术感知方式和艺术理解方式，甚至会改变读者的艺术眼光和审美趣味”①。

文学批评家发挥引导功能的基础是他们的专业素养得到社会公众的信任。想要得到信任，“文学批评家首先得是普通读者”②，这个“普通”与“专业素养”并不矛盾，它强调的是批评家在阅读作品的过程中要有一颗平常心，要注重自己的直接阅读感受，不要刻意为了学术性或专业性而生搬硬拽某些理论，或从阅读伊始就把作品当作解读社会的工具。在做一个普通读者、充分尊重自己的阅读体会的基础上，批评家想要获得读者的信任就需要将自己丰厚的学养储备同独立的思辨精神结合起来，以确保文学批评的专业性和公正性。此外，文学批评不仅能够为作家创作的完善提供意见和建议，还能够“促成文学创作者和阅读者思想的深刻交流和激烈撞击”③，从这个意义上说，文学批评家又是作家和读者间的桥梁和纽带。虽然文学批评家关注的作品不尽相同，对同一部作品的看法也有差异，品鉴作品时所立足的视角以及使用的方法与理论也总是千差万别，但是他们有

① 凌晨光 . 文学批评家的行为准则 [J]. 山东大学学报（哲学社会科学版），1997（1）：40.
② 张莉 . 文学批评家首先是普通读者 [N]. 辽宁日报，2016-06-06（007）.
③ 王飞 . 文学批评家的责任 [J]. 文学理论与批评，2008（4）：96.

< 31 >

着一些共同秉持的批评标准，甚至可以说他们是在用自己的批评实践守护着这些标准。批评家对茅奖获奖作品所进行的文学批评肯定会贯穿作品传播过程的始终，然而他们真正同文学编辑一样能够最大程度地发挥把关作用的时段还是在作品刚刚问世之时。

一、立足"时代"，引导读者关注现实生活

著名学者邓晓芒指出，文学批评家拥有的一个必要素质就是"对时代精神的敏感性和自觉性"，批评家要"自觉地关注时代的需要和前途"，批评家不仅是"对作品文本作常规处理的工匠"，还要有"内在的历史激情和冲动，能够与时代的冲突相应和"①。基于此，文学批评家会对反映时代变革或社会热点的文学作品特别期待和关注。

新时期之初，描写"文化大革命"期间创痛的作品非常多，与作家的文学创作实践相称，批评家也乐于对这类作品进行评点和鉴赏，以此推动作品在读者中的传播，其中最有代表性的就是针对《芙蓉镇》所做的文学批评。1981 年 3 月，《当代》杂志发表了古华的《芙蓉镇》，同年 6 月《当代》就刊发了著名批评家雷达撰写评论文章的《一卷当代农村的社会风俗画——略论〈芙蓉镇〉》。雷达认为这部作品"写得真、写得美、写得奇"，"在反映当代农村生活方面，《芙蓉镇》是一次大胆的探索，是一个大突破，也是一个新的标志"②。这就不仅肯定了作品题材具有较强的时代性，还褒奖了作家在艺术上的创新。其后韩抗的《农村题材长篇小说的发展与〈芙蓉镇〉》（《求索》1983 年第 5 期）、黄济华的《浓缩的艺术——读〈芙蓉镇〉一得》（《语文教学与研究》1983 年第 3 期）、林家平的《〈芙蓉镇〉的结构艺术》（《当代作家评论》1984 年第 2 期）、陈望衡的《眉睫之前卷舒风云之色——简论〈芙蓉镇〉的美学特色》（《当代作家评论》1984 年第 4 期）等文章虽然从创作过程、人物、手法、结构等不同角度对《芙蓉镇》进行了品评，但整体来说它们都表达了批评家对这部作品

---

① 邓晓芒. 文学批评家的四大素质 [J]. 中国政法大学学报，2008（6）：35.
② 雷达. 一卷当代农村的社会风俗画——略论《芙蓉镇》[J]. 当代，1981（3）：208.

< 32 >

时代价值的高度肯定。批评家对《沉重的翅膀》的分析也和作品一样应和时代,虽然有批评家明确指出这部小说的艺术品质一般,但它的时代价值却是不可忽视的。杨桂欣认为《沉重的翅膀》是"我国文学创作界描写四化建设和体制改革的第一部长篇小说"①;杨建国也指出,作家张洁"打破了长篇小说应描写'沉淀下来'的生活的'规律',而直接取材于我国正在展开着、流动着、旋转着的现实生活,写出了我国第一部反映改革的长篇小说"②。除了《芙蓉镇》和《沉重的翅膀》,批评家在分析《许茂和他的女儿们》《将军吟》《第二个太阳》《钟鼓楼》《平凡的世界》《穆斯林的葬礼》《都市风流》《骚动之秋》《抉择》《英雄时代》《湖光山色》《天行者》《生命册》等作品时,基本上都肯定了它们反映时代生活的能力。

批评家愿意为那些关注时代生活的文学作品把关,一方面是由于这类作品相对而言更容易引起读者的关注和共鸣,更容易在读者群众中产生影响;另一方面则是因为批评家希望通过自己的文学批评让读者对作品有更深刻的理解和认识,能够从不同的阐释视角中挖掘出作品的多义性,由此能更丰富地认识作品,以弥补读者因泛泛阅读未能获得对时代风貌和现实景况的深刻把握。茅盾文学奖获奖作品多是以现实主义为主要手法而创作出的作品,对批评家而言,他们最渴望现实主义作品拥有的、最怕被广大读者忽略的,就是作品的社会批判精神。19世纪在欧洲盛极一时的批判现实主义文艺思潮是孕育文学作品的批判精神的摇篮,"很多批判现实主义作家把文学看作是反映现实生活的镜子,探索社会真相的手段,革除人世灾害的武器"③,法国的巴尔扎克、司汤达,俄国的列夫·托尔斯泰,英国的狄更斯、萨克雷等作家都以他们的文学创作实践对批判现实主义做了最好的诠释。俄罗斯著名作家索尔仁尼琴就认为,"文学,如果不能成为当代社会的呼吸,不敢传达那个社会的痛苦和恐惧,不能对威胁着道德和社

---

① 杨桂欣. 简论《沉重的翅膀》的艺术性 [J]. 文艺评论,1985(6):66.

② 杨建国. 浩瀚星海中一道奇异的光芒——读《沉重的翅膀》 [J]. 语文教学与研究,1986(9):2.

③ 杭海. 批判现实主义文学的功绩 [J]. 中文自修,1995(2):25.

< 33 >

会的危险及时发出警告，这样的文学是不配称作文学的"①。西方的批判现实主义作品对社会黑暗面和人性丑陋面的揭露都是非常直接的、不留情面的，且作品带给读者的直观感受通常是悲观、消极和压抑的。批判现实主义的创作方法对鲁迅、茅盾、巴金和老舍等现代作家的创作产生了很大的影响。中华人民共和国成立以后，文学作品批判现实的功能也有存在，人们所处的新社会则从整体上来说是光明、理想和希望的结合体，这种对现实的批评在作品中不占据主要位置。新时期以来，文学作品对现实的批判更多地表现为一种"针砭时弊"的意识。针砭时弊，就是"指出错误，劝人改正"，也就是说，批判现实的目的是改善、完善，而不是消灭、颠覆，它是以一种积极的、乐观的态度为前提的。当代的文学批评家在品评一部作品时，有突出讨论作品针砭时弊之处的意图，这也是由作为知识分子的批评家的社会责任感决定的。1990 年，在《骚动之秋》即将以单行本问世之际，著名文学评论家陈荒煤就率先撰写了评论文章对这部作品进行了探讨，他在分析岳鹏程这个人物时特别指出，虽然在改革中岳鹏程以自己的魄力和远见推动了乡镇企业的发展，但是他也"在商品经济的冲击下，受到不正的社会风气的影响，采用了一些非法的手段"，陈荒煤认为这个人物的命运对领导者来说是一个警示，即改革者"既要清除长期封建思想淤积的泥沙，也要防止资产阶级不正之风的侵蚀"②。《生命册》中的骆驼也是一个不折不扣的"时代病"重患，山东师范大学教授周志雄就指出，《生命册》中的人物"在一个时代的总体性的历史语境中活动，他们的精神焦虑代表着某种时代病，那种紧张的'抓''抢''一定拿下'的骆驼的心态，就是一种典型的中国社会历史转型期的人们的精神状态。骆驼的失败表现了小说对时代过于追求'速度'的批判"③。

文学批评家在关注作品的时代价值和批判精神的同时，也对自己的文学批评活动有及时性的要求，这是因为他们希望自己在阅读作品后能够尽

---

① 冯羽，夏秀玫主编. 二十世纪大文学家 ［M］. 南京：江苏文艺出版社，1996：43.
② 陈荒煤. 漫谈《骚动之秋》［J］. 当代，1990（3）：234.
③ 周志雄. 论李佩甫长篇小说《生命册》［J］. 小说评论，2013（2）：98.

< 34 >

快做出反应，以达到引导读者阅读方向、丰富文学研究成果的目的。其实除了单独撰写评论文章外，参加作品研讨会也是批评家进行文学批评的重要方式之一。针对某一部文学作品召开研讨会，是推动文学作品传播的一个重要手段，文学批评家是研讨会上的常客和主角，当然作家、文学编辑、文化单位领导、媒体人、读者代表有时也会参与其中。统观茅盾文学奖获奖作品，其中有许多都是一经问世就成为讨论会或研讨会的核心对象的：比如 1978 年，也就是在《李自成》的第一卷修订本和第二卷出版后的第二年，武汉师范学院就联同武汉大学、华中师范大学、《湖北文艺》等单位在湖北武汉举办了全国第一次《李自成》学术讨论会；又如 1993 年 3 月，也就是《白鹿原》在《当代》杂志发表后不久，中共陕西省委宣传部、陕西省作家协会就在陕西西安联合举办了全国第一次的《白鹿原》研讨会；再如 2010 年 9 月，也就是在《你在高原》出版五个月后，中国作家协会就在北京举办了《你在高原》作品研讨会；刚刚获得第十届茅盾文学奖的《应物兄》最初是发表在了 2018 年的《收获》长篇专号秋卷和冬卷，单行本于 2018 年 12 月由人民文学出版社出版，而就在单行本出版当月，上海作家协会举办了《应物兄》研讨会。作品研讨会是批评家就文学作品进行思想交流的重要平台，在这个平台上，他们通过个人发言和互动交流来实现对作品的"把关"，这种"把关"的特殊性在于批评家对作品的解读和评价会随着思想的碰撞和交流的延伸而发生变化，应该说，文学作品研讨会的召开大大促进了作品的传播力的提升和影响力的扩展。

二、立足"人学"，引导读者关注文学本质

文学与政治的关系一直是文学批评家讨论的热点话题，文学是人的精神的产物，人处于社会之中，精神世界不能不受到社会政治、经济、文化等诸多方面的影响，因此文学是不可能脱离政治而独立存在的，像前面提到过的文学要反映时代变化和社会生活，其实就或多或少会涉及反映社会政治的内容。但是这绝不意味着文学是政治的从属和附庸，新时期以降，"文学不是政治工具"这样一个基本观点被不断加以阐释。1979 年 4 月，

< 35 >

《上海文学》就以刊物评论员的名义发表了一篇题为《为文艺正名》的文章，拉开了新时期文艺与政治间关系大讨论的序幕。1979 年 10 月，第四次中华全国文学艺术工作者代表大会（以下简称"第四次文代会"）在北京召开，大会明确了新时期社会主义文艺建设的方向是为最广大的人民群众服务。次年 7 月 26 日，《人民日报》刊发了题为《文艺为人民服务，为社会主义服务》的社论，"文艺为人民服务，为社会主义服务"的口号由此被正式提了出来，而"文艺是阶级斗争的工具""文艺从属于政治"以及"文艺为政治服务"等说法也就退出了历史舞台。中国的文学批评受苏俄的影响甚深，对艺术标准与政治标准的双重引入就是中国借鉴苏俄的一个范例，因此长期以来，与文学的政治工具论处于抗衡状态的就是"文学是人学"这一观点。"文学是人学"的思想主张其实有两条脉络可以追溯，一是 1918 年《新青年》刊发的一篇周作人的重要文章《人的文学》，一是苏联著名作家、评论家高尔基对文学与人学的相关论述。"人的文学"是周作人针对"非人的文学"提出来的，它强调的是人的个性解放和文学的人道主义精神以及文学"为人生"的目的。高尔基的相关论述大约肇始于20 世纪 20 年代末、30 年代初，他曾说，"我的主要工作，我毕生从事的工作……是人学"①，"我的任务就是激发人对自己的自豪感"②。这里高尔基是将文学纳入"人学"的范畴当中。中华人民共和国成立后，最早对"文学是人学"进行明确表述和系统阐释的是中国现代著名文艺理论家钱谷融。1957 年 2 月，钱谷融撰写了《论"文学是人学"》一文，并将其发表在了同年 5 月的《文艺报》上。钱谷融认为，假如作家"写出了真正的人，就必然也写出了这个人所生活的时代、社会和当时的复杂的社会阶级关系"，而且"人是生活的主人，是社会现实的主人，抓住了人，也就

① 转引自何茂正. 高尔基的"文学是人学"思想 [J]. 外国文学研究，1985（2）：54. 原引高尔基. 高尔基全集第二十四卷（俄文版）[M]. 莫斯科：莫斯科书店，1949：373.
② [俄] 高尔基. 高尔基文学书简（上卷）[M]. 曹宝华，渠建明译. 北京：人民文学出版社，1962：82.

< 36 >

抓住了生活，抓住了社会现实"①。不过在钱谷融看来，如果只是把从整体上反映社会现实和揭露生活本质作为创作目的，那么现实就会是零碎的，生活的本质也难以被揭示。钱谷融的观点不仅综合了周作人和高尔基的相关思想，而且对新时期以后的现实主义文艺作品的批评产生了非常广泛的影响。

"伤痕文学"是"文化大革命"后最早解放人的个性，关注人的尊严和价值，呼唤人性美和人情美，倡导人道主义精神的文学。著名文学评论家洁泯（许觉民）在评析《许茂和他的女儿们》时就指出，"一个深刻的社会主题并不都需要从大场面中宣示出来"，"一个家庭的动荡也足以探测到时代变幻的脉搏"，许茂一家十口人"在生活的道路上走着不同的路，各人对生活也持着各自不同的态度，遭遇着不同的命运"，而"在人生的道路上，人的真面目总是在急遽的动乱中才会显露出来，到底是美的，或者是丑的，是正直的还是狰狞的"②。刘卓在探讨《将军吟》的悲剧色彩时从另一个角度强调了"人"的重要性。他认为："文学反映生活往往是透过人物关系尤其是特殊的感情因素的折光，像《沉重的翅膀》等"改革文学"作品就非常突出地体现了这一点。不过真正把对"文学是人学"的解读提升到了一个新的高度的是"对民族文化的自省"，这种自省实际上指向的是对"人的退化"和"种的退化"的反思和担忧。文学批评家白烨在品评《白鹿原》时就曾借法国哲学家爱尔维修所说的"人应当躲避痛苦，寻求快乐"来形容陈忠实的创作信念，他认为作者想向读者传达的大概正是这种信念，但这种"人最基本、最生生不息的追求，又是最难得、最可望而不可即的追求"③。张颐武则看到了《白鹿原》整体上的"人道主义式的悲悯的情怀"，他认为小说中的人的"生命与死亡，他们的欲望和追

---

① 钱谷融.附录 论"文学是人学"［A］.新文艺出版社编辑部编辑.论"文学是人学"批判集（第一集）［C］.上海：新文艺出版社，1958：142-143.

② 洁泯.人生的道路——评周克芹的长篇小说《许茂和他的女儿们》［J］.文学评论，1980（3）：61-62.

③ 白烨.史志意蕴·史诗风格——评陈忠实的长篇小说《白鹿原》［J］.当代作家评论，1993（4）：9.

< 37 >

求都被笼罩在作者的对'人'的主体的梦想般的追求中"①。"人最基本的追求"只能是梦想,它是被压抑的,是不可得的,这个残酷的现实揭露的正是"人的退化"和"种的退化"这样一种本质。批评家在分析《秦腔》时也非常关注作品对"人的退化"的表达,谢有顺就认为,《秦腔》"说出的是那些具体、真实的生活细节,未曾说出的是精神无处扎根的伤感和茫然",由于"大多数现代人的生存都已被连根拔起,生存状态几乎都是挂空的",所以人在"寻根的背后,很可能要面对更大的漂泊和游离"②。张学昕在研究《秦腔》的叙事形态时也洞悉到了这一点,他指出,小说中"人物的吃喝拉撒睡、生老病死嫁、幸福、欲望、虚荣、阴暗、荒凉以及人的'说话',构成一个不断'延宕'的叙述长度,表达着人性的困难、乡土文化的衰落和精神的裂变"③。应该说,寻根的无望和失根的茫然正是现代人陷入的典型困境,而这种困境从根本上说就是文化的衰落和"种的退化"造成的。在无望和茫然之外,批评家还于《生命册》中发现了现代人业已失重的畸形精神世界,山西大学教授王春林就指出,李佩甫用其独创的"'坐标系'式的结构方式""把那些飘荡在城乡之间的沉重灵魂捕捉到他的小说文本中,并进一步对这些沉重异常的灵魂进行了足称深入的挖掘与表现"④,而这灵魂之所以会异常沉重,是因为"在地球上每前进一小步,我们都要付出精神和肉体上的痛苦"⑤,虽然这痛苦可能帮人满足了自身的诸多欲望,但它却在腐蚀和折磨着人的精神世界,最后当人完全丧失了理性思考的能力,完全失掉了为人者的真、善、美,人也就不再是健全的人了。

---

① 张颐武.《白鹿原》:断裂的挣扎 [J]. 文艺争鸣, 1993 (6): 61-62.

② 谢有顺. 尊灵魂,叹生命——贾平凹、《秦腔》及其写作伦理 [J]. 当代作家评论, 2005 (5): 10-11.

③ 张学昕. 回到生活远点的写作——贾平凹《秦腔》的叙事形态 [J]. 当代作家评论, 2006 (3): 60-61.

④ 王春林. "坐标轴"上那些沉重异常的灵魂——评李佩甫长篇小说《生命册》[J]. 文艺评论, 2014 (1): 81.

⑤ 程德培. 李佩甫的"两地书"——评《生命册》及其他六部长篇小说 [J]. 当代作家评论, 2012 (5): 105.

< 38 >

三、立足"想象",引导读者关注艺术创新

德国著名哲学家黑格尔在论述"艺术家"时曾指出,艺术家"最杰出的艺术本领就是想象"①,这里的艺术家其实就包括从事文学创作活动的作家。"从文艺创造心理学来说,艺术形象的创造也就是作家的感知、表象、思维、理想、情感等心理功能的协调一致具体表现在文学创作的想象活动中。"② 艺术想象以社会历史和现实为基础,但它更强调作家进行艺术虚构的能力。对于现实主义作品来说,作家进行艺术想象的最大难度在于,他们既要汇总和筛选现实生活所提供的素材,并将真实的情感融注到创作中去,以确保作品的真实性,又要突破和超越现实,理性节制情感,以此丰富作品的艺术内涵并提升作品的艺术价值。文学批评家在对现实主义作品进行把关时就非常看重作家挑战这个"难度"的能力。

虽然茅奖获奖作品在创作方法上多以现实主义为主,但它们所体现出的作家的艺术想象水平却有很大差距。《钟鼓楼》向读者呈现的是 20 世纪 80 年代北京人的城市生活场景,而长篇小说研究专家林为进认为,"刘心武从来不是一个艺术感觉细腻的作家","他的作品多是图解生活而不是表现生活,《钟鼓楼》同样如此",在小说中,"作者除了罗列出一大堆平凡人生于现实社会难以避免的这样或那样的'问题'外,没能组织成比较精彩并具有一定艺术容量的情节,而是一种十分勉强的拼凑"③。文学作品缺乏细腻的艺术感觉,作家的文学创作缺乏艺术想象力,其实就是作家的艺术思维存在一定的问题。艺术思维"主要指形象思维,兼有抽象思维和灵感思维等",熊俊钧在分析刘心武小说创作的不足时就指出,刘心武"不能从整体上来把握对象,而习惯于把对象肢解开来加以认识和表现",从整体上去把握实际上是"艺术地把握世界",分解开来把握则是"科学地

---

① [德] 黑格尔. 美学(第一卷) [M]. 朱光潜译. 北京:人民文学出版社, 1958:348.
② 邓增耀. 谈文学创作中的艺术想象 [J]. 南昌大学学报(社会科学版), 1994 (2):90.
③ 林为进. 历史的限制与现实的选择——重评第二届茅盾文学奖获奖作品 [J]. 当代作家评论, 1995 (2):34.

< 39 >

把握世界",《钟鼓楼》的创作显然是混淆两者间的区别①。与《钟鼓楼》的不足形成鲜明对比的是《长恨歌》,在表现都市生活方面,王安忆的艺术想象力得到了许多文学批评家的肯定。在南帆看来,王安忆不仅企图以《长恨歌》"绘制城市的图像","还竭力诱使这些城市图像浮现出种种隐而不彰的意义"②。叶红和许辉在探讨《长恨歌》的主题意蕴时则指出,《长恨歌》所表现的"现实生活不再是单向的、直接感悟的结果",它是有"历史的渊源"的③。其实无论是"意义"还是"渊源",都是作家对琐碎的现实生活素材进行艺术加工后所延伸得出的内容,这些内容需要通过阅读和思考才能获得,它们并不是作者在作品中强加的评析或议论。"用很少的材料建成自己的艺术大厦"④,这是王安忆的能力,更是《长恨歌》在艺术层面远高于《钟鼓楼》的主要原因。

艺术想象让文学获得了生命,而要维系文学的生命,让文学始终保持鲜活的生命力,就要不断进行艺术创新。古往今来,那些勇于做"开山者"并不断挑战自我的作家,那些具有新奇艺术魅力的文学作品,总是更容易受到批评家的关注。首先,文学作品如果描写的是社会中鲜受注意的人,反映的是这些人特殊的生活状态,抑或观察这些人时的视角有别于其他作家,那么这样的作品就是在题材、立意和角度上有创新意识的作品。中国人好吃茶,好论茶,好经茶,茶文化可谓源远流长,但是真正把这些写进长篇小说的,王旭烽是第一人。葛红兵和周羽就这样评价王旭烽的《茶人三部曲》——小说"是以华茶近百年的兴衰浮沉为背景,通过杭州一个茶叶世家数代人悲欢离合的故事,展现的一幅视角独特、气宇宏深的百年人文画卷"⑤。著名文艺评论家曾镇南在分析这部作品时则高度肯定了

---

① 熊俊钧.从《钟鼓楼》看刘心武小说创作在艺术上的某些不足 [J]. 中国文学研究, 1987 (2): 138-139.

② 南帆.城市的肖像——读王安忆的《长恨歌》[J]. 小说评论, 1998 (1): 67.

③ 叶红,许辉.《长恨歌》的主题意蕴和语言风格 [J]. 当代文坛, 1997 (5): 28.

④ 张志忠.寻根文学的深化和升华——《长恨歌》《马桥词典》论纲 [J]. 南方文坛, 1997 (6): 20.

⑤ 葛红兵,周羽.论王旭烽《茶人三部曲》[J]. 小说评论, 2000 (5): 84.

< 40 >

王旭烽"由茶及人"的表达,他认为这部作品"把世纪风云、杭州史影、茶人茶事巧妙浑和地熔于一炉",它"是中华民族求生存、求发展、求富强的不可阻遏的意志和酷爱自由、雅好文明、珍重尊严的形象"①。《推拿》写的是盲人推拿师这个特殊的群体,虽然毕飞宇不是第一个写盲人形象的作家,但在批评家贺绍俊看来,"《推拿》最伟大之处就在于,作者毕飞宇将盲人作为正常人来写。他改变了千年来几乎固定不变的成见。这个成见就是认为盲人是非正常人"②。批评家张莉也表达了与之相近的观点,她指出,"人们总喜欢了解盲人之于我们的'异',喜欢看到他们如何跨越自身障碍成为'传奇'",而他们"生活的日常性掩埋在'地表之下'",毕飞宇通过写作《推拿》让"盲人生活浮出黑暗'地表'",他"把一个完整、新鲜、令人惊异的世界"展现在了读者面前③。除了题材、立意和视角方面的创新之外,批评家也格外关注作家在艺术手法上的创新。如前所述,《冬天里的春天》是一部典型的"反思文学"作品,与同类题材作品相比,其突出特点就是作家在传统的现实主义创作中夹杂了对现代主义技法的运用,尽管这种尝试在当时既是冒险的,也是不成熟的,但作家勇于创新的气魄还是得到了一些批评家的肯定。比如洁泯就认为,"只要不游离于生活的真实面貌,只要能真正表现出人物的精神状态",那么"崇尚人物的心理描写""借鉴外来艺术流派的手法""简略情节的顺序性"以及"描写现实的具体情节"这样的艺术尝试就是"无可非议"的,《冬天里的春天》也是如此④。斯涊在分析这部作品的艺术结构时更具体地阐述了作家李国文的创新,即他"将戏剧技术的暗转、电影艺术的蒙太奇等艺术手段引进这部小说的结构艺术,一方面依循于而龙重返石湖三天两夜行程的自然时序,一方面采取跌宕、逆入等手法,自然地巧妙地将几十年来的风云变幻、人情世态穿插其中,使现实与历史、动作与回忆、联想与幻

---

① 曾镇南. 茶烟血痕写春秋——读《茶人三部曲》(一、二) [J]. 百科知识, 2001 (2): 55.
② 贺绍俊. 盲人形象的正常性及其意义——读毕飞宇的《推拿》[J]. 文艺争鸣, 2008 (12): 31.
③ 张莉. 日常的尊严——毕飞宇《推拿》的叙事伦理 [J]. 文艺争鸣, 2008 (12): 33-34.
④ 洁泯. 读《冬天里的春天》的随想 [J]. 文学评论, 1982 (6): 49.

< 41 >

觉在作品中间隔出现，构成了五彩缤纷的巨幅画卷"①。批评家以文学批评来倡导艺术创新，一方面可以对作家的创作更新起到鼓励作用，并由此推动文学创作的更新换代；另一方面也表达了他们与读者站在一起的意愿，即作为普通读者的批评家渴望看到新颖的文学作品的出现，而兼有"精英读者"身份的他们更期待与他人分享自己对新奇文学作品的独特感受，因为他们相信自己的专业分析会有助于拓展读者理解作品的思路。

第三节　文学评奖：茅盾文学奖的"门区"过滤标准

对于所有参评茅奖的文学作品来说，它们只有通过了茅盾文学奖这个"门区"才能够成为获奖作品。茅奖评委在这个"门区"当中担当"把关人"，但他们对参选作品进行的过滤并不依托于个人标准，因为茅盾文学奖本身是有自己的评奖标准的。评奖标准的制定并不是一蹴而就的，它是茅盾文学奖主办方经过多年的评奖实践积累和经验总结得到的一套标准，这就意味着，在不同阶段茅盾文学奖的评选标准在具体的落实中会有不同层面的侧重。

一、初探："思想性"置于"艺术性"之前

"新时期之初设立的文学奖项都服务于这一阶段的社会主义文艺建设，它们无一不是新的国家主流意识形态的'有意为之'：全国优秀短篇小说评奖由《人民文学》杂志社举办，全国优秀中篇小说、报告文学和新诗的评选活动由《文艺报》《人民文学》和《诗刊》协作进行，而这些评奖实际上都是受中国作家协会的委托，1981年设立的茅盾文学奖也是由中国作

---

① 斯汉.《冬天里的春天》——独具一格的艺术结构 [J]. 语文教学与研究，1983（4）：46.

< 42 >

家协会主办的。"① 由于茅奖在最初面向的是新时期的国家主流意识形态建设，所以前两届茅奖的评选带有强烈的为社会主义文艺建设"树标杆"的意味。

1979 年 10 月 30 日，邓小平在第四次文代会的开幕式上发表了《在中国文学艺术工作者第四次代表大会上的祝辞》（以下简称《祝辞》）。在《祝辞》中邓小平明确指出："我们的文艺属于人民。……文艺创作必须充分表现我们人民的优秀品质，赞美人民在革命和建设中，在同各种敌人和各种困难的斗争中，所取得的伟大胜利。……我们的文艺，应当在描写和培养社会主义新人方面，付出更大的努力，取得更丰硕的成果。……我们的社会主义文艺，要通过有血有肉、生动感人的艺术形象，真实地反映丰富的社会生活，反映人们在各种社会关系中的本质，表现时代前进的要求和历史发展的趋势，并且努力用社会主义思想教育人民，给他们以积极进取、奋发图强的精神。……英雄人物的业绩和普通人们的劳动、斗争和悲欢离合，现代人的生活和古代人的生活，都应当在文艺中得到反映。我国古代的和外国的文艺作品、表演艺术中，一切进步的和优秀的东西，都应当借鉴和学习。"②

从前两届茅奖的评选结果来看，获奖作品均非常符合《祝辞》中提到的党和国家对社会主义新时期文艺创作的期待。在第一届获奖作品当中，《许茂和他的女儿们》《芙蓉镇》《冬天里的春天》和《将军吟》反映了时代要不断向前发展的必然趋势；《东方》通过讲述战士郭祥的战斗征程和情感历程来表现中国志愿军在抗美援朝战争中为取得胜利做出了不懈努力；《李自成》（第二卷）虽写的是明末农民起义领袖李自成在染病的情况下曲折突出重围的一段历史，但作品所要弘扬的那种不畏艰险闯天下、敢于同敌人斗争到底的精神是具有现代意义的。在第二届茅奖获奖作品中，《沉重的翅膀》是"改革文学"的代表作，作品对 20 世纪 70 年代末、

---

① 郝丹. 文学评奖与文学编辑的"艺术真实观"——从前三届茅盾文学奖获奖作品的出版谈起 [J].2017（4）：49.

② 邓小平. 在中国文学艺术工作者第四次代表大会上的祝辞 [J]. 文艺研究，1979（4）：4.

< 43 >

80 年代初的工业改革之难进行了全面的揭示;《钟鼓楼》通过讲述 80 年代初期的北京市井故事来激发人们对现实生活和民族心理的思考;《黄河东流去》面向的是 1938 年到 1948 年黄泛区人民同洪灾斗争的一段历史,作品不仅颂扬了中国农民在危难之际展现出的强大的民族凝聚力,也对日侵者、汉奸和一些大发国难财的民族资本家的劣行进行了无情的披露。茅奖评选出的这几部作品如此贴合国家主流意识形态的期许,其实也体现出这两届茅盾文学奖的评委会对国家文艺政策和文艺风向的把握、对国家所需的文艺作品的筛选都非常精准。第一届和第二届的茅奖评委会主任都是巴金,首届评委会成员有丁玲、韦君宜、冯至、冯牧、刘白羽、孔罗荪、张光年、艾青、陈企霞、陈荒煤、贺敬之、谢永旺、欧阳山和铁依甫江·艾力耶甫,第二届评委会成员有丁玲、冯牧、刘白羽、张光年、陈荒煤、谢永旺、陆文夫、乌热尔图、林默涵、许觉民、陈涌、顾骧、康濯、朱寨、黄秋耕、韶华、唐因和胡采。从评委会构成来看,这两届茅奖的评委均包括专业作家、知名文学批评家以及影响力较大的报刊或出版社的编辑,且很多评委都兼有以上两重或三重身份。更重要的是,这些评委有的还在中华人民共和国文化部、中国共产党中央委员会宣传部文艺局、中国文学艺术界联合会以及中国作家协会担任要职,这就意味着前两届茅盾文学奖的评委本身就具有规划、引导和展开新时期社会主义文艺建设工作的权力和职责。而从另一个层面讲,公众会将茅奖视为"国家性"文学评奖,除了其主办方是中国作协这个原因外,也与长久以来他们对评委身份的基本印象有关。

由于最初两届茅奖的评选完全面向社会主义新时期的文艺建设需求,所以茅奖评选标准中所强调的"思想性"就集中表现为对爱国主义、集体主义和社会主义的倡导。爱国主义是指个人或者集体热爱、支持和维护自己祖国的积极态度。不过,这个"祖国"并不是一个单纯的政权概念,茅盾文学奖推崇的爱国主义除了指热爱、支持和维护中华人民共和国的国体和政体外,还包括热爱这个国家的人民、历史文化、自然风物等。魏巍的《东方》在表现中国人民的爱国主义精神上最为突出,这种爱国主义精神

< 44 >

一方面体现在郭祥、周仆、邓军、乔大夯这些在抗美援朝前线抛头颅、洒热血的志愿军英雄们身上，另一方面也体现在杨大妈、金丝、小契等在国内为中华人民共和国的建设奉献自己的力量的普通人身上。这些人物身上凝结着的革命英雄主义、国际主义、集体主义的奉献精神等其实都来源于他们的爱国主义情怀，因为中国人民志愿军支援朝鲜的抗美援朝战争不仅是出于同属社会主义阵营的情谊以及维护世界和平的意愿，更是为了确保中华人民共和国的安全和稳定。如果说《东方》的时代意义在今天已经减弱甚至被忽略，那么这部作品所内蕴的爱国主义精神却永远不会被抹杀和遗忘。李国文的《冬天里的春天》同样以塑造英雄人物形象来表现中国人民强烈的爱国主义精神，抗日战争中于而龙、芦花夫妇二人在游击队里比肩作战、英勇抗敌，于而龙数次负伤，芦花甚至为祖国和人民献出了自己年轻而宝贵的生命；中华人民共和国成立后，于而龙进入工厂主持工作，本想通过提高生产技术把工厂办得更好，却不幸遭到王纬宇等人的严重干扰和阻挠，于是始终把国家富强放在首位的于而龙，同心怀不轨的"搅局者"进行了艰苦卓绝的斗争，并最终取得了胜利。

集体主义是相对个人主义而言的，它提倡对社会利益和个人利益的兼顾，但又坚持个人利益服从集体利益，集体主义被视为社会主义价值体系的核心内容之一。第二届茅盾文学奖评委胡采就指出："我们的作品，必须贴近社会主义时代，贴近人民群众的生活、思想、情感，必须反映最广义上的人民群众的利益。"[①] 茅盾文学奖所倡导的集体主义首先表现为一种个人的牺牲精神，所谓个人服从或者说遵从集体，其实就是个人要有无私奉献的精神，即无论是青春、金钱、才能，还是情感和生命，只要是为了集体利益，都是可以不计的，这一点其实就和爱国主义关系密切了，因为"祖国"就是一个由全体中国人民组成的大集体。对于凝聚着集体主义精神的中国人民，《东方》中的美国黑人士兵霍尔就这样称赞道："中国人民是了不起的人民，伟大的人民！难怪你们的革命取得胜利，因为，在我看

---

① 胡采. 作品要闪耀时代光辉 [J]. 小说评论, 1986 (3): 3.

< 45 >

来，你们的确是不同寻常的！"① 其次，茅奖所倡导的集体主义还表现为一种强大的民族凝聚力，这种民族凝聚力在作品当中是通过人物群像展现出来的，李準在《黄河东流去》中就为河南地区遭受黄河水灾的一百多个农民画了群像，这当中自然少不了对个体的描摹，但是从整体上来说作品中并没有像《芙蓉镇》里的胡玉音、《东方》里的郭祥、《沉重的翅膀》里的郑子云这类非常核心的人物形象。另外，对集体主义的强调实际上也是延续了"十七年"文艺创作的一贯的积极的思路，即通过个人曲折的成长经历来表现其逐渐舍弃自身的个人主义而走向集体主义的心路历程，因此，郭祥、于而龙、许茂家的九姑娘许琴等人就和《青春之歌》中的林道静有着某种精神上的契合。当然，茅奖评委并不是只看到了获奖作品对集体主义的正面歌颂和赞扬，他们也注意到了作家对个人主义和利己主义的鞭挞，像王纬宇、王秋赦、范子愚夫妇、郑百如、田守诚等人虽然也常打着为国为民的旗号，但实际上无一不是热衷于搞政治斗争的利己主义者，他们为维护自身的利益已经将自己练成了变色龙，他们的自私、虚伪和狡诈与集体主义崇尚的无私、真诚和忠实形成了鲜明的对比。

　　与爱国主义和集体主义相比，前两届茅盾文学奖对于社会主义的强调应该说是更为突出的，因为这个"社会主义"一方面是一种以马克思主义为指导、以历史唯物主义为世界观之基础的意识形态，决定着中国新时期文艺建设的根本方向；另一方面又是文艺创作的源泉和动力之一，为作家的创作提供了环境保障和素材支持。第一届茅奖评委贺敬之指出："我们的文艺事业，是党所领导的，反映人民的利益和愿望的，是整个社会主义事业的一部分。"② 评委张光年也指出："我们的文学，是一种崭新的文学，是由人类的先进思想武装起来的社会主义文学。我们文学表现出来的新的生活、新的斗争、新的人物、新的品格、新的情感、新的道德观念等，这

---

① 魏巍. 东方 [M]. 北京：人民文学出版社，1978：1046.

② 贺敬之. 对当前文艺工作的几点看法 [J]. 文艺研究，1981 (2)：29.

< 46 >

一切都是已往的文学很少接触过的。"① 在明确作品的社会主义方向、启迪作家挖掘社会主义生活素材方面，第一届茅奖评委韦君宜为《沉重的翅膀》所付出的心血具有非常典型的意义。写作社会主义工业改革题材作品的想法最初就是韦君宜提供给张洁的，她认为张洁有二十年在工业部门工作的背景，有能力驾驭这样的题材。1981 年，韦君宜在看过张洁的初稿后，明确了作品的优缺点，并同作者商量了改稿事宜。《沉重的翅膀》在《当代》杂志发表以后，引起了极大的关注，虽然许多读者都对作品表示了肯定的态度，但仍有一些人以政治立场问题向作者发难，认为作品违背了四项基本原则，有鼓吹资产阶级自由化之嫌，应当受到批判。因此，在单行本出版之前，张洁和韦君宜、周达宝等编辑又对作品进行了近百处的修改，遗憾的是，1981 年 12 月出版的单行本仍旧没能逃过"政治性错误"的罪责，而这也让原本已被评委通过的《沉重的翅膀》错过了第一届茅盾文学奖。不过即便是在这种情况下，韦君宜仍旧为保全这部优秀的社会主义工业改革力作而奔走。据编辑何启治回忆，在《沉重的翅膀》受到了批评和打压之后，韦君宜亲自找胡乔木和邓力群等领导同志做疏通和解释工作，才让这部作品有机会最终问世。② 在作家张洁自己看来，"《沉重的翅膀》的社会意义，大于文学意义"③，这其实和很多批评家的观点相一致，而韦君宜之所以如此看重《沉重的翅膀》，就是因为这部作品充分地反映了新时期之初社会主义工业经济体制改革的复杂性，作品中那个兼具改革气魄与实干才能的郑子云正是社会主义建设最为需要的新人才，正如评委顾骧所说，改革文学要"以写社会主义新人、写具有改革精神的社会主义新人形象为好"④。

---

① 张光年. 社会主义文学的新进展——在四项文学评奖授奖大会上的讲话 [J]. 人民文学，1983 (3)：9.

② 何启治，黄发有. 用责任点燃艺术——何启治先生访谈录 [J]. 文艺研究，2004 (2)：71.

③ 张洁. 交叉点上的风景 [J]. 长篇小说选刊，2010 (3)：320.

④ 顾骧. 改革与文学 [J]. 小说评论，1985 (1)：8.

< 47 >

二、调整：题材平衡与作家平衡

茅盾文学奖在进入第三届评选之后发生了很大的变化。首先，从评委会的组织来看，评委会没有设立主席一职，评委会成员除了陈荒煤、刘白羽、陈涌和冯牧外，其他人都是第一次担任茅奖评委的"新人"；另外，由于《第二个太阳》参选并入围，所以刘白羽为避嫌就从评委行列中退了出来。其次，第三届茅奖规定参选作品的出版时间范围是 1985 年至 1988 年，但颁奖时间却是在 1991 年，而第四届则把作品出版时间划定在 1989 年到 1994 年，1998 年才颁奖，这意味着茅奖的评选和公布不仅没有按照最初的计划进行，而且还因时间间隔较长而影响了对相应时段文学创作情况的及时反映和把握。再次，第三届茅盾文学奖专门设立了"荣誉奖"，这在前两届以及后面的六届评选中都没有出现过，这一安排在当时可以说是一种创举，但实际上却打破了一个奖项的整体性和稳定性，也因而损害到了评奖的权威性。最后，第三届茅盾文学奖评选出的《平凡的世界》和《穆斯林的葬礼》在后来都成为"为人民大众所喜闻乐见"的常销作品，这证明茅盾文学奖的评选在经历了前两届的摸索之后，逐渐找到了一条通往普通读者精神世界的路径，因此评委们不再执着于那些痛定思痛或为社会主义改革树碑立传的作品，而是开始寻找那些可以打动未来几代读者的精神世界的具有持久生命力的作品。第三届茅盾文学奖会在评选标准上发生变化其原因主要有三：从政治和经济的层面来看，伴随着中国经济的飞速发展，人们的阅读选择也变得更加自主和多样；从文学自身的发展状态来看，80 年代中期，许多作家的创作都受到了西方现代主义思潮的影响，这就冲击到了传统的现实主义创作，当代文学由此呈现出多元化的创作趋向；从茅盾文学奖本身来看，评奖有完善自身的诉求，大环境的变化让茅奖在"择最优"的过程中必须去兼顾须平衡更多的元素，所以茅奖的评选标准落实到具体的评选实践中肯定会有调整。

茅奖的争议之声起自第三届。有针对获奖作品整体而言的，比如认为获奖作品的文学价值普遍不高，没有艺术魅力较为突出的作品出现；也有

< 48 >

直指具体的某一部作品的，比如对霍达的《穆斯林的葬礼》中涉及伊斯兰教信仰的内容的严重质疑；针对"荣誉奖"的设置的，再比如一些人就认为"荣誉奖"模糊了茅盾文学奖的评选标准。于是，第四届茅盾文学奖又做出了许多调整，因此引发了更大的争议。在第四届获奖作品中，除了"修订版"的《白鹿原》具有较高的艺术含金量外，其余三部作品都带有明显的国家主流意识形态色彩，且许多批评家和读者都认为茅奖有过分偏袒现实主义之嫌。为缓和争议，第五届的评选在艺术倾向上稍有调整，《长恨歌》和《尘埃落定》的获奖就体现了这一点，遗憾的是像《许三观卖血记》和《马桥词典》这样优秀的文学作品因为在写作手法和主题表达上与茅奖一贯坚持的审美原则有一定距离，所以没能敌过"反腐力作"《抉择》和"茶文化经典"《茶人三部曲》。第六届的茅奖评奖结果引发争议不断，"大历史、大国家"的宏大叙事姿态循环往复，《历史的天空》《英雄时代》《张居正》《东藏记》打败了《檀香刑》《活动变人形》《怀念狼》《花腔》《日光流年》，传统现实主义手法的应用以及对国家主流意识形态推崇的核心价值观的弘扬仍旧是茅奖评选的基本立足点。当然，第六届茅奖的评选还受到了网民舆论的影响，一些质疑者指出初选中的一些作品"在题材上回避现实生活矛盾，在艺术上脱离大众阅读趣味"[①]，这也是使评奖最终回到第四届那种中规中矩的状态的原因之一。

　　由于第三届茅盾文学奖增设了"荣誉奖"，所以这一届的获奖作品就有七部，是第二届获奖作品数的两倍多，其中路遥的《平凡的世界》和徐兴业的《金瓯缺》都是字数过百万的鸿篇巨制。从题材上看，《第二个太阳》和《浴血罗霄》是典型的革命历史题材小说，《少年天子》和《金瓯缺》是历史题材小说，而《平凡的世界》《穆斯林的葬礼》和《都市风流》从整体上都是现实主义题材作品。如果说第一届茅奖偏爱反映"文化大革命"的作品，第二届茅奖重视新时期之初的工业改革和社会生活，那么第三届茅奖则明显有了题材上的平均意识，这种"平均"一方面是中国

---

① 邵燕君. 以和为贵，主旋律重居主导——小议茅盾文学奖评奖原则的演变 [J]. 名作欣赏，
　 2009（3）：92.

< 49 >

的长篇小说创作蓬勃发展带来的结果，另一方面也反映出茅奖渴望走向成熟的意愿。第四届茅盾文学奖的评选由于情况特殊，所以评委会表现得非常谨慎。在这届获奖作品中，《白鹿原》由于艺术品质极为突出，已经在文学界得到相当的肯定，所以评委们对它的考量主要集中在政治倾向方面，并不涉及题材平衡的问题。但是其余的获奖作品就在题材上各有担负了，即《战争和人》是革命历史题材作品，《白门柳》是传统历史题材作品，《骚动之秋》是现实题材作品。据当时在第四届茅盾文学奖评奖办公室工作的评论家胡平回忆，1989 年至 1994 年，历史题材作品整体的艺术品质远在现实题材作品之上，《白门柳》《雍正王朝》和《曾国藩》的获奖呼声都很高，其中《曾国藩》的艺术性最弱，至于《白门柳》能够战胜《雍正王朝》，是有一定的运气成分的；而由于该时段反映社会现实的作品本就不多，质量好的又较少，所以第四届评奖对这类题材作品的要求相对低一些①。对历史题材小说进行三选一，为确保现实题材作品获奖而降低评选的艺术标准，这种"题材平衡"思维虽然让茅盾文学奖在呈现特定时段长篇创作的整体业绩上有所贡献，却在一定程度上降低了评奖的含金量。

第三届和第四届的评选都是以题材的"平均"来实现平衡题材的目的，到了第五届，茅奖评委会为了平复此前两届所引发的争议，开始通过丰富获奖作品题材的多样性来达成新的题材平衡效果。《尘埃落定》借康巴藏族土司的傻儿子之口讲述了土司制度的兴与衰；《长恨歌》着眼上海都市，以"三小姐"王琦瑶四十年间经历的爱恨情仇展现了个人和城市在时代浪潮中的万千姿态；《抉择》是一部现实题材力作，它以惊人的胆识和气魄直面了大中型企业中存在的贪腐问题；《茶人三部曲》是一部家族史诗，作品呈现的是杭州一个茶叶世家三代人为传承华茶做出了不懈的努力。其实，第五届的评选结果还突出体现了评委们的文化意识，因为获奖作品分别涉及对少数民族文化、现代大都市文化和中国传统茶文化的表达。不过如前所述，这届茅奖的评选还是没有摆脱固有的艺术审美窠臼，对于社会批判力度过强、创作手法较为新颖的作品，茅奖还是选择了放

---

① 胡平. 我所经历的第四届茅盾文学奖评奖 [J]. 小说评论, 1998 (1)：8.

< 50 >

弃。到了第六届茅奖的评选,平衡题材的思路又回到了"搞平均"上来:《历史的天空》和《东藏记》都是革命历史题材小说,两部作品虽侧重不同的人物群体,但表现的都是战争年代人们的战斗和生活状态;《英雄时代》是反映社会现实的作品,它通过史天雄和陆承伟二人的博弈对社会转型期的中国经济建设和中国人的精神价值取向做了最直观的揭示;《张居正》是一部典型的历史题材小说,应该说从《李自成》到《少年天子》《金瓯缺》,再到《白门柳》和《张居正》,茅奖对历史题材作品的关注已经形成了一种传承。《无字》在这届获奖作品中比较特殊,它是一部女性题材作品,由于其描写的时间背景的跨度接近一个世纪,因此作品在展现女性生活体验和生命历程的同时,也对社会的动荡和时代的变革做了描摹。第六届茅奖评委会主席张炯就认为,《无字》"被阅读所产生的文化影响和思想启示,必将有益于女性的进一步解放。而作为文学作品,《无字》在长篇小说的文体创造上,在语言的运用上都饶有自己的特色,可谓嬉笑怒骂皆成文章,艺术上不失为独树一帜的小说"①。平衡获奖作品的题材反映的是文学评奖的一种调控功能,即文学评奖可以通过有意识的、有目的的筛选来促进受众对不同题材文学作品的关注和阅读。张光年就指出,"如果,当代、近代、历史题材的作品相当多了,写秀丽山川、轻松愉快的作品受到了压抑,成了缺门,评论、评奖也应适时加以调节"②。可见,文学评论和文学评奖都有调控文学作品传播的功能。

茅盾文学奖的评选除了顾及题材均衡,也有平衡作家的考虑。关于"作家平衡"的问题还是要从第三届茅盾文学奖增设的"荣誉奖"说起。这个"前无古人,后无来者"的"荣誉奖"现在看来很有"补发荣誉"的意味。徐兴业的《金瓯缺》虽然到 1985 年才出齐四册,但它的第一册和第二册在 1980 年就已出版,且这两部在第一届茅奖评选时就受到了茅奖读书班的关注。据当时在读书班从事审读工作的陈美兰教授回忆,这部作

---

① 张炯.攀向高峰的艰难——评世纪之交长篇小说高潮与第六届茅盾文学奖 [J].文学评论,2005 (4):14.

② 张光年.谈文学与改革 [J].文学自由谈,1986 (6):5.

< 51 >

品"写得相当严谨但也过分冗长，艺术灵气确实欠佳"，而她之所以关注这部作品并希望它能获奖是因为她"被作者的创作精神深深感动了"，不过读书班中的很多人都不认同她的想法，他们认为"作家的创作精神当然可贵，但作为创作上的奖励还是应该以作品的质量为依据"①。《金瓯缺》的艺术品质究竟如何？它是否真的无法和《李自成》《少年天子》《白门柳》及《张居正》相媲美呢？不同的人恐怕会给出不同的答案，像文艺评论家郭绍虞就认为"徐氏的学识和才华，均不弱于姚氏"②（"姚氏"即《李自成》的作者姚雪垠）。然而无论是什么答案，都无法掩盖这样一个事实，那就是茅奖评委会以"荣誉奖"的名义对徐兴业和他的《金瓯缺》做出了肯定，而值得注意的是，第三届茅奖的颁奖时间是在1991年3月，作家徐兴业是在1990年5月去世的，也就是说，茅奖为重拾"遗珠"芳华、赞佩创作精神，将荣誉颁给了一名已故作家。《浴血罗霄》的出版时间是1988年，但早在20世纪30年代末萧克就已完成了初稿的写作。比之《金瓯缺》，《浴血罗霄》的获奖更能体现茅奖对作家身份的考虑——萧克是著名开国将领，是无产阶级革命家、军事家，也是党史和军史研究方面的专家，这样的"特殊身份"让《浴血罗霄》的获奖又有了特别的意义，即这部作品虽然归类于革命历史题材小说，但由于其作者是真正在抗战前线英勇战斗过的高级军事将领，所以作品对革命历史的还原度相对更高，作者所注入的情感也更为真挚和热烈。

虽然"荣誉奖"只在第三届设立过，但在后面几届的评选中，作家的其他社会任职以及作家的社会评价等还是对获奖作品的选择产生了一定的影响。比如王火在1949年之前是一名记者，1947年他曾采访过南京大屠杀的幸存者，因而他的《战争和人》在表现抗日战争不同阶段的政治局势和人的生存状态方面都非常真实，像其第一部《月落乌啼霜满天》中的庄嫂形象的原型就是他采访过的南京大屠杀的幸存者李秀英。又如历史系出身的王旭烽曾在中国茶叶博物馆工作过很长一段时间，她对中国茶文化的

① 陈美兰. 回忆首届茅盾文学奖评选读书班 [J]. 武汉文史资料，2013（10）：30-31.
② 郭绍虞. 序言 [A]. 徐兴业. 金瓯缺 [M]. 福州：福建人民出版社，1980：1.

< 52 >

了解可见一斑，《茶人三部曲》能够获奖，除了作品本身的魅力之外，也与作者长期从事茶文化的研究与传播工作关系密切。柳建伟是军旅作家，《英雄时代》是他的"时代三部曲"的最后一部，前面的两部分别是《北方城郭》（1997 年）和《突出重围》（1998 年），其实在这三部作品中，最能代表作者文学创作高度的是《北方城郭》，最能体现作者的职业身份的是《突出重围》，因此《英雄时代》的获奖一方面是它的题材应时的结果，另一方面也得益于茅奖对柳建伟的军旅作家身份和之前创作业绩的双重肯定。除了柳建伟，第六届茅奖得主中还有一位军旅作家，那就是《历史的天空》的作者徐贵祥。应该说，从魏巍到萧克，再到柳建伟和徐贵祥以及第七届茅奖得主周大新，重视军旅作家的作品俨然成了茅奖的一个传统。此外，在第三届至第六届的茅奖评选中，获奖时的年龄超过 70 岁的作家共有五位，他们分别是刘白羽、徐兴业、萧克、王火和宗璞。茅奖将荣誉授予这些"资深"的老作家，更大程度上肯定的是他们累积了数十年的创作业绩以及他们为中国文学的繁荣和发展做出的各方面贡献。于此，姚雪垠和王蒙的获奖也有着相似的意义。

茅盾文学奖是一个专门面向长篇小说的文学评奖，原则上说它要选出来的应该是优秀的文学作品，要考量的也是文学作品的艺术价值和社会价值。但是从第三届到第六届的评选来看，获奖作家的社会身份和社会影响也被考虑了进来，这样看来，茅盾文学奖评选的实际上就不仅是好作品，也是好作家，甚至有些时候"好作家"是排在"好作品"前面的。"作家平衡"虽然没有被写进评奖标准之中，但已经在茅奖的价值评判体系中潜藏多年，公众对茅奖提出的质疑也涉及这个方面。不过客观而论，文学评奖将作家的社会身份和社会评价考虑进来，是有益于推动获奖作品的传播的，因为的确有一部分茅奖获奖作者的知名度远高于其获奖作品；当然，另一种情况就是文学评奖通过荣誉授予的方式来有意识地提升作家的社会知名度，即茅奖不仅想为当代文学创作"树典"，也想为之"树人"。此外，获奖作家的社会身份和社会评价关乎着作家的群体归属和社会形象，而这些因素都会影响到读者对获奖作品的接受程度。

< 53 >

三、深化：兼顾艺术多元化和大众阅读市场

近些年来，除了茅盾文学奖、鲁迅文学奖（以下简称"鲁奖"）、老舍文学奖、曹禺文学奖、"五个一工程"图书奖、人民文学奖、全国优秀儿童文学奖和全国少数民族文学创作"骏马奖"等传统的文学大奖外，一些文学评奖活动"新宠"也进入到公众的视线，比如2003年由《南方都市报》设立的"华语文学传媒大奖"，2004年由中国出版集团和人民文学出版社主办、《当代》杂志社承办的"年度当代长篇小说奖"，2013年由路遥好友高玉涛发起的纯文学公益奖"路遥文学奖"（奖金来源于社会募捐），2015年由浙江省网络作家协会、宁波市文联和中共慈溪市委宣传部设立的"网络文学双年奖"，等等。而伴随着莫言捧得诺贝尔文学奖、刘慈欣和郝景芳获得雨果奖以及曹文轩斩获国际安徒生奖，公众对世界文学大奖的关注度也骤然上升。不过就在2015年10月8日，中共中央办公厅、国务院办公厅印发了《关于全国性文艺评奖制度改革的意见》（以下简称《意见》），《意见》中的一项重要内容就是"压缩全国性文艺评奖的奖项和数量"，其目的在于提高评奖的质量和权威性，促进文艺精品的创作和传播。《意见》公布后，全国性文艺评奖应声而"瘦"，中国作协对其主办的茅盾文学奖、鲁迅文学奖、全国优秀儿童文学奖和全国少数民族文学创作"骏马奖"的评奖过程、程序和规则都进行了规范和完善，调整中明确规定茅盾文学奖的评选对象为长篇小说，每届获奖作品不多于五部①。

其实从第七届的评选结果来看，茅奖的评选标准已经发生了较大的转变——对像《暗算》这样的通俗文学作品给予肯定以及增加少数民族评委的名额足以让公众看到茅奖改革的决心。第八届茅奖评选因首次引入"实名制投票""大评委制""初终评一贯制"，表彰"提名作品"，以及允许网络文学作品参评而备受关注。实名制投票的目的在于增强评选的透明度，最大限度地体现评奖的公正性。所谓"大评委制"指的是，除了评奖

---

① 参周玮，姜潇. 中国改革文艺评奖制度 文艺奖项大幅压缩 [EB/OL]. 新华网，http://news.xinhua-net.com/2016-01/12/c_ 1117753871. htm，2016-01-12.

< 54 >

办公室邀请的专家评委以及评委会主席评委外，全国各省、自治区和直辖市可各推荐一位专家加入评委阵容，此举意在扩大评委的遴选范围，提升评委的代表性，克服地域上的局限性。"初终评一贯制"即评委会全体评委要担任从初评到终评的所有工作，中途不再增加、缩减或替换，虽然这一举措大大增加了评委们的工作量，但它确实让评委们对参评作品的了解更为全面统一，也让评奖变得更加科学系统。第八届获奖作品是从 20 部提名作品中选出的，而提名作品则是从 180 部入围作品中脱颖而出的，这意味着提名作品在艺术上都已达到较高的水准，茅奖评委会将提名作品作为表彰对象，一方面是在更大范围上肯定了作家们的辛勤耕耘，另一方面也是为读者的阅读提供了更多的推荐和选择。到了竞争最为激烈的第九届评选，茅奖的审美取向已经表现得非常多元化，于此，评奖标准的改进和完善就既受到了受众诉求的推动，也暗合了文学艺术自身的发展需求。第九届茅奖的评选基本沿用了第八届的程序和标准，不过最值得注意的是，在第九届评委会成员中，刘复生、李朝全、张莉和谢有顺都是"70 后"，杨庆祥则是"80 后"，青年评委的注入不仅有益于提升评奖的审美活力，还有助于增进茅奖与年轻受众的沟通与交流。第十届茅奖的评选因恰逢中华人民共和国成立 70 周年，所以在意义上更为特别，"参评及获奖作品正体现了中国文学界在中国特色社会主义新时代，在习近平总书记关于文艺工作重要论述的指引下，深入生活，潜心创作，弘扬民族精神和时代精神，从'高原'迈向'高峰'的努力和成就"[①]。第十届茅奖评选在程序上和第九届并无太大差别，但是在奖项定位和评奖标准上有所调整，比较突出的有以下三点：一是把"茅盾文学奖是中国具有最高荣誉的文学奖项之一"这样的奖项性质放在了条例表述之首，已然明确了茅奖的主流地位和正面形象；二是在指导思想部分加入了"习近平新时代中国特色社会主义思想"，将"鼓励深入生活、扎根人民"改述为"坚持以人民为中心"，将"弘扬主旋律"改述为"弘扬社会主义核心价值观"，由此让第十届茅

---

① 李敬泽就第十届茅盾文学奖答记者问 [EB/OL]. 中国作家网，http://www.chinawriter.com.cn/n1/2019/0816/c403993-31300342.html，2019-08-16.

< 55 >

奖评选与中国的政治、经济、文化和社会发展保持高度同步；三是在评奖标准中强调获奖作品要"有利于坚定文化自信，展现中国精神"，要鼓励"满足人民精神文化生活新期待的作品"①。此外，从评奖结果看，41 岁的徐则臣凭借《北上》成为首位获得茅奖的"70 后"作家，这不仅反映了作为新时代中国文坛中坚力量的"70 后"作家已经具备了站上中国长篇小说创作"高峰"的能力，也体现出茅盾文学奖关注青年作家成长、关注文学代际发展的态度和意识。

从整体上看，"面向艺术多元化"是第七至第十届茅盾文学奖评选的一大特征，具体又体现在题材广阔和文化主题丰富两个方面。在第七届获奖作品中，贾平凹的《秦腔》和周大新的《湖光山色》都属于农村题材作品，迟子建的《额尔古纳河右岸》属于少数民族题材作品，麦家的《暗算》则触及了一个较为新颖的题材领域——谍战。在第八届获奖作品中，张炜的"鸿篇巨制"《你在高原》书写的是 20 世纪 50 年代知识分子的精神困境，刘醒龙的《天行者》关注中国乡村民办教师的教育梦想和现实生活窘况，莫言的《蛙》以乡土为背景，涉足的实际上是计划生育题材，毕飞宇的《推拿》着眼于盲人推拿师群体的现实生活，刘震云的《一句顶一万句》则以人与人之间的"说话"为核心来呈现"中国式孤独"。在第九届获奖作品中，格非的《江南三部曲》以跨越一个世纪的历史里程展现了中国知识分子的精神变迁，王蒙的《这边风景》将 20 世纪六七十年代的阶级斗争融于新疆乡村生活背景之中，李佩甫的《生命册》探索的是从乡村迈入城市的知识分子的心路历程，金宇澄的《繁花》通过呈现上海市井生活对城市文学书写做了回归，苏童的《黄雀记》从青少年强奸案切入，透视的是时代巨变中人的精神疾患。在第十届获奖作品中，被称为"五十年中国百姓生活史"② 的梁晓声的《人世间》以平民视角书写了改革开放

---

① 中国作家协会书记处.茅盾文学奖评奖条例（2019 年 3 月 11 日修订）［N］.文艺报，2019-03-19 (1).

② 高凯.著名作家梁晓声新作《人世间》在京首发 ［EB/OL］.中国新闻网，http：//www.chinanews.com/cul/2018/01-11/8421877.shtml，2018-01-11.

< 56 >

进程中中国社会经历的巨变，徐怀中的《牵风记》用现实主义和浪漫主义相结合的手法书写了鲁西南战役中的爱与人性，徐则臣的《北上》借京杭大运河讲述的是人与人之间超越国别和民族差异的真挚情感，陈彦的《主角》融中国戏曲文化、现实主义叙事传统、中国社会四十年之变革为一体，李洱的《应物兄》以广记当代知识阶层人物的言行举止为重点的"博物馆式"的书写对知识分子题材长篇小说做出了超越。获奖作品的题材广阔一方面反映出近些年来兼具历史理性与人文关怀的作家群体对社会生活的洞察力不断增强，对现实世界和人的精神世界的关注和思考更加深刻；另一方面也折射出"历史"和"当下"实际上都具有相当深广的复杂性，文学作品在呈现这种复杂性上还有着巨大的提升空间。

广阔的题材内蕴着丰富的文化主题，近四届茅奖获奖作品从文化内核上看已经不再像前六届的一些获奖作品那样过分拘泥于建构国家主流意识形态所倚重的"大国家、大历史"的政治文化氛围，而是在遵从民族传统文化和现代文化的自然流溢与碰撞的前提下，多面向地展现中国的历史与当下。在《秦腔》中，作为陕西独有戏曲形式的"秦腔"就既以其本身悠久的历史、丰沛的文化魅力以及濒临传承断裂的文化命运诉说了一种传统文化形式的无奈衰落，又以这种曲艺形式濒危的现实象征了传统农耕文化行将被吞噬的历史必然。《额尔古纳河右岸》立足鄂温克族文化、萨满文化以及生态文化，通过展现弱小民族惊人的生命力和抵抗力来呼唤人与自然的和谐。《暗算》是近三届茅奖获奖作品中最贴近大众文化品位的一部作品，其文化意义在于它所提供的谍战题材和悬念叙事满足了大众读者的猎奇心理和阅读取向。《一句顶一万句》聚焦的是中国的"语言文化"，但这个"语言文化"并不是指诗词歌赋的创作理念或技巧，也不是指语音、词汇和语法构成之类，而是专指"说话"这件事，作者以"说得上话"和"说不上话"对人进行了分类，由此引申出了对"孤独"这一主题的思考。《蛙》以"蛙"为喻，谈的是中国的生育文化，在计划生育制度和人的生殖崇拜之间，作者所要探讨的是人对生命的敬畏之心以及人性在特殊环境下发生的异化。《江南三部曲》被冠以"桃源变形记"和"理想的悲歌"

< 57 >

之名，作者在江南文化的气韵中诗意地畅谈着知识分子的"乌托邦"文化主题，其对于理想主义的激荡、恣肆、怅惘、失意和麻木的呈现具有明显的回归传统、反思现代性的指向。《繁花》对上海都市文化精神的表现和探究是张爱玲和王安忆等关于上海城市文化书写的一个重要的延续或者说补充，其突出特点在于作者以上海方言进行写作，将上海这座城市的雅与俗融合在一起，缔造出一个包容性的空间，沪上文化的况味在地方语言和包容性空间的双重作用下获得了温柔而持久的生命力。对丰富文化主题的关注和肯定反映出茅盾文学奖在提升评奖艺术标准、引导读者接触多样文化以及促进文化大发展大繁荣方面所下的决心。

在第九届茅盾文学奖评选结果公布后，一些批评家明确指出，茅奖已经把原有的"作品奖"变成了"作家奖"。其实这种看法的产生不足为奇，《江南三部曲》的整体人气确实有相当一部分来自《人面桃花》（2004年）和《山河入梦》（2007年）；《这边风景》在题材、表现手法和主题上鲜有突破，茅奖的荣誉更像是补给《活动变人形》和"季节"系列的，当然这其中也有给王蒙颁"终身成就奖"的意味；《生命册》在艺术上并没有超过1997年的《羊的门》，对作品的肯定的确有对李佩甫以往创作的肯定之义；《黄雀记》延续的是"香椿树街"的故事，茅奖的青睐不能说没受到苏童在中短篇创作上做出的突出贡献的影响，且这个荣誉也从侧面肯定了苏童的《米》《我的帝王生涯》《碧奴》《河岸》等优秀长篇作品的创作。而事实上，第七届、第八届、第十届的评选也有"作家奖"的味道，比如一些读者认为入围第六届茅奖的麦家的《解密》远比他的《暗算》要好；张炜的《古船》和《九月寓言》的艺术水准在《你在高原》之上；莫言的《丰乳肥臀》《酒国》《檀香刑》和《生死疲劳》等长篇作品的艺术魅力都超过了《蛙》；毕飞宇的《玉米》和《平原》并不逊色于《推拿》；李洱的《花腔》和《石榴树上结樱桃》比《应物兄》更能代表其创作风格等。应该说，近四届茅奖评选所凸显出的"作家奖"性质是对"作家平衡"思维的一种延续和拓展，当然这种性质的出现也有它的必然性。首先，当下的严肃文学创作确实出现了"断档"的情况，"70后"能够扛起

< 58 >

当代文学大旗的作家仍是凤毛麟角,"80后"和"90后"的文学创作因为从一开始就受到了大众消费市场的影响,所以始终难以找到一个独属于自己的艺术方向,茅奖把更多的荣誉颁给"50后"和"60后"作家,是因为目前他们的确还是当代长篇小说创作的中坚力量。其次,话语环境的开放让一些热衷敏感话题和艺术实验的作家获得了更多斩获茅奖的可能。《古船》也好,《檀香刑》也罢,在评选当时都受到了话语环境的禁锢,而茅奖的评选由于在参评作品的出版时间上有严格的规定,所以不可能出现"追认"的情况,想要弥补遗憾只能通过肯定作家其后的创作成果来实现。最后,所谓的"作家奖"实际上也是考虑到了读者的利益,一方面获奖的这些作家有相当一部分都有着自己稳定的读者群,把荣誉颁给作家的同时,其实也就形成了对读者阅读选择的肯定;另一方面,一些作品的获奖虽然把"作品奖"变成"作家奖"并引起了争议,但由于获奖作家的创作业绩突出,且其获奖作品的艺术水平也能够达到茅奖基本的评选标准,所以读者对于奖项含金量的诟病还是会有所降低。

由"读者的利益"引出的另外一个问题是近四届获奖作品的传播覆盖率问题。在前几届茅奖获奖作品中,有几部作品成为广受读者喜爱的常销书,比如《平凡的世界》《穆斯林的葬礼》《白鹿原》《尘埃落定》等,但是从第七至第十届获奖作品来看,除了《暗算》《推拿》和《繁花》因受影视改编和互联网讨论的影响而获得了较高的关注度外,其余作品的销量和读者关注度并不理想。面对这种情况,茅奖的评选是否有些孤芳自赏、自娱自乐呢?从整体上看,茅盾文学奖作为一项国家性文学评奖要兼顾的面向非常多,比如国家主流意识形态的建设,文学艺术内在品质的褒扬,大众读者阅读需求的满足与阅读取向的引导,作家整体创作业绩的肯定以及文学批评家评判尺度的平衡,等等。公允地说,近四届茅盾文学奖的评选较之以往已是更关注读者的感受。首先在作品销量问题和传播覆盖率问题上,茅奖不仅照顾了读者的阅读诉求,还坚持了对读者的精神文化取向的引导。具体来说,像《暗算》这样的通俗文学作品之所以能够获奖,很大程度上得益于茅奖对读者意愿,甚至是电视观众意愿的满足;而像《繁

< 59 >

花》这样从网络写作开始的作品，茅奖愿意倾向它，也体现出其对网络读者的尊重。当然，茅奖本身也有它自己的文化引导诉求，评委们希望通过文学评奖给读者提供一种阅读推荐。2011年党的十七届六中全会指出："目前有影响的精品力作还不够多，文化产品创作生产引导力度需要加大。那么，如何实现这种引导呢？具体方式有多种，其中，通过评奖、特别是全国性评奖促进精品力作的生产是重大的引导。"① 近些年来，茅奖在引导读者阅读方面已不像20世纪80年代和90年代那样效果卓著，不过仍有相当一部分读者会将茅奖获奖作品列入自己的书单。不过，不可否认的是，那些具有通俗性、娱乐性、刺激性、神秘性和悬念性，以卖弄眼泪、回忆和情怀为法宝的文学作品更能吸引消费时代大众读者的眼球，而对大多数读者来说，像《江南三部曲》《繁花》《黄雀记》《蛙》《推拿》《秦腔》和《额尔古纳河右岸》这样艺术性强、主题深刻、文化内蕴丰富的作品在阅读和理解上都是有一定难度的。正如作家格非所言："写作是要给读者带来一定的困难，只有我们遇到困难的时候，我们才会思考，否则你不会思考，你是在欣赏、消费，对文学语言也是这样。"②

向网络文学敞开大门是茅盾文学奖评选有意靠近大众阅读市场的又一体现。2011年第八届茅奖首次接纳网络作品参评，而这个规则上的重大变化其实是受到了鲁奖的影响——第五届鲁迅文学奖在规定参评作品的推荐范围时就明确指出，"推荐参评的作品均应为在2007年1月1日—2009年12月31日期间由国家批准出版发行的报纸、刊物、出版社发表和出版的中文作品，由国家批准拥有互联网出版许可证的网站发表的中文作品"③。当然，茅盾文学奖对于网络文学参评作品也有自己的要求，即"重点文学网站推荐的作品，应为评奖年度范围内在本网站发表并由出版单位出版的

---

① 胡平. 不同寻常的第八届茅盾文学奖 [J]. 小说评论，2012 (3)：4.

② 汪晓慧. 格非：用自由换钱是日常危机 [EB/OL]. 腾讯网，http：//cul.qq.com/a/20150901/070035.htm，2015-09-01.

③ 中国作家协会鲁迅文学奖评奖办公室. 关于征集第五届鲁迅文学奖参评作品的公告 [EB/OL]. 中国作家网，http：//www.chinawriter.com.cn/news/2010/2010-02-28/83008.html，2010-02-28.

< 60 >

图书作品，推荐时应征得著作权人和出版单位的同意，并提供样书"①。这意味着，网络文学作品必须落地成书才能够参加茅奖的评选。关于这一点也有一些读者和批评家提出了质疑，认为茅奖虽然表面上愿意接纳网络文学作品，但实际上还是设置了较高的门槛儿，要求过于苛刻，毕竟与庞大的网络文学群体相比，真正落地成书的还只是少数。针对这种质疑，第八届茅奖评奖办公室主任胡平曾做出回应。一方面，胡平指出，"网络文学作品的写作目标和茅盾文学奖评选规定是矛盾的。通常情况下，网络文学作品如果在网上'火'了，一般都要写续集以扩大影响。但是传统文学更多考虑的是在 20 万至 30 万字内完成一部经典作品。除非作家有系统的写作计划，作品完成后一般不会写续集。而茅盾文学奖评奖的一个规定就是多卷本作品应以全书参评"②，而这也是影响网络作品参评的重要原因。另一方面，胡平并不认为"网络文学都是大众文学、通俗文学。网络文学中也有很严肃的作品，比如《大江东去》。由于有这样一部分网络文学作品存在，茅盾文学奖无论何时都不能放弃让网络文学参评"③，而"以完成版参评，对于传统文学和网络文学是统一要求，是为了保证作品的完整质量和奖项的严肃性"④。从第八届和第九届的评选来看，获得茅奖入围资格的网络文学作品确实占比很低，不过正如网络作家骁骑校所说："网络文学的去精英化使更多的草根写手加入到作家的行列，进而成长到可以参评中国最高的文学奖项，这本身就是一种进步。"⑤

---

① 第八届茅盾文学奖评奖办公室. 关于征集第八届茅盾文学奖参评作品的通知 [EB/OL]. 中国作家网，http://www.chinawriter.com.cn/news/2011/2011-03-02/94767.html，2011-03-02.
②③ 黄小希，王雪玮. "我们裁判作品，社会裁判我们" [N]. 新华每日电讯，2011-08-17（8）.
④ 胡平. 不同寻常的第八届茅盾文学奖 [J]. 小说评论，2012（3）：11.
⑤ 宋波鸿. 茅盾文学奖对网络文学太苛刻？[N]. 辽沈晚报，2011-05-17（C08）.

< 61 >

第二章　传播重心：茅奖获奖作品的
"奖后"传播

　　茅盾文学奖获奖作品在经过三重"门区""把关人"的筛选和过滤后成为真正意义上的"获奖作品"，"获奖"不仅意味着这些作品的传播有引导国家主流价值观念之用，也意味着它们在接下来的传播过程当中会或多或少地从茅盾文学奖这一象征资本中借力。文学奖项本身是一种"象征资本"（Symbolic Capital），它是基于荣誉和声望的累积而形成的一种符号资本，由于这种资本通常与金融资本、人力资本等具有显性经济价值的资本类型有所不同，所以它也被布迪厄称为"被否认的资本"①。"象征资本附着于任何一样具有交换价值的人或物上，都会成为品牌"②，而图书就是具有交换价值的物，所以附着于获奖作品之上的"茅盾文学奖"就是一个品牌。品牌化出版既有利于推动获奖作品的"奖后"传播，也有助于促进象征资本的累积，不过这个推动和促进的幅度究竟有多大，还要看社会大众的反应。影视改编进一步推动了获奖作品的传播。虽然并不是所有针对获奖作品进行的影视改编都发生在作品获得茅奖之后，但无论是"奖前"改编还是"奖后"改编，都会帮助获奖作品扩大影响。更为重要的是，影视改编作品的传播实际上还帮助茅盾文学奖提升了品牌知名度，比如对于那些完全不喜欢阅读文学作品的人来说，看电影、看电视也是让他们接触茅

---

① ［法］皮埃尔·布迪厄. 实践感［M］. 蒋梓骅译. 南京：译林出版社，2013：186.
② 王原君. 象征资本［M］. 北京：线装书局，2015：145.

< 62 >

奖获奖作品的有效途径。当然，我们也应该注意到，公众如何看待茅奖会对获奖作品的"奖后"传播产生很大的影响，而当前最能影响公众形成共同认知态度的就是纸质媒体、网络媒体以及基于互联网讨论而形成的大众舆论。

第一节　扩大作品"奖后"传播的思想意义

茅盾文学奖因由中国作家协会主办而常被视为国家性文学评奖，而实际上与这个"国家性"有更深呼应的是茅奖在评选标准中对获奖作品内蕴的"思想性"的强调。从整体上看，茅奖获奖作品的思想核心是"国"——几乎每一部获奖作品都承载着作家的"家国天下"意识，除了那些典型的"大国家、大历史"叙事外，小家庭和小人物的悲欢离合也总是被置于国家和民族的历史发展长河之中。在透视国家历史和国民生活的过程中，作家发现了容易被人忽视甚至轻视的底层社会群体，也发现了底层社会群体当中人性的善恶和人情冷暖。从思想建设的角度来说，官方通过设立茅盾文学奖把已经进入传播场域的获奖作品从众多长篇小说当中挑选出来，其目的主要有两个：一是以获奖作品的传播强化大众的"家国天下"意识，二是以获奖作品的传播召唤人性善的一面和人情暖的一面。

一、以获奖作品的传播强化"家国天下"意识

"家国天下"意识主要根源于中国传统的"家国一体"思想。和西方文明不同，中国千年文明积淀下来的是"以人文代宗教的文明传统"①，儒家文化传统在其中占据着相当的比重。孟子认为"天下之本在国，国之本在家，家之本在身"②（《孟子·离娄上》），这个"天下"就是"普天之

---

① 许纪霖. 独根、造根与寻根：自由主义为何要与轴心文明接榫 [A]. 许纪霖，刘擎主编. 多维视野中的个人、国家与天下认同 [M]. 上海：华东师范大学出版社，2013：41.
② 杨伯峻. 孟子译注（上）[M]. 北京：中华书局，1962：167.

< 63 >

下"或曰"天之下的所有土地","国"意指"诸侯所辖之土地","家"则笼统指向家族和家庭,"身"就是个人了。《礼记·大学》以"修身齐家治国平天下"阐释了个人、家庭、国家和天下之间的关系,即"古之欲明明德于天下者,先治其国;欲治其国者,先齐其家;欲齐其家者,先修其身;欲修其身者,先正其心;欲正其心者,先诚其意;欲诚其意者,先致其知,致知在格物。物格而后知至,知至而后意诚,意诚而后心正,心正而后身修,身修而后家齐,家齐而后国治,国治而后天下平"①。可见,"修身"是"齐家"的前提,"齐家"是"治国"的前提,"治国"是"平天下"的前提。北宋文学家范仲淹的传世名句"先天下之忧而忧,后天下之乐而乐"(《岳阳楼记》)表达的就是作者以个人之身济天下的宏愿。将个人、家庭、国家和天下视为关联密切的一体,应该说是以血亲关系为基础的宗法社会的思想产物。由于,有势力的家族,特别是皇室家族,在国家的统治和管理中掌握着绝对的权力,家族的组织结构也就和国家的组织结构有了共通之处,这样就又派生出"家国同构"的说法,像《论语·颜渊》中的"君君,臣臣,父父,子子"和董仲舒提出的"君为臣纲、父为子纲、夫为妻纲"等都是"家国同构"的体现。明代著名思想家顾炎武在探讨"圣人之道"时指出:"愚所谓圣人之道者如之何?曰'博学于文',曰'行者有耻'。自一身以至于天下国家,皆学之事也;自子臣弟友以至出入、往来、辞受、取与之间,皆有耻之事也。"② 这里,"天下国家"四字已被放在了一起,但它的意思和今天所说的"家国天下"还有很大差异。实际上,近代著名学者刘师培在信笺(1904 年)上写下的"窃念天下兴亡,匹夫有责"③ 以及近代著名思想家梁启超在《痛定罪言》(1915 年)中提到的"天下兴亡,匹夫有责"④ 皆出自顾炎武《日知录·

---

① 中国科学院哲学研究所中国哲学史组. 中国哲学史资料选辑 先秦之部 [M]. 北京:中华书局,1964:1098.

② 中国科学院哲学研究所中国哲学史组. 中国哲学史资料选辑 清代之部 [M]. 北京:中华书局,1962:95.

③ 王凌. 有关刘师培一则早期反清资料 [J]. 历史档案,1988 (31):135.

④ 梁启超. 梁启超全集(第五册)[M]. 北京:北京出版社,1999:2778.

< 64 >

正始》中的"保国者，其君其臣，肉食者谋之；保天下者，匹夫之贱，与有责焉耳矣"①。尽管在顾炎武那里，保护"国家"只是君王和臣子那些掌握权力的人应该去谋划的事，但若将"修身齐家治国平天下"的思想以及中国近代的社会历史环境糅合进来，便可知刘、梁二人所呼唤的"个人要为天下计"其实更多指的是个人要为国家和民族的兴亡担起责任。在很多表述中，"天下"指的都是作为一个整体的"国家"，比如"秦始皇一统天下"和"天下三分"等。不过，在"国家"以领土、主权、种族、人民、文化等因素综合形成一个带有政治地理性意义的名词后，"天下"也衍生出新的含义，即"全世界"。

"天下兴亡，匹夫有责"和"有国才有家，有家才有国"这些观念在五四运动以后已经综合内化为中国知识分子强烈的爱国主义情怀和忧国忧民意识，像陈独秀、李大钊、胡适、鲁迅等先驱者均以自己的文学实践深刻地揭露了民族的积弊，热切地呼唤了国家的未来。1921 年成立的文学研究会提出了"文学为人生"的主张，这一主张强调的是文学创作要关注人生，反映社会现象，而"人生"和"社会"实际上指向的还是"国民的人生"和"国民所构成的社会"。从鲁迅的《狂人日记》《孔乙己》《药》等作品，到盛极一时的"问题小说"，再到王鲁彦、彭家煌、台静农等青年乡土作家的创作实践，都表明作家已深深地意识到个人、家庭和国家是同呼吸、共命运的，家与国是互为依托的。大约从 20 世纪 20 年代末到 30 年代中后期，"'中国社会半殖民地化'成为作家关注的焦点"，"这一时期最杰出的作家茅盾、巴金、老舍、沈从文、曹禺、田汉、洪深、艾青、丁玲、张天翼、李劼人、沙汀，等等，都为这一时代中心主题与题材所吸引"②。而从抗日战争爆发一直到中华人民共和国成立，国家与民族的生死存亡始终都是作家们最为关心的时代主题，应该说无论是正面反映战争现场、弘扬正义的战斗精神的作品，还是侧面呈现战时社会人们的生活状况

---

① 顾炎武，黄汝成集释. 日知录集释 [M]. 石家庄：花山文艺出版社，1990：590.
② 钱理群，温儒敏，吴福辉. 中国现代文学三十年（修订本）[M]. 北京：北京大学出版社，1998：161.

< 65 >

和精神状态的作品，都已体现出作家"以小家观大国，以大国为大家"的思想意识。中华人民共和国成立后，"国家"的概念因阶级的划分以及意识形态和政体的确立而被不断强化，文学创作在塑造个人形象和讲述家庭故事时也就明显表现出以"国家"为重的倾向。但是伴随着阶级斗争的扩大和深化，国家的命运在文学作品中开始与个人、家庭的命运发生脱节，即并不是所有的个人和家庭都有资格与国家命运与共，这个资格更多地掌握在了无产阶级的手中。

20 世纪 60 年代邓拓在参观无锡的东林书院时，看到了明代东林党领袖顾宪成撰写的对联"风声雨声读书声，声声入耳；家事国事天下事，事事关心"，回到北京后他有感而发，写下了文章《事事关心》（收录于《燕山夜话》），这副对联也由此成了名联。邓拓看重此对联，显然是因为此对联有助于激励中国人多读书，多关心国家大事，而所谓"家事国事天下事，事事关心"实际上已经与作家创作中所彰显的"家国天下"思想有着某种精神上的契合。就茅奖获奖作品来说，"家国天下"的思想意识具有双重内涵：其一，无论是写个人、家庭、家族，还是写民族、国家、世界，这些作品都体现了作家"为中国画像"的意图，都有呈现中国面貌的作用；其二，无论是讲述个人、家庭、家族的故事，还是讲述民族、国家的故事，作品都能表现出作家对中国的发展和建设以及人民的生活状态和精神状态的高度关注。而具体来说，茅盾文学奖获奖作品主要是通过"以小家观大国"和"以大国为大家"两种路径来展现"家国天下"的思想意识的。

"以小家观大国"遵循的是"以小见大"的框架，这个"小家"指的是家庭和家族。茅奖获奖作品多有对小家庭的喜怒哀乐和大家族的悲欢离合的呈现，在这些呈现的背后都隐含着对大的国家历史和社会生活的观察和思考。《许茂和他的女儿们》表面上是写许茂老汉一家人经历的各种生活变故，实际上是将这一家人作为社会发展和国家复兴的记录者来写的，四姑娘许秀云能够挣扎着从不幸的婚姻中走出并找到自己的幸福，九姑娘许琴能够作为"新青年"勇敢地从乡村迈向县城去追求更广阔的精神天

< 66 >

地，都是得益于国家能够从政治动乱的积弊当中走出来，许家人所经历的曲折和苦难实际上与中国所经历的曲折和苦难是同步的，这个家庭就是这个国家的一个缩影，是一个平凡却又极具代表性的角落。《战争和人》也写了一个家庭，且在"以小家观大国"上更具典型意义。抗日战争期间，国民党官员童霜威为了避难带着儿子童家霆辗转于南京、武汉、香港、上海、重庆等多个城市，他这一路看尽了战火硝烟中的人间百态，在经历了方丽清逼婚、特务跟踪、作为共产党员的第一任太太柳苇英勇就义、弟弟童军威为捍卫南京壮烈牺牲、秘书冯村被捕、内弟柳忠华（柳苇的弟弟）为信仰强忍失爱之痛等变故之后，他的救国救民之心也被逐渐唤醒。更重要的是，童家霆在颠沛流离之中也成长为一名年轻的爱国战士，他必将为这个国家的未来贡献更多的青春力量。小说以童霜威、童家霆父子为轴心，辐射出的周边人物的身份是复杂多样的，作者通过展现这些人物的生命足迹实际上已经勾勒出了战时大半个中国的样态。以上两部作品是将国家的社会历史环境作为一个大前景置于家庭变故的书写当中，而有一些获奖作品由于更为集中地书写小家庭中的各色小人物的生活，所以对时代更迭和社会变迁表现得更为隐晦。《繁花》对国家历史的表现更巧妙，明明是宏庆夫妻、康总和梅瑞的一次结伴出游，四人坐在一起打牌闲聊，话头中却绕进了史书里的词汇，即"康总说，打这副牌，当年是大小姐，还是姨太太。宏庆说，地主老爷，还乡团，忠义救国军军长，后来呢，贫农委员会主任。梅瑞说，还有呢。宏庆说，妇女干部，大队长"[①]。大小姐、姨太太和地主老爷是中华民国时尚存的称呼，"还乡团"说的是国共内战，"忠义救国军军长"指向淞沪抗战后的戴笠，贫农委员会涉的背景是1950年的农村阶级划分，妇女干部、大队长则是从1958年"大跃进"开始才被大量使用的名词。《白鹿原》是以家族史代国家史的经典之作，小说将白、鹿两大家族的博弈历程置于诸多国家历史转折点当中，比如"张总督起事"观照的是辛亥革命期间张凤翙等人的革命活动，"二虎守长安""刘军长算卦"和"杨排长征粮"等反映的是北伐时期杨虎城和李虎臣二

---

① 金宇澄. 繁花 [M]. 上海：长江文艺出版社，2013：32.

< 67 >

人抵御刘振华进攻西安这一历史事件，鹿兆海参加中条山保卫战则是以抗日战争进入相持阶段为背景。在茅奖获奖作品中，有相当一部分都以宏大的革命历史叙事为主，这类作品遵循的就是"以大国为大家"的思路，比较有代表性的作品包括《东方》《第二个太阳》《浴血罗霄》《历史的天空》等。由于宏大的革命历史叙事具有较高的完整性、统一性和目的性，能够包纳丰富的关于国家和民族的历史构想，所以它在展现国家发展历程和民族奋斗征程方面有着不可替代的作用。此外，从人物塑造的角度来看，宏大的革命历史叙事还有助于树立典型的英雄形象，因为革命英雄人物通常会集智慧、力量和奉献精神于一身，有为国家和民族战斗到底、牺牲一切的决心，更重要的是，他们在捍卫"大国"的同时其实守护的是无数个"小家"，这就意味着在打动读者和感召读者方面，革命英雄人物形象始终有着不可小觑的力量。茅盾文学奖有青睐革命历史题材作品的传统，也主要是基于以上这两点。传统的历史题材小说也专注于对"国家大历史"的述说，这类作品一般立足于知名历史人物的形象塑造，通过历史人物的事迹来展现国家历史，像《李自成》《少年天子》《张居正》《金瓯缺》都是如此。

茅盾文学奖推崇具有"家国天下"意识的文学作品，很大程度上是因为这些作品能够帮助国家主流意识形态实现对读者的"价值观及信仰的再造"①，其实质是通过文学评奖的阅读引导功能来助力理想的国家秩序的建立。这个"国家秩序"是一种隐蔽的精神层面的秩序，它以文学作品对人的潜移默化的影响为基础，与国家法律、公共道德等对人的思想和行为的直接规约有所区别。以茅盾文学奖的评选来带动获奖作品的传播，以获奖作品的传播来协助建设国民的精神秩序，这其实反映的是国家对文化领导权的利用问题的高度重视。意大利思想家葛兰西认为，对于一个国家而言，文化领导权往往比政治领导权还要重要。就读者而言，他们中的大多数都属于市民社会阶层，而市民社会正是组织和实施文化领导权的重要场

---

① ［英］利萨·泰勒，［英］安德鲁·威利斯. 媒介研究：文本、机构与受众 ［M］. 吴靖，黄佩译. 北京：北京大学出版社，2005：31.

< 68 >

所，文学评奖让身处市民社会的广大读者在日常生活中无意识地接受着国家主流意识形态推崇的价值观念，这既是文化领导权的一个实施过程，也是一种扩大文化领导权的有效方式，这种方式"被葛兰西形象地称为'阵地战'"①。茅奖获奖作品的传播之所以隐含着建立国家秩序的功能，也就是因为国家性文学评奖本质上承担着实施文化领导权的任务和战略。在文学评奖的过程中，评奖委员会是文化领导权的具体组织者，这是因为作为知识分子的评委在文化领域有领导和联系的功能，恰如葛兰西所说，他们既是"领域中的'专家'"，也是"熟练的政治知识分子"②。"专家"的身份指向评委在判断文学作品的艺术品质和价值上具有较高的专业性，像茅盾文学奖的评委一般都是由资深的文学批评家、作家和文学编辑等专业人士来担任；"熟练的政治知识分子"身份指向评委在把握国家文学政策、文化发展趋势以及文化建设需求上有着较高的精准度和前瞻性，像茅奖评委中就有相当一部分在中国作家协会、国内知名的高校、科研院所以及文学研究刊物出版部门等担任要职。

二、以获奖作品的传播召唤人性美和人情美

文学作品，特别是小说作品，总是在写"人"。一些文学作品之所以会彰显"人道主义精神"，会体现出作家的"人文关怀"，都是因为它们集中关注了"人"。在庞大的社会体系当中，人会被按照一定的标准分为所谓的"三六九等"。马克斯·韦伯以财产、声望和权力三项指标对社会进行了分层，这三项指标实际上指向的就是金钱、知名度和政治地位。新时期以来，人们的物质生活水平得到了极大提高，不过随之而来的是社会贫富差距的扩大，贫富差距让社会逐渐形成分层，"底层社会群体"也就由此产生。陆学艺在《当代中国社会阶层研究报告》中绘制了"当代中国社会阶层结构图"，该图显示"底层"包括"生活处于贫困状态并缺乏就业

---

① 宋华忠. 新社会阶层的兴起与中国共产党领导权实施路径 [M]. 上海：上海人民出版社，2014：109.

② ［意］安东尼奥·葛兰西. 狱中札记 [M]. 葆煦译. 北京：人民出版社，1983：419，428.

< 69 >

保障的工人、农民和无业、失业、半失业者"①。虽然这样严格的界定不能完全涵盖文学作品所表现的"底层社会",但它也足以作为其重要组成部分被认识和理解。2004年,《天涯》杂志以"底层与关注底层的表述"为专题掀起了关于"底层文学"的讨论热潮,"底层"在文学创作和文学批评领域开始有了较为精确化的指向,近年来,"底层文学"或曰"底层写作"已经变成了一个重要的文学现象,一个当代文学不可绕过的课题。

许多茅奖获奖作品都体现了作家的底层关怀意识,这种意识表现为作家介入底层人的日常生活,关注底层人的生产生计的创作立场,它与孟子倡导的"民为贵"、宋代儒学家张载所主张的"为民立命"以及绵亘中国千年的"以民为本"思想等都是相通的。作家关怀底层人群一方面表明他们已经意识到贫富分化会危害到社会的稳定和人的身心的健康发展,另一方面也证实他们在底层社会捕捉到了现代社会中一些稀有的或者被忽视的人性品格。与"家国天下"这种相对宏观且基调较为昂扬的思想意识相比,底层关怀意识为文学创作提供的是一种微观而具体的动力和视角,这种意识促使作家的创作更贴近平民百姓的生活现实。

知识分子的人道主义精神为作家的底层关怀意识提供了精神支撑。以哲学精神的姿态问世的"人道主义"有着漫长而深刻的发展历程。"最早使用人道主义一词的是古罗马人,主要是在教育意义上使用,最常用的含义就是一种道德的教化,主要探讨人是什么,德行是什么和如何教化人的问题。"② 文艺复兴时期,人道主义的内涵转向"以人为中心",其重要意义在于打破了中世纪宗教信仰对人的思想的顽固钳制,将人性抬到了至高无上的位置,而此时"人道主义"所涵盖的一些基本内容,比如尊重人和关怀人、发现人的价值以及人有追求现世幸福的权利等,已与今日所言的"人道主义"有重合之处。启蒙时代来临,"理性"成为一个光耀夺目的关键词,思想家对人道主义的阐释以及革命者对人道主义精神的实践都表现

---

① 陆学艺. 当代中国社会阶层研究报告 [M]. 北京:社会科学文献出版社,2002:9.
② 郭小说. 成为什么样的人和如何成为人——论人道主义精神的实质 [J]. 理论月刊,2014 (7):52.

< 70 >

出了浓烈的理性色彩，像"自由""平等""博爱"等观念的提出就充分响应了反对禁欲主义和封建主义的时代主题。人道主义的内涵在黑格尔那里得到了进一步的深化：由于青年时期深受法国大革命的影响，所以黑格尔曾高扬"理性"大旗，提出了"让理性和自由作为我们的口号"①；在《精神现象学》一书中，黑格尔又揭示了"劳动"之于人的形成重要意义，他指出奴隶就是通过劳动认识到自身作为人是有尊严和力量的，不过黑格尔所指称的"劳动"是一种自我意识，是抽象的精神劳动，"精神作为一个自我意识亦即作为一个现实的人存在在那里"②。马克思把人置于具体的物质生产实践当中，从现实性和阶级性的层面超越了前人对人道主义的理解和阐发。在他看来，资产阶级倡导的人道主义是服务于资产阶级发展需求的抽象的人道主义，劳动者想要在资本主义社会中生存下来只能通过出卖自己的劳动力，其结果就是劳动者成为被压迫和被剥削的对象，并发生异化。基于此，马克思所推崇的人道主义是无产阶级的人道主义，它以消灭剥削、压迫、奴役和劳动异化等为出发点，面向的是真正意义上的人的自由解放和全面发展。受西方早期的人道主义价值观念和马克思的无产阶级人道主义价值观的影响，"五四"时期中国作家开始明确关注"人"的问题，中华人民共和国成立后高尔基的"文学是人学"观念又对作家和批评家在文学领域的实践产生了影响。

　　新时期以来，作家对人道主义精神的理解和践行更加具体，也更贴近社会主义建设和人民的现实生活，许多文学作品都体现出作家对普通人特别是社会底层人群的日常生活状态和精神世界的关注，茅盾文学奖获奖作品是其中的突出代表。茅奖获奖作品首先特别关注的是生活水平较低的农民群体。《芙蓉镇》和《许茂和他的女儿们》两部作品都意在讲述"文化大革命"对农民思想和生活的影响，在当时的历史背景中，人与人之间的差距并不在贫富上，这是因为在 20 世纪 60 年代的中国乡村，农民的生产力水平和生活水平普遍较低。而如果仔细阅读茅奖获奖作品即可发现，

①　蒋孔阳，朱立元．西方美学通史（第 4 卷）[M]．上海：上海文艺出版社，1999：552．
②　[德] 黑格尔．精神现象学 [M]．贺辟麟，王玖兴译．北京：商务印书馆，1979：235．

< 71 >

《芙蓉镇》《许茂和他的女儿们》《平凡的世界》《骚动之秋》和《秦腔》这几部表现中国社会底层农民生活境况和思想变迁的作品是时间上的排序，它们共同勾勒出了中国农民近四十年的生存面貌。《平凡的世界》里的孙家兄弟和许茂一家站在了同一个时间节点上，但作品在更大程度上聚焦的是贫苦农民家庭的奋斗历程，且故事的叙述一直延续到了 1982 年。《骚动之秋》因为重在呈现商品时代来临前后故事主人公岳鹏程掀起的农村改革"骚动"，所以对底层贫苦农民的生活和精神状态着墨较少，但读者仍然可以从一些细微处捕捉到生活水平低下的农民的生存状态，比如秋玲想要和贺子磊结婚还要找"老相好"岳鹏程帮忙解决未婚夫在农村落户的问题。《秦腔》中贫富差距已经有迹可循，故事的叙述者"我"，也就是众人眼中的"疯子"引生，其实就是生活在农村社会最底层的一个人，丧父、疯癫、失去"命根"以及缺乏与正常人一样的劳动能力使他处于一种非常破败的生活境遇当中，这种境遇与"才子"夏风的境遇形成了鲜明的对比。引生的艰难因其个人命运的特殊容易被理解为是个案，但小说在书写农村改革中的矛盾冲突时实际上也对引生以外的正常人的生存困境做了呈现，比如由于贫困户太多，清风街的缴税问题始终得不到解决，再如夏天义的几个儿子和儿媳为赡养老人的问题吵得不可开交，又如清风街农民大量外出务工导致良田变成荒田，夏天义淤地造田终是白费功夫……贾平凹于此思考的是在农民的温饱问题基本得到解决之后，中国农村的深度改革又将何去何从。

茅奖获奖作品同样关注中国城市底层人民的日常生活和精神状态。和农村相比，城市经济发展速度更快，贫富差距扩大的速度也更快，人与人之间的关系也更为复杂。《钟鼓楼》的故事发生在老北京的一个旧四合院，在这个四合院里住着的人来自社会的各行各业，薛大妈虽是最普通的市井大妈，却也是经历了国家从解放战争到改革开放等阶段的老人；梁福民和郝玉兰的生活十分窘迫，电费、水费都要斤斤计较，他们可以代表北京城最底层人民的生存状态；荀磊属于知识分子阶层，他从小勤奋刻苦，中学毕业就进入了外事部门工作，不久又获得了出国培训的机会，归国后做了

< 72 >

重要部门的翻译，而其父只是退休工人、修鞋匠，所以在薛大妈看来是"鸡窝里飞出了金凤凰"；姚向东是个典型的小流氓，行为做派与荀磊形成了鲜明的对比，他每天游手好闲，脏话连篇，严父慈母的教育对他来说毫无意义，薛家婚宴上他竟趁乱偷了东西；京剧演员澹台智珠在"文化大革命"期间因被下放到工厂而嫁给了车工李铠，1979年以后她回到剧团，虽然舞台上风光无限，但她与丈夫李铠之间的矛盾却越积越多；詹丽颖是一个工程师，因为她总喜欢咋呼、不知好歹，所以被大多数人讨厌，她和丈夫受户口限制一直处于两地分居状态；编辑韩一潭是老实本分的代名词，捧出过文学新人，也受过不成器作家的怨骂；张奇林是某机关单位的局长，他的太太于咏芝是医生，女儿张秀藻是清华大学的学生，张家人的身份和四合院中的其他居民放在一起似乎不甚协调，然而这样的生存处境又是一个"历史遗留"问题……除了这些人之外，小说中还有很多城市底层人物形象，比如贪得无厌的卢宝桑、第一次从农村到城市来的郭杏儿、永远对爱情抱有信心的慕樱、16岁无父无母却生活正派的年轻厨师路喜纯等。《钟鼓楼》里庞大的底层社会生活世相描写为读者了解国情和民情提供了充足的材料。

最能体现获奖作家的底层关怀意识的是关注特殊群体或者说一些社会边缘群体的作品，像《黄河东流去》关注灾民，《天行者》关注民办教师，《推拿》关注盲人推拿师，《黄雀记》关注犯罪青少年，《主角》关注传统戏曲艺人。书写特殊群体的目的之一是提升读者对特殊群体以及由特殊群体引发的一些社会问题的关切度，这比一般性地书写社会底层群体更具针对性，这类作品从创作理念上来说很接近"五四"时期的问题小说，不过在时代背景、社会形态、艺术表达以及思想深度上，两者并不具备可比性。对大众读者来说，茅奖获奖作品所提供的底层社会民情，或许是生活中触及不到的，或许是他们正在目睹、经历和体验着的，前者是以内容的陌生感吸引读者的注意力，后者则志在引起读者的情感共鸣。当然，展现底层社会民情的更大意义在于帮助读者增强自身作为国家一分子的参与意识，为读者更全面地观察和思考中国社会和自身生存状态提供多重视角。

< 73 >

从表层看，茅盾文学奖评选出的作品关注底层社会民情，彰显了具有人道主义精神的作家群体以文学创作致力民生的立场。而从本质上说，茅盾文学奖是借助自己的国家性文学评奖身份来召唤人性美和人情美，其根本目的是在隐性层面协助完成社会主义思想道德建设。人性美和人情美并不独属于底层社会群体，在任何一个社会阶层，人性和人情的美与丑都是共存的。然而底层社会中潜藏的人性之美和人情之美更具感染力，这是因为生活在社会底层的人本就要面对生活中的种种困难和压力，外界环境的影响以及自身在经济、智力、情感等方面的劣势很容易造成人的精神世界的残缺和崩塌，诸多社会问题以及人性和人情之中的丑陋面也由此被更多地暴露出来，而一旦作家在这样的"底层"当中仍然能挖掘到可以震撼人心的故事和散发着人性光辉的形象，那么他们必然会尽情泼墨，将其艺术地展现在读者面前。对底层社会人性美和人情美的挖掘充分体现了作家作为知识分子强烈的社会责任感，这种社会责任感与作家的"家国天下"意识也是相辅相成的。

言及文学作品中的人性美和人情美，首先会令人想到沈从文的《边城》，这部作品所呈现出的人性美和人情美发生于乡土中国纯朴的百姓身上，由于小说中人物所处环境清幽封闭，所以这种人性美和人情美更贴近原生态，社会感和世俗感较弱。人性美经常被简单地理解为人的某些个性或品质是美的，其实这只是人性美的一个方面，真正意义上的人性美强调的是植根于人的自然属性和社会属性当中的那种有助于推动社会发展和人类进步的生命主体力量，而歌颂和赞扬人性美实际上就是肯定和宣传人身上蕴含的这种力量。人情美以人的情感为基础，通常被解读为综合了真、善与美的情谊与恩泽。人情美特别关注人与人之间的关系，因为人情的"美"是无法通过个体单独表达出来的，它必然体现在人类社会的互动交往当中。一般来说，人性美与人情美是相伴而行的，因为一旦一个人具备了能够推动社会发展和人类进步的生命主体力量，能够散发出人性的光辉和温度，那么他必然会对周围人产生积极的影响，即便周围人不一定以积极的或热切的态度和行为来回馈，也抹杀不掉互动过程中具有人性美的一

< 74 >

方所展现出的人情之美。人性美和人情美是维系社会健康的良药体现在：《芙蓉镇》中的胡玉音和秦书田能够在"文化大革命"中艰难地活下来不仅是因为两个人作为生命个体都有对生存的无限渴望，能够在被孤立的时刻携手并肩、相互扶持，也是因为在那样敏感的环境里仍然有谷燕山和黎满庚这样的好心人敢于雪中送炭，也正是这些尚未泯灭的人性和人情之美帮助中国社会从黑暗当中走了出来；《钟鼓楼》看似是对生活在老旧四合院的北京底层居民生活的"碎碎念"，其实也不曾漏掉对人性和人情之美的细微表述，比如薛大妈的儿子结婚，薛大妈能把迎亲这样重要的任务交给邻居就充分体现了老北京邻里之间的高度信赖，又如詹丽颖原本是要托嵇志满帮忙把自己的丈夫从四川调进北京，但当她发现嵇志满多年未婚，便忙着帮其介绍对象而忘记了自己的事，这种热心虽然盲目唐突却是真挚的，也就是这些生活琐碎中自然而琐碎的情感将社会中的个体紧密地联系在了一起；《天行者》中的张英才曾为扭转自己被排挤的局面而伤透了届岭小学校长余实、副校长邓有米和教导主任孙四海的心，而当珍贵的转正名额给到界岭时，三人竟不计前嫌地把唯一的名额给了张英才，这个决定既凝结了民办教师朴实、真挚、包容、舍己等高尚的道德情操，也饱含着民办教师的爱才之心和长远眼光，小说表层上关注的是一个边缘性的职业群体的生存状态，深层上是在颂扬这一职业群体在艰苦的工作和生活环境中不仅没有放弃自己的职业，兢兢业业地度过每一天，而且懂得宽容和体谅，不伪饰，少计较。

第二节 "贴标签"的出版与"去标签"的阅读

官方设立茅盾文学奖，是希望获奖作品能够借"荣誉"之光获得更广泛的传播，对更多读者的阅读产生引导作用。出版社在出版茅奖获奖作品时非常重视对茅盾文学奖这一文化品牌的使用和宣传，现在市面上出售的茅奖获奖作品几乎都在封面或是腰封上印着"茅盾文学奖"的字样。但是

< 75 >

不能否认的是，有些读者在选择和阅读时也没有专门去注意该作品是否为茅奖获奖作品。2016年9月笔者对北京师范大学的1000名大学生进行了一次关于茅奖获奖作品接受情况的问卷调查，调查共回收有效问卷917份，经统计发现，有65.4%的被调查者阅读过《平凡的世界》，有44.8%的被调查者阅读过《白鹿原》，有42.2%的被调查者阅读过《穆斯林的葬礼》，但是专门将茅奖获奖作品列入书单的被调查者仅占总调查人数的14.9%①。如此，在茅奖获奖作品的传播内部就出现了这样一个情况，即像《平凡的世界》《穆斯林的葬礼》《白鹿原》《尘埃落定》《长恨歌》《蛙》《繁花》等在获奖前就卖得非常好的作品，借助茅奖又获得了更高的销量提升，而像《冬天里的春天》《第二个太阳》《将军吟》《黄河东流去》《金瓯缺》《浴血罗霄》《都市风流》《东藏记》《骚动之秋》《茶人三部曲》等在获奖前就无人问津的作品在获奖后仍是鲜受关注。读者在阅读茅奖获奖作品时没注意到作品的获奖身份以及读者对贴有茅奖"标签"的获奖作品始终不关注这两种情况合在一起就构成了读者的"去标签"阅读。读者的"去标签"阅读让获奖作品的"贴标签"出版的意义被架空了，而出版社如果想让茅盾文学奖这个图书品牌真正发挥其应有的效用，还是要树立"按需出版"意识，实行定位定向的出版营销方式。

一、出版社对茅盾文学奖的品牌化打造

自20世纪90年代末至今，人民文学出版社一直致力于茅奖获奖作品的集中出版。1998年，人民文学出版社推出了《茅盾文学奖获奖书系》，该书系包括前五届评奖当中的11部获奖作品，即《东方》《芙蓉镇》《冬天里的春天》《将军吟》《沉重的翅膀》《钟鼓楼》《第二个太阳》《骚动之秋》《白鹿原》《战争和人》和《尘埃落定》，这些作品的获奖初版本也是由人民文学出版社出版的。2004年，第一版《茅盾文学奖获奖作品全集》（平装）问世，目前该版全集已经收录了前七届评奖当中的31部获奖作

---

① 详见《附录3 高校大学生对茅盾文学奖获奖作品的接受情况调查报告》。

< 76 >

品①，其中《李自成》（第二卷）与其他九卷结成《李自成》（全十册）出版，《东藏记》与《南渡记》《西征记》结成《野葫芦引》出版，《白门柳》（第一部 夕阳芳草）、《白门柳》（第二部 秋露危城）与《白门柳》（第三部 鸡鸣风雨）结成《白门柳》（全三册）出版，《南方有嘉木》《不夜之侯》与《筑草为城》结成《茶人三部曲》（全三册）出版，而人文社在此后的出版中也沿用了这几部作品的完整多卷本形式。2009 年，人民文学出版社又出版了《茅盾文学奖获奖作品全集》（精装），全集收录了前八届评奖当中的 34 部获奖作品②。2013 年，第二版《茅盾文学奖获奖作品全集》（平装）问世，该版全集的收录书目与 2009 年的"精装版"一致。除了全集，也有一些出版社针对获奖作品做出过选题上的不同尝试。1999 年百花洲文艺出版社出版了《茅盾文学奖获奖作品丛书》，比较遗憾的是，这版丛书不仅没有特别突出的定位，且在收录书目上还不及人民文学出版社"98 版"的全面。2012 年作家出版社推出了《共和国作家文库精选本·茅盾文学奖书系》，该书系收录了 13 部获奖作品，分别为《冬天里的春天》《钟鼓楼》《少年天子》《白鹿原》《战争和人》《尘埃落定》《英雄时代》《历史的天空》《张居正》《秦腔》《暗算》《湖光山色》和《你在高原》。由于该书系隶属"共和国作家文库"这一明显带有"择优立典"取向的大型出版工程，所以书系对获奖作品的选择性收录更多的是在服务于"文库"的整体性建设。2009 年长江文艺出版社出版的《茅盾文学奖·长篇历史小说书系》包括《李自成》（全四册）、《金瓯缺》（全四册）、《白门柳》（全三册）、《张居正》（全四册）和《少年天子》五部作品。该书系在选题上是最具突破意义的，因为它已经体现出出版社的"按需出版"意识。近些年传统历史小说的市场一直比较繁盛，热爱历史小说的读者，有的因选择太多而无从下手或顾及不到，有的则因对茅奖持有偏见或鲜有关注而忽略了获奖作品中的优秀之作，出版社能够围绕"茅奖历史小说"专门做一个选题，不仅满足了目标读者的需求，而且有助于端正受众对茅

---

① 该版全集没有将第三届的《金瓯缺》和第七届的《湖光山色》收录其中。
② 该版全集没有将《平凡的世界》《穆斯林的葬礼》《金瓯缺》和《一句顶一万句》收录其中。

< 77 >

盾文学奖的认识和评价。参照"历史小说"这样的选题思路对读者群进行定位，其实还可以拓展出许多新颖的有关茅奖获奖作品的出版选题。比如立足读者的题材趣味取向，可以策划都市题材选题、农村题材选题、军事题材选题、女性题材选题、少数民族题材选题、革命历史题材选题等；又如立足读者的学习需求或研究需求，可以策划类似于"青少年必读茅盾文学奖获奖作品经典""茅盾文学奖·中国近代史研究辅助阅读书目""茅盾文学奖·中国传统文化研究辅助阅读书目"这样的选题；再如立足读者从整体上把握茅奖的需求，可以策划"茅盾文学奖·一届一本书""十本书让你认识茅盾文学奖""茅盾文学奖畅销作品丛书"这样的选题。

除了专门出版茅奖获奖作品外，出版社也常以"茅盾文学奖"之名来包装非茅奖获奖作品。目前市面上与茅奖挂钩的文学书籍有很多，比如江苏文艺出版社就在 2010 年出版了《茅盾文学奖获奖者散文丛书》，这套丛书共收入了 8 名获奖作家的 8 部散文集，即李国文的《历史的真相》、刘心武的《人情似纸》、陈忠实的《俯仰关中》、宗璞的《二十四番花信》、刘玉民的《爱你生命的每一天》、熊召政的《醉里挑灯看剑》、周大新的《我们会遇到什么》和迟子建的《我对黑暗的柔情》；2013 年该社又出版了《茅盾文学奖获奖者小说丛书》，该丛书共收入了 5 名获奖作家的 5 部小说作品集，即李国文的《桐花季节》、刘心武的《封面女郎》、陈忠实的《蓝袍先生》、柳建伟的《一个老兵的黄昏情绪》和刘醒龙的《暮时课诵》。又如 2013 年人民文学出版社出版了《茅盾文学奖获奖作家的短经典》，这套书共收入了 16 名获奖作家的作品集，即李国文的《唐朝的天空》、张洁的《我那风姿绰约的夜晚》、陈忠实的《释疑者》、阿来的《灵魂之舞》、徐贵祥的《向右看齐》、熊召政的《醉里挑灯看剑》、宗璞的《萤火》、王安忆的《麦田物语》、贾平凹的《红狐》、迟子建的《寒夜生花》、麦家的《八大时间》、刘醒龙的《大树还小》、周大新的《地上有草》、莫言的《蓝色城堡》、毕飞宇的《人类的动物园》和张炜的《品咂时光的声音》。此外，像《茅盾文学奖获奖者文丛》《茅盾文学奖获奖作家中短篇小说精选》《茅盾文学奖获奖作家丛书》《茅盾文学奖获奖作家·青

< 78 >

少经典》《茅盾文学奖得主徐贵祥小说精品》《茅盾文学奖获得者莫言作品系列》等都是借茅奖之光来进行出版营销，当然这个"借光"是双向的，因为茅盾文学奖也通过这些作品的传播获得了品牌拓展的机会。

二、比文化品牌更有影响力的读者口碑

接受美学认为文学作品最终是在读者那里完成的，这里强调的是读者以自己的阅读行为参与了文学作品的创作，文学作品在未经读者阅读前还是"未定性"的"本文"。姚斯在分析文学史研究时就指出，"只有通过读者的传递过程，作品才进入一种连续性变化的经验视野"[①]，而文学和读者之间的关系有一个"历史内蕴"，就是"第一个读者的理解将在一代又一代的接受之链上被充实和丰富，一部作品的历史意义就是在这过程中得以确定，它的审美价值也在这过程中得以证实"[②]。正是由于文学作品的历史意义和审美价值是在众多读者的接受中被确定下来的，所以比起文学评奖和媒体宣传，大众更相信读者口碑。在互联网普及之前，公众主要通过人际交流以及阅读或收听读者来信来了解文学作品的口碑；在互联网得到普及之后，读者口碑的呈现方式就丰富了许多，比如图书销售榜单、图书阅读评分、论坛或贴吧的主题讨论、博客书评、微博短评和微信朋友圈分享，等等。《平凡的世界》和《穆斯林的葬礼》是最常出现在畅销图书排行榜上的茅奖获奖作品，同时它们也是亚马孙（中国）、当当、京东等图书销售网站公布的畅销书榜单上的常客，可以说这两部作品已经创造了中国当代严肃文学作品的销量奇迹。《平凡的世界》虽然版本众多，但其畅销的几个版本在"豆瓣读书"上的评分都超过了9.0，而《白鹿原》《穆斯林的葬礼》《尘埃落定》《长恨歌》《蛙》《繁花》等畅销获奖作品的评分也在8.0以上，也就是说，这几部茅奖获奖作品是典型的有口皆碑的

---

① ［联邦德国］H.R. 姚斯，［美］R.C. 霍拉. 接受美学与接受理论［M］. 周宁，金元浦译. 沈阳：辽宁人民出版社，1987：24.

② ［联邦德国］H.R. 姚斯，［美］R.C. 霍拉. 接受美学与接受理论［M］. 周宁，金元浦译. 沈阳：辽宁人民出版社，1987：25.

< 79 >

作品。

　　相对于《平凡的世界》《穆斯林的葬礼》等"资历颇深"的作品来说，《繁花》是一部很年轻的长篇小说，自 2013 年出版至今也不过七年，但其豆瓣评分 8.7、评价人数超 15000 人的成绩已足够说明小说在读者心目中的品质①。除了评分之外，读者撰写的书评也会对作品的传播产生影响。在"豆瓣读书"的"《繁花》（2013）"主页上，受关注度比较高的几篇书评分别为小转铃的《金宇澄夜游森罗殿》、木叶的《〈繁花〉对谈（金宇澄，木叶）》、李乃清的《"老金"和〈繁花〉的故事》、waits（张定浩）的《拥抱在用语言所能照明的世界》、若葵的《南方读者的幸运》、阿枣的《荤素之悲》和江北的《海上浮世绘》。这几篇书评虽然分析角度不尽相同，但都对《繁花》给予了肯定，而对于没有读过作品的人来说，"肯定"就是一种变相的推荐。和书评的作用相近，话题讨论既有利于扩大作品的知名度，也有助于深化读者对作品的理解。在知乎话题"你觉得金宇澄的小说《繁花》好在哪里？"页面上，共有 57 人给出了回答，关注该问题的人数达到了 1077 人，话题被浏览次数高达 85317，在给出回答的人当中，赞同人数排在前列的几位分别是李虾皮（237 人赞同）、子剑（233 人赞同）、华十音（111 人赞同）、Mengjun（77 人赞同）、水煮鱼（72 人赞同）②。知乎上给出答案的这些读者有很多精到而专业的见解，像李虾皮就认为《繁花》"才是一脉相承的中国式小说"，其语言"试图消解正常叙事，与人物方言搭起桥来，风格浑然"；子剑是从作品的题解、故事结构与写作风格、作者的基本态度、《繁花》与王家卫的电影这四个方面对小说进行了评析，他认为"《繁花》的方言表述也好，双线叙事也好，实际上都极其完美地配合了作者苦心营造的叙事风格，或者说凸显出作者自身作为'上帝之手'为小说设定的基调和态度"③。读者的上述评

---

① 截至 2019 年 12 月 31 日，详见"豆瓣读书"的"《繁花》（2013）"主页，https://book.dou-ban.com/subject/22714154/.

②③ 截至 2019 年 12 月 31 日，详见"知乎"话题"你觉得金宇澄的小说《繁花》好在哪里？"页面，https://www.zhihu.com/question/20898188.

< 80 >

价反映出《繁花》在追求通俗化的同时也高度地保证了自身的文学性，小说在语言和叙事上都为读者的阅读设置了一定的 "障碍"，而这也恰恰是《繁花》的魅力所在。

其实，在获得茅盾文学奖之前，《繁花》的销量就已经超过了 30 万册①，而作品之所以会拥有如此高的销量，除了文本自身的艺术魅力外，也与其产生于网络有关。《繁花》是茅奖获奖作品当中唯一一部诞生于网络的小说，它的最初形态是 "帖子"。从传播过程来看，这部作品的最大特点就是它在创作阶段就进入了传播渠道当中。小说的作者金宇澄说："网上连载的好处是，能够不间断得到读者激励。读者和作者的关系非常近，西方习惯作品朗读会，其实是过去盛行的几个朋友听作者朗读稿子，然后提意见的古老写作传统。我每天写，得到读者随之而来的阅读心得和意见，一种不断促进的积极过程，大半年的时间，《繁花》初稿就出来了。"② 在金宇澄来看，在网络上进行匿名写作与传统的手写稿式创作有很大不同，比如像 "老爷叔，写得好。赞。有意思。后来呢？爷叔，结果后来呢？不要吊我胃口好吧"③ 这样的跟帖内容就会对他的创作产生促进作用。在跟帖数量以及自己的帖子字数不断增加后，金宇澄发现自己所发的这些帖子有形成一部长篇小说的必要。金宇澄在创作中获得的最大体会就是，"互动" 或者说 "随时地反馈"，让作家的写作心理变得不同，读者的评论促使他不断思考的是 "下一节，该怎么写才好看，才有趣，才不落俗套"④。由此可见，一方面网络平台省去了编辑、审核、出版和发行等诸多环节，让文学作品的发表变得更为便捷，使读者能够以最快的速度阅读到作品，这就大大缩短了作品的传播周期；另一方面网络平台让作者在第一时间看到了读者对作品的评论，而评论会作用在作品的生成过程中，这就非常有利于网络文学作品的落地出版，因为不仅读者的建议会让作品更完善，而且读者的反应热烈也可以证明作品具有广阔的市场前景。

---

① 钱业. 茅奖助推 江南繁花开 [N]. 法制晚报，2015-08-18（A23）.
② 金宇澄. 我写《繁花》：从网络到读者 [N]. 解放日报，2014-03-22（008）.
③④ 金宇澄，朱小如. "我想做一个位置很低的说书人" [N]. 文学报，2012-11-08（004）.

< 81 >

三、基于大数据的按需出版与精准营销①

出版社已经在茅奖获奖作品的品牌化打造上下了很多功夫，但是一些读者的"重口碑、轻评奖"行为还是严重制约了获奖作品的整体性传播。由于出版社在《平凡的世界》《穆斯林的葬礼》《白鹿原》等常销获奖作品的品牌化出版营销上已是轻车熟路，且读者的口碑本来就是最好的广告，所以这类作品在大众传播中并无太多障碍。茅奖获奖作品在出版营销上面临的最大问题是如何让《第二个太阳》《浴血罗霄》《金瓯缺》《骚动之秋》《都市风流》等"遇冷"作品受到更多读者的关注。不可否认，这些"遇冷"获奖作品无论是题材、情节，还是艺术表现力、思想精神内蕴，都不是大众读者特别喜欢和需要的，所以出版社想要解决这些作品的库存问题，拓宽它们的销路，就要充分利用起"大数据"，为消费者画像，实现按需出版和精准营销。

20 世纪 80 年代，未来学家阿尔文·托夫勒（Alvin Toffler）在他的著作《第三次浪潮》（*The Third Wave*）中明确指出，计算机"能够记忆和把大量的起因互相联系起来"，"能筛选大量资料"，"把'瞬息即逝的'因素组合成比较大的更有意义的整体"，"它甚至能够通过识别新的和迄今尚不为人们注意的人与资源之间的关系，对某个问题的解决，提出富于想象力的建议"。② 托夫勒的论述实际上已经说明，计算机所提供的大量信息资料对于预测结果和解决问题是具有巨大作用的，而"大数据"概念的提出正是基于海量数据所具备的这种预测结果和解决问题的功能。现今的"数据"是一个"包罗万象"的概念，它的呈现方式随着媒介的发展日益多元化，文字、数字、声音、图像、视频等都可以被作为数据来看待。2013 年关于"大数据"的扛鼎之作《大数据时代：生活、工作与思维的大变革》（*Big Data：a Revolution that Will Transform How We Live，Work，and*

---

① 本节部分内容以《大数据时代文学出版的审美维度》为题发表在《华北电力大学学报（社会科学版）》2016 年第 1 期。

② ［美］阿尔文·托夫勒. 第三次浪潮［M］. 朱志焱，潘琪，张焱译. 北京：新华出版社，1996：192.

< 82 >

Think）问世，其作者维克托·迈尔-舍恩伯格（Viktor Mayer-Schönberger）和肯尼思·库克耶（Kenneth Cukier）认为，大数据的应用"是当今社会独有的一种新型能力：以一种前所未有的方式，通过对海量数据进行分析，获得巨大价值的产品和服务，或深刻的洞见"①。在他们看来，预测是大数据的心脏，大数据时代的预测面向三种转变：一是可供分析的数据是海量的，甚至一些时候与某一特定现象有关的所有数据我们都可以获得，所以随机采样的方式将不再为我们所依赖；二是对以往的狂热追求精确度的冷却，这种"冷却"是基于海量数据本身就能够根据我们的不同需要提供针对性极强的预测依据；三是不再注重因果联系，因为海量数据形成的是一个巨大的数据网，数据自己就可以说话，每一个数据集之间的联系已经足以帮助人们了解世界，那么现象背后的原因自然就不必通过"追根究底式"的挖掘来找寻。

在图书出版领域，国外出版企业对大数据的开发和应用已为我们提供了优秀的经验借鉴。国外出版企业十分重视基于大数据技术的客户关系管理工具的开发和利用。客户关系管理工具以先进的互联网信息技术为基础，立足于协调企业和消费者在产品及相关服务的营销和销售的交互关系，致力于对企业管理方式进行优化升级，并为用户提供具有创新性质的个性化交互服务。美国哈珀·柯林斯出版集团（Harper Collins Publishers）建立的客户关系管理工具库（Customer Relationship Management，CRM）就十分有助于提升企业的市场竞争力。该集团获得的海量数据主要来自其网店所开发的电子商务功能和电子通信营销功能，CRM 就是以这些海量数据信息为基础建立的。哈珀·柯林斯集团原有的图书营销推荐模式是，工作人员给一部分图书消费者发送电子邮件，邮件主要是向这些消费者推荐集团旗下出版社出版的经典常销作品和新问世作品的相关信息。而新开发的 CRM 能够通过电子商务和电子通信两大平台跟踪消费者的消费行为以及消费者同出版社的互动行为，进而帮助集团了解和统计消费者的个人阅读兴

---

① ［英］维克托·迈尔-舍恩伯格，［英］肯尼思·库克耶. 大数据时代：生活、工作与思维的大变革［M］. 盛杨燕，周涛译. 杭州：浙江人民出版社，2013：4.

< 83 >

趣，并实现产品和服务的精准营销。在大数据技术的开发与应用方面，法国阿歇特出版集团提供的最成功经验就是将大数据应用到了图书定价和图书营销决策的制定中。在为图书定价时，集团既会将以往的定价措施作为参考，也会对电子书的销售数据进行统计和分析；为了应对图书产品在销售上可能存在的波动，集团对产品的整体定价历史记录和销售信息以及个别产品的相关数据进行了跟踪，工作人员会通过对这些数据进行分析来决定是否对图书产品进行降价或提价处理。社交网络为出版企业提供了丰富的消费者跟踪数据，阿歇特出版集团通过跟踪线上对话来了解和分析消费者对图书产品的评价和获取渠道等信息，由此快速地找到新的图书营销策略发力点，降低营销的成本。

茅奖获奖作品的出版营销应该被纳入基于大数据分析的按需出版与精准营销的框架当中。现在许多人都喜欢在网上买书，网络消费者在选购图书的过程中会留下搜索痕迹，也会留下购买历史，这些汇集成数据都能够帮助出版社和图书电商完成定位推荐，像当当网就一直非常重视用户推荐，其推荐系统经历了从 BI 系统到当当推荐系统 1.0，再到 Hadoop - Ranking Model 这样一个升级过程。出版社如果能抓准读者需求，把茅奖获奖作品做成好的选题出版，并将其融入优质的互联网推荐系统当中，就会收获意想不到的传播效果。除了重视对互联网消费者的阅读推荐外，移动阅读终端使用者的阅读应用需求也应受到关注。当前，轻便而快捷的移动阅读方式已经深入普通读者的生活当中，在地铁、公交、火车上经常可以看到人们拿着手机或者平板电脑在浏览信息、阅读电子书或电子期刊。移动阅读一方面充盈了现代人的碎片化时间，另一方面也因其碎片化的特征而损害了读者对文字的理解，这一点在长篇小说的阅读上体现得尤为明显。茅奖获奖作品普遍篇幅较长，编辑们如果想要保证读者的阅读质量，让读者的移动阅读少受碎片化的侵扰，就要在电子书的排版上下功夫，比如编辑可以根据作品的章节设计或者情节进展来划分"节点"，然后进行分页，分页时还可以将阅读时长考虑进去，具体来说可以采用插入"时间标签"的方式来帮助读者规划阅读。

< 84 >

第三节　图文博弈中的受众选择倾向

影视改编为文学作品的传播提供了一条有效的推广和宣传途径。统观近些年几部叫好又叫座的电视剧作品，无论是古装题材的《步步惊心》《甄嬛传》《花千骨》《琅琊榜》，还是谍战题材的《潜伏》《借枪》《伪装者》，抑或是当代都市题材的《奋斗》《蜗居》《媳妇的美好时代》《欢乐颂》，无一不是改编自文学作品。电影领域的文学作品改编更是如火如荼，单是青春题材的改编影片就有赵薇的《致我们终将逝去的青春》、郭敬明的"《小时代》系列"、孙渤涵的《一座城池》、张一白的《匆匆那年》、李玉的《万物生长》、苏有朋的《左耳》、秦小珍的《陪安东尼度过漫长岁月》、田蒙的《既然青春留不住》、姚婷婷的《谁的青春不迷茫》、曾国祥的《七月与安生》和相国强的《少年巴比伦》等。茅奖获奖作品中也有许多被改编成了影视作品，豆瓣网友Maya 在简评电视剧《尘埃落定》时指出，"茅盾文学奖的作品中有一些已被拍成电影、电视剧，拥有了更广大的受众"，而"一个文学奖的分量正是由其评选出的作品为大众所接受的程度来定论的"①，也就是说这位网友把大众对影视改编作品的接受程度也纳入了茅奖获奖作品的评选范围当中来。目前共有 27 部茅奖获奖作品被改编成了电影或电视剧，具体改编情况见表1②。

---

① Maya. 尘埃落定［EB/OL］. 豆瓣网，https：//movie. douban. com/review/3545274/，2010-08-14.

② 由于根据《繁花》改编的电影和电视剧还在筹备拍摄当中，所以笔者未将其列入统计。

< 85 >

表1 茅盾文学奖获奖作品影视改编信息列表

改编电影			
原著名称	电影名称	导演	上映年份
《李自成》	《闯王旗》	林农、高秉江、游于荃、杨谟超	1978 年
《许茂和他的女儿们》	《许茂和他的女儿们》	王炎	1981 年
	《许茂和他的女儿们》	李俊	1981 年
《李自成》	《双雄会》	陈怀皑	1984 年
《芙蓉镇》	《芙蓉镇》	谢晋	1986 年
《穆斯林的葬礼》	《穆斯林的葬礼》①	谢铁骊	1993 年
《抉择》	《生死抉择》	于本正	2000 年
《白门柳》	《秦淮悲歌》	孙树培	2004 年
《长恨歌》	《长恨歌》	关锦鹏	2005 年
《白鹿原》	《白鹿原》	王全安	2012 年
《暗算》	《听风者》	麦兆辉、庄文强	2012 年
《额尔古纳河右岸》	《额尔古纳河右岸》	杨明华	2012 年
《推拿》	《推拿》	娄烨	2014 年
《一句顶一万句》	《一句顶一万句》	刘雨霖	2016 年
《白门柳》	《白门柳》（汉剧电影）	赵达	2019 年
改编电视剧			
原著名称	电视剧名称	导演	首播年份
《黄河东流去》②	《唢呐情话》	常耕民、路振隆	1980 年
	《赶驴记》	司玉生	1984 年
	《冤家》	芦苇、王宝善	1986 年
	《黄河东流去》	康征	1987 年
	《月是故乡明》	顾琴芳	1988 年
	《石头梦》	顾琴芳	1989 年

---

① 又名《月落玉长河》。

② 在《黄河东流去》（上）问世之前，李准就已创作电影剧本《大河奔流》，因此笔者没有将这部电影列入表中。另，电视剧《唢呐情话》《赶驴记》《冤家》《黄河东流去》《月是故乡明》《石头梦》为河南电视台组织拍摄的系列电视剧。

< 86 >

改编电视剧			
原著名称	电视剧名称	导演	首播年份
《钟鼓楼》	《钟鼓楼》	鲁晓威、唐果	1986 年
《李自成》	《李信与红娘子》	李源	1986 年
《金瓯缺》	《李师师》	彭荣、侯之	1989 年
《李自成》	《巾帼悲歌》	尤小刚	1990 年
《芙蓉镇》	《芙蓉镇》	赖水清	1990 年
《浴血罗霄》	《浴血罗霄》	陈鲁、曾剑锋、彭辉	1990 年
《平凡的世界》	《平凡的世界》	潘欣欣	1990 年
《南方有嘉木》	《南方有嘉木》	金韬、刘月	1997 年
《抉择》	《抉择》	陈国星、朱德承	1998 年
《尘埃落定》	《尘埃落定》	闫建钢	2003 年
《少年天子》	《少年天子》	刘恒	2003 年
《英雄时代》	《英雄时代》	肖锋	2003 年
《历史的天空》	《历史的天空》	高希希	2004 年
《暗算》	《暗算》	柳云龙	2005 年
《长恨歌》	《长恨歌》	丁黑	2006 年
《人面桃花》	《人面桃花》	李路	2008 年
《湖光山色》	《湖光山色》	于向远	2008 年
《张居正》	《万历首辅张居正》	苏舟	2010 年
《战争和人》	《沧海横流》	黄克敏	2010 年
《湖光山色》	《湖光山色》	牛建荣	2011 年
《许茂和他的女儿们》	《许茂和他的女儿们》	舒崇福	2012 年
《推拿》	《推拿》	康洪雷	2013 年
《一句顶一万句》	《为了一句话》	庞好	2015 年
《平凡的世界》	《平凡的世界》	毛卫宁	2015 年
《天行者》①	《我们光荣的日子》	刘淼淼	2015 年
《白鹿原》	《白鹿原》	刘进	2017 年

---

① 1994 年，导演何群根据刘醒龙的小说《凤凰琴》拍摄了同名电影，由于小说《天行者》是在小说《凤凰琴》的基础上创作而成的，所以电影的内容与小说《天行者》的部分内容有重合，但它并不隶属于小说《天行者》的影视改编。

< 87 >

在上表所列出的影视作品当中有一些产生了比较广泛的影响力。像电视剧《平凡的世界》，虽然收视成绩并不突出，热播时段收视率也没冲破1%，不过"在网络播出渠道中，该剧表现却颇为火热：仅仅两天开播就突破一亿次大关"，截至 2015 年 3 月 28 日，"各家视频网站数据累计显示，其总播放量已接近 7 亿次"①。而据电影票房网统计，2012 年电影《白鹿原》的累计票房达 1.43 亿元，观影人次为 367 万，这个成绩虽然无法与当年的《人在囧途之泰囧》（票房 12.67 亿元）和《画皮Ⅱ》（票房 7.03 亿元）相提并论，但是却和尔冬升的《大魔术师》（票房 1.74 亿元）、陈凯歌的《搜索》（票房 1.74 亿元）和宁浩的《黄金大劫案》（票房 1.51 亿元）差距不大②。

把文学作品改编成影视作品是把文字语言转换成视听语言，这是一种形式到另一种形式的转变。对于受众来说，接受获奖原著和对应的影视改编作品有一个次序上的问题，有的人是读过小说后才有了看影视改编作品的兴趣，有的人则是看了改编的影视作品才知道了原著，然后想着去读一读。在看过原著作品和影视改编作品之后，受众心里会有自己的判断，比如"还是原著更好，改编的影视作品无论如何都没有办法达到原著的水平"，或者是"还是改编的影视作品更精彩，原著小说进展太慢读不进去"等。当然也有在选择上比较极端的受众，其中一些人因为对影视改编没有任何信心而只读原著，另一些人则因为完全不喜欢看书而只看电影和电视剧。那些在大多时候对原著做出更高评价并对改编作品表示失望甚至完全拒绝观看改编作品的受众属于"原著本位"受众，而那些热衷观看影视改编作品但不甚喜爱原著甚至拒读原著的受众则属于"影视本位"受众。

一、原著本位：充分的想象空间与庞大灵活的叙事

从文本层面来说，不同读者对同一文学作品会有不同的解读是因为

---

① 陈颖.《平凡的世界》收视很蹊跷 你到底看还是没看？这是个问题 [N]. 华西都市报，2015-03-25（a15）.

② 详见电影票房网 "2012 年内地电影票房总排行榜"，http：//58921.com/alltime/2012？page＝1.

< 88 >

"一部作品，无论对环境的描写多么细致，对人物刻画多么生动，情节安排得多么巧妙，寓意多么深刻，总会留下许多'空白'之处，需要读者通过想象去填补"①，这些须待填补的"空白"即形成了伊瑟尔所说的文本的"召唤结构"。文本"空白"越多，其开放性就越强，意蕴也越深，读者对作品传播过程的参与度也越高。这个"参与"自然不是简单的"读"，而是通过阅读进行思考，文学作品的一大魅力就在于它能够以自身留给读者的想象空间来调动读者的思维，让读者在文学接受中发挥出自己的主观能动性。和能够直接将具体可感的画面呈现给受众的影视作品不同，以语言描述见长的文学作品总是有许多"不确定性"，比如文学作品写"寒风瑟瑟，白雪皑皑"，读者可以根据自己的经验来想象这八个字涵盖的场景，有的人可能会想到森林覆盖积雪，猎人的脸被北风打红，有的人可能想到的就是在银装素裹的都市中，上班族顶着大风步履匆匆，或者还有人会想到白色旷野之上杳无人迹，寒风一起，雪尘飞扬，当然关于这八个字其实还可以有更多的想象。但若是影视作品对这八个字的呈现就会比较具体了，观众可以看到风雪有多大，置身其中的人有多冷，抑或是飞禽走兽在风雪中是怎样的生存状态，也可以听到刮风声和雪地上的脚步声，以及人们对于天气的讨论声，等等，总之观众已经通过声像基本掌握了影视作品想要表达的内容，不需要做更多的想象。因此，文学作品被改编成影视作品一定要承担的风险就是，文本所提供的想象空间被声像艺术破坏甚至完全打碎。优酷网友"mengzaikashi"在评价电影《穆斯林的葬礼》时就称："读原著时觉得回味无穷，总在想象这玉似的容颜是什么样子，可是电影就逊色很多，心理的描写表演不出来啊。"② 豆瓣网友"不带入 21 世纪"在品评电影《长恨歌》时也说，"真的不能在观赏一部影片之前先看过文字版"，"因为文字有太多的空间可延展，而影像只有一个面目"，"那些让

---

① 任一鸣．"空白"及其填充的艺术——兼评接受美学 [J]．新疆大学学报（哲学社会科学版），1989（2）：74．

② 详见优酷网"［电影］穆斯林的葬礼"页面评论区，http：//v.youku.com/v_ show/id_ XMjM2MDIxMjY4. html.

< 89 >

我心驰神往的情景"，"通通都没有了"①。

　　坚持原著本位的受众除了享受文学作品留给他们的想象空间外，还十分看重原著拥有的庞大而灵活的叙事。文学原著在叙事容量上的优势其实对应出的是影视作品改编必然要面对的困难。首先，和中短篇小说不同，茅奖获奖作品都是长篇小说，其中多数作品的时空跨度都非常大，一些作品还设置了大量的人物、场景和事件，这就给影视改编制造了诸多障碍。在长篇小说中，环境的变化、事件的发展、人物之间的关系以及比较细微的矛盾冲突都可以用几十万字甚至上百万字来说清楚，但是受创作成本和播出时长的限制，影视作品是无法像原著那样把每一个人和每一件事都细致地呈现出来的，而一旦影视改编团队对原著的内容进行缩减或修改，就很难不对原著造成破坏，这样就必然会影响到受众对影视改编作品的评价。比如许多《白鹿原》的读者在看过王全安执导的电影《白鹿原》后都表现出了极度失望的情绪。在"豆瓣电影"的"白鹿原（2012）短评"中，有相当一部分网友都对剧情的不完整提出了质疑和批评，网友"时雨行"就建议大家把买电影票的钱省下来去买原著，因为"整个电影没头没尾，莫名其妙开始，莫名其妙结束"；网友"陀螺凡达可"认为这部影片"对'原著党'来说是三小时的灾难"；网友"might 4 dog"不仅批评"电影掐头去尾砍重点，情节编排匪夷所思"，而且建议大家无论是否看过原著都不要去看电影了；网友电影侠指出，先读过原著的人会期待电影，但是大部分先看了电影的人是不会产生读原著的兴趣的 ②。和电影《白鹿原》相似，电影《一句顶一万句》也受到了许多观影者的诟病，豆瓣网友"睡在天花板上"认为，这部影片"人物性格残缺，主演演技残缺，配乐残缺，电影感残缺"；网友"est-formula0"更犀利地指出，该片"剧情转折无比生硬，人物塑造一点都不生活"，且其质感更靠近陈旧的国产电视

---

① 不带入 21 世纪．恨不入骨［EB/OL］．豆瓣网，https：//movie. douban. com/review/1005759/，2005-09-29.

② 详见"豆瓣电影"的"白鹿原（2012）短评"页面，https：//movie. douban. com/subject/4718369/comments？status=P.

< 90 >

剧；网友"影子的影子"也表达了相似的观点，即影片"整体都挺老气横秋的"，"更像是上一个十年的电视剧"；而在网友"U兔"看来，电影"最大的问题在节奏，情感缺乏有力的转折点，于是就很松散，感觉出想要弄成种细水长流，结果把时间感弄得非常混乱"①。从表面上看，网友对这部影片的质疑主要集中在影片的表达过分陈旧以及节奏不合理等问题上，但这些问题的出现其实与电影的容量有限仍旧有着密切的关系。原著是由"出延津记"和"回延津记"两部分组成的，这两部分无论是从时间和事件上还是人物关系上都形成了呼应，这呼应本身就构成了小说的一大艺术魅力，而影片不仅彻底删除了"出延津记"部分，完全舍弃了原著中的关键人物杨百顺和巧玲，还直接把时间定位在当下，将牛爱国妻子的出轨事件作为影片的叙事核心，这样的处理必然让影片染上浓重的家庭伦理剧色彩，更糟糕的是，由于电影的叙事容量还不如电视剧大，所以对观众来说，看这样的影片还不如直接看电视连续剧。

其次，文学作品在叙事上比较灵活，有的作家为了增强作品的艺术效果会采用倒叙、插叙、补叙或夹叙夹议等方式来讲故事，在一些茅奖获奖作品中还出现了双线叙事或多线叙事，而中国的影视作品特别是电视剧作品，在叙事上通常会选择以"单线顺叙"为主体，这是因为一方面影视作品有广泛的受众群，他们的欣赏水平参差不齐，以一条线路按照情节发展的时间顺序来讲故事能够大大降低观众收看和理解影视作品的难度；另一方面对影视改编团队来说，这种叙事选择不仅适应了大多数观众的观看习惯，有助于稳定影视作品的传播市场，而且降低了整个团队在剧本编写、拍摄和剪辑等方面的难度，节省了更多的时间成本、资金成本和人力成本。为了尽量尊重原著，电影《穆斯林的葬礼》没有在叙事上做"单线顺叙"的改编处理。不过想要在影片中高度还原小说的叙事，唯有通过后期剪辑才能实现，遗憾的是电影的剪辑效果很不理想。豆瓣网友"Mango"在其撰写的影评中就指出，电影《穆斯林的葬礼》的"三条线索交叉进

---

① 详见"豆瓣电影"的"一句顶一万句（2016）短评"页面，https://movie.douban.com/subject/26389466/comments？status=P.

< 91 >

行"，"进行到三分之二线索才开始接头"，"电影的视听表现手法和小说毕竟是有区别的，三条线索交叉剪辑，设置悬念的同时给观众的感觉非常的凌乱"。① 在 Mtime（时光网）上有网友表达了相同的观点，网友"Tim736363"就评价道，"书挺好看的，感觉电影拍得有点乱，应该拍成短篇连续剧"②；土豆网网友"芷暗"称自己更喜欢原著小说，"电影版的有点儿崩"③，这个"崩"其实就是毁坏、破裂的意思。《额尔古纳河右岸》的电影改编也在叙事的处理上出现了问题，不过它的叙事缺陷不在叙事线索多而乱，而在叙事者角度不统一，没有与原著保持一致。豆瓣网友"shininglove"在其评析中就称，电影在讲述老人一生时过于分散，"自白"和"旁白"的切换又造成了叙事主体的混乱；网友"青年哪吒"指出，电影的"叙事声音支离破碎"；网友"木头人"也表示，影片"太散了，根本不能被称为电影"；网友"LiSi"则直接给出了"零碎"二字作为评价④。

二、影视本位：声像艺术的浓缩性与直观刺激性

虽然比之影视改编作品，文学原著为受众提供了更为充分的想象空间，在叙事上也能容纳更多的内容，且讲述故事的方式更为灵活多样，但并不是所有人都愿意花费时间和精力去阅读和想象，去体验文学作品内容的丰富性和叙事的复杂性。其实 21 世纪初在"图像时代""读图时代""视觉文化""图像转向""文学图像化""图像化写作"等成为学术研究的热门词汇之时，文学作品的影视改编就已经呈现出强劲的发展势头，影视本位受众也是从这时开始出现的。把文学作品改编成影视剧作自然不是

---

① Mango. 电影和原著犯了一个病［EB/OL］. 豆瓣网，https：//movie. douban. com/review/6029224/，2013-06-11.

② 详见 Mtime 时光网"穆斯林的葬礼 微影评"页面，http：//movie. mtime. com/42234/reviews/short/new. html.

③ 详见土豆网"月落玉长河"观影页面评论区，http：//www.tudou.com/programs/view/T-HLzJITNfo/.

④ 详见"豆瓣电影"的"额尔古纳河右岸（2012）短评"页面，https：//movie. douban. com/subject/10796565/comments？status＝P.

< 92 >

21 世纪的发明创造，但是将这种改编发展成"眼球经济"却是 21 世纪的"功绩"。所谓"眼球经济"，实际上就是吸引大众注意力的经济，像电视台想要通过电视剧获取更多经济利益就要看收视率，因为收视率的高低直接关系着广告赞助的数量和金额，电影想要赚钱除了植入广告收入、其他版权（比如 DVD 版权、网络播放版权、电视播放版权）收入、获奖收入以及电影周边产品销售收入外，主要依靠的还是影片上映后的票房收入。票房一般来说指的就是观众的购票情况，票房越高，院线、影院、制片方和发行方能够分到的钱就越多。在这样一种利益驱动下，观众趣味成了市场的主导，影视创作就必然会加入大众文化生产的行列当中，文学作品的影视改编也不能例外。

改编自文学作品的电影或电视剧，尽管在内容上依托的是原著，但其得以形成的根本还在技术。影视作品是一种综合性极强的声像艺术，图像的拍摄、声音的收录以及后期的剪辑、特效、配音等诸多步骤都是靠科技手段完成的。很多人愿意去看改编的电视剧或电影，而没有耐心读原著，一方面是因为先进的技术帮助人们完成了想象，让他们对作品的接受变得省时省力，另一方面则是因为声像艺术让人们的视觉和听觉获得了刺激性的满足，这种满足更是一种视觉和听觉上的享乐。在原著本位受众眼中，影视改编作品总是会压缩甚至窜改原著，人物、环境、事件都被做了视听化的处理，文本语言那种明暗交织、深邃隽永的不确定感通通被技术吞噬，直观可感的画面、清晰生动的对话以及简单明确的叙事非但不能让他们愉悦，反而让他们失落。然而这些原著本位受众眼中的"缺点"在影视本位受众那里恰恰是优点，像豆瓣网友"烟视媚行"就表示，电视剧《长恨歌》"跟原著出入还是挺大的，尤其后半部分和结局"，但"王安忆原著中太多啰唆繁复的描述"其实并不叫人喜欢，"看电视反而没有这种烦扰"[①]。与长篇小说原著相比，改编作品最先能够吸引影视本位受众的是它的浓缩性，这个"浓缩"是出于声像艺术的需要，但它主要依托的是剧本

---

① 详见"豆瓣电影"的"长恨歌（2006）短评"页面，https://movie.douban.com/subject/2995902/comments? status＝P.

< 93 >

改编，而非技术手段。编剧为了控制影视作品的时长、增加有效的戏剧冲突以及最大限度地调动观众情绪，会对原著中的人物和情节进行精简和突出，具体的操作除了一般性的删减之外，还有合并和重设，比如电视剧《平凡的世界》的编剧就把原著中的金波和田润生合并成了一个人物，而电视剧《为了一句话》的编剧在第一集中不仅设计了杨百顺通过社火表演"定住"在场所有人的情节，还把老裴的老婆老蔡改写成了主人公杨百顺的姐姐杨银瓶。"浓缩"让观众看到了更为集中的内容表达和情感释放，Mtime 时光网网友"阿木"在其为电视剧《我们光荣的日子》撰写的剧评中就指出，编剧对原著"进行了大刀阔斧的删减，侧重于通过余学军、明爱芬及张映紫等少数乡村教师的历程折射出这个群体的喜怒哀乐——既有从原著小说延续下来的现实的'艰难'与无奈，但更多是一种从人物身上折射出来的对于现实的不屈与敢于抗争的精神，无论是为了乡村教育事业献身的明爱芬老师，或者是最后在现实里出走县城的余学军校长等"①。剪辑技术可以服务于影视改编作品的进一步浓缩，它起到的是锦上添花的作用，优秀的剪辑处理不仅能让影视作品更为精练，且有时能够制造意想不到的艺术效果。这里需要注意的是，由于影视作品的传播范围较广，影响力较大，所以审查单位对影视作品的设限也比较多。像电影《白鹿原》的完整版有 220 分钟，公映版却仅有 156 分钟，影片上映"缩水"的主要原因在于完整版中有大段的激情戏且涉及一些敏感的政治问题。电视剧《万历首辅张居正》也有着相似的命运，剧中原本非常重要的张居正与玉娘的情感纠葛戏码在播出时被全部删掉，删除的原因就是这段涉及第三者关系的"忘年恋"有误导观众价值观念之嫌。由于这些删减并非出自影视改编团队的本意，所以它们不属于"浓缩性"问题的讨论范畴。

声像一体技术在更多时候帮助影视受众获得的是一种感性认知。姚斯就指出，"技术革命开发了人的感性感知所感觉不到的经验领域"，"镜头这个眼睛将转瞬即逝的东西固定下来，将偶然出现的东西揭示出来，把视

---

① 阿木.《我们光荣的日子》：乡村教师的礼赞与阵痛 [EB/OL]. 时光网，http：//i.mtime.com/106840/blog/7907373/，2015-07-08.

< 94 >

觉上认识不了的东西变得可以认识"。①电影或电视剧之所以能在短时间内抓住观众的眼球和情绪，很大程度上是因为声像技术为影视作品创造了强大的代入功能，即观众通过图像和声音体验到了直接的感官刺激，这种刺激的效果具体表现为观众迅速沉浸在影视作品的情节当中，并递进性地获得情感共鸣。在制造代入感的过程中，演员的表演起到了关键性的作用。就影视改编作品来说，演员首先提供的是一个明确的形象，服装、化装和道具等辅助手段可以帮助这个形象更加贴近剧本。表演考试中常常提到"声台形表"四个字，即声乐、台词、形体和表演，声乐主要考的是唱歌，有时也会涉及演奏乐器；台词看的是朗诵和对话的功夫；形体侧重舞蹈测试；表演通常是考官给考生提供特定情境，然后令其进行角色扮演。"声台形表"放在一起体现的是演员的综合素质，而综合素质说到底体现的是演员诠释角色的能力。影视改编作品中的人物有特定的形象设置，有动作和台词，也有不断变化的情绪，他们是有血有肉的、立体的、动态的，优秀的演员可以通过自己生动的表演来带动观众的情感投入，提升作品的艺术品质，像豆瓣网友陆支羽从就表演的层面对电影《推拿》做出了肯定，即"超赞的摄影声效与斗室群戏，以念白方式述出演职名单，很惊艳；梅婷谈撞、秦昊念诗、黄轩复明等戏有余味"，"他们如此用力地活，用肉欲、疼痛和潜逃来印证'存在'，就像黄轩最后的暖笑"②；而观众对电视剧《推拿》中演员们的表演也颇为赞赏，豆瓣网友借我把爱情的枪就给扮演沙复明的濮存昕和扮演张一光的田昊打了满分，网友鬼魅的窝则表示"喜欢张国强的死德性，诠释得很到位"③。演员的精湛演技有的时候还能弥补影视改编作品的不足，比如电视剧《长恨歌》在豆瓣的评分达到了7.9，但实际上网友们高度肯定的是谢君豪、张可颐等几位主演的表演，

---

① ［联邦德国］H. R. 姚斯. 审美：审美经验的接受方面［A］. 刘小枫选编. 接受美学译文集［M］. 北京：生活·读书·新知三联书店，1989：20.

② 详见"豆瓣电影"的"推拿（2014）短评"页面，https://movie.douban.com/subject/20020577/comments？status＝P.

③ 详见"豆瓣电影"的"推拿（2013）短评"页面，https://movie.douban.com/subject/10540065/comments？status＝P.

< 95 >

而非剧情的改编，网友"艾子驹"就表示"加一星给谢君豪"，网友"爱茉绿绿"也留言说"程先生、谢叔演出戏骨来了"，网友"风流猫"称"谢君豪演得好，年纪大的瑶瑶也不错"，网友"边花儿"认为这部戏的改动太多，但是演员们的演技确实好①。对一些影视本位受众来说，演员的知名度也是影响他们选择的重要因素，像电影《长恨歌》虽然获得的总体评价不高，但依然因郑秀文、吴彦祖、胡军、梁家辉的参演而受到较高的关注，而电视剧《尘埃落定》虽说属于比较冷门的少数民族题材，但刘威、范冰冰、宋佳等知名演员的加盟还是让这部剧收获了不少观众。除了演员的表演之外，配乐也是增强影视改编作品代入感的重要手段，切合情节发展或角色心境的配乐不仅能够丰富作品的艺术表现力，而且有助于推动观众的情绪释放，这些显然是原著小说没有办法提供的。实际上，根据茅奖获奖作品改编的影视作品也贡献了一些比较走红的配乐，比如电影《推拿》中的插曲《他妈的》（尧十三）、电影《白鹿原》中的秦腔《将令》（段奕宏领唱）、电视剧《平凡的世界》中的插曲《神仙挡不住人想人》（贺国丰）、电影《长恨歌》的主题曲《长恨歌》（郑秀文）等。

第四节　传播媒介对"茅盾文学奖"的议程设置

大众对奖项的认知和判断很多时候都受到了传播媒介的导向性影响，而茅奖获奖作品的整体传播效果不甚理想与大众对茅奖这个奖项本身的认知和判断有很大关系。报纸、杂志、广播、电视等是传统的大众传媒，互联网是"第四媒体"，手机被称为"第五媒体"，这些传播媒介虽然不能够决定人们怎么看待茅奖，但是可以通过报道、评论和设置话题等手段来影响人们怎么看待茅奖。传播媒介被认为是"从事环境再构成作业的机

---

① 详见"豆瓣电影"的"长恨歌（2006）短评"页面，https：//movie.douban.com/subject/2995902/comments？status＝P.

< 96 >

构"①，传播媒介主要通过为社会公众提供设置好了的"议事日程"来实现环境的再构成，公众对"议题"的认知和判断与传媒对"议题"的设置是存在着一种对应关系的，这也就是 20 世纪 70 年代美国学者麦克斯威尔·麦克姆斯（Maxwell McCombs）和唐纳德·肖（Donald Shaw）提出的"议程设置"理论。其实议程设置的实质就是通过设置和强化议题来提升话题的显著度，传播媒介的议程设置功能具体来说会引发三种传播效果的出现。第一种就是"0，1"效果，即传播媒介可以对是否报道某一议题做出选择，这个选择结果会直接影响到公众对该议题的关注度，像茅盾文学奖之所以会在评选前后特别受关注，就是因为许多媒体都对茅奖的评选进行了报道。第二种就是"0，1，2"效果，即传播媒介可以通过突出报道个别议题来增强公众对该议题的关切度，比如在第八届茅奖评选前后，媒体就对评奖制度的大调整进行了反复报道，这种"反复"带来的直接效果就是与参选作品和获奖作品有哪些以及获奖作品是否具有较高艺术品质等内容相比，公众更加关注的是茅奖具体进行了哪些评选制度方面的改革。第三种就是"0，1，2…n"效果，即媒体在对一系列议题进行报道时会有一个次序上的选择，这个报道次序会影响议题在公众心目中的重要性排序，比如媒体在报道第八届茅奖的评选制度改革时把"主席文学奖"和"网络文学没有被公平对待"这两个比较敏感的议题放在了茅奖系列报道的最前面，而这两个议题正是在公众中引发最大争议的话题。

实际上，传播媒介对茅奖进行的议程设置主要体现在其对茅盾文学奖传播形象的建构上，这个"传播形象"包括正面传播形象、中性传播形象和负面传播形象三种。正面传播形象是通过传媒对茅奖评选、获奖作家和获奖作品等进行肯定性或褒扬性的报道和评价来建构的，负面传播形象是通过传媒对茅奖评选、获奖作家和获奖作品等进行质疑性或否定性的报道和评价来建构的。媒体有时会围绕茅盾文学奖做出"中立性"报道和评价，这种"中立性"体现的是媒体客观介绍茅奖相关信息的态度，茅盾文

① 吴文虎. 传播学概论［M］. 武汉：武汉大学出版社，2000：275.

< 97 >

学奖的中性传播形象就是基于这种态度而建构起来的。

一、传播媒介与茅盾文学奖的互动史

由于茅盾文学奖创设于 20 世纪 80 年代初，所以获奖作品最初的广泛传播主要依靠的是出版社正规的出版宣传、文学报刊的推荐、人与人之间面对面的讨论和推荐以及广播电台的改编播送等。进入 90 年代，电视媒介在中国的城市和乡村都得到了普及，电视剧也逐渐走进人们的日常生活，不过 90 年代根据茅奖获奖作品改编的几部电视剧并没有产生很大的影响，而这一时段根据获奖作品改编的电影仅有 6 部，其中只有《芙蓉镇》引起了比较大的反响。21 世纪以降，门户网站的强势发展彻底革新了人们获取新闻讯息的渠道。中国的门户网站以新浪、网易、腾讯和搜狐四家最为著名，其中网易成立于 1997 年，其余三家均成立于 1998 年，另外，像中华网、Tom 网、21CN 等门户网站也都是在 90 年代末成立的。门户网站开辟的新闻频道和文化频道给受众获取文化信息带来了巨大的便利，更重要的是新闻频道和文化频道还为受众提供了"留言"功能，这就意味着受众可以对某一则新闻或文化评论进行即时性反馈。网络论坛的出现让受众之间的互动变得更为灵活和自由，和新闻频道、文化频道有专人撰写新闻或文化评论不同，论坛里的话题发起者可以是任何一个网络注册用户，而且发起的话题不一定要经过深思熟虑，有的时候可能只是一个简单的提问或是一句随口的评论就可以引发网友们的大肆讨论。网络论坛虽然几乎与新闻频道、文化频道同时出现，但其最初并没有对茅奖获奖作品的传播产生影响意义，像天涯论坛里最早出现的一条涉及茅奖的帖子，其发布时间是2013 年 2 月 4 日，而这个帖子到 2017 年 2 月 4 日的点击量仅为 47，回复数为 0[1]。这里之所以对门户网站的崛起时段加以勾勒，是因为第四届茅奖评选结果的公布时间和颁奖仪式的举行时间[2]恰好也在这一时段当中，而

---

[1] 此帖由网友大王叫我来巡山发布，题目为《文学奖之热该不该降温》，发布时间为 2013 年 2 月 4 日 14 点 24 分，详见 http://bbs.tianya.cn/post-no110-466613-1.shtml.

[2] 1997 年 12 月，第四届茅盾文学奖获奖结果公布，次年 4 月举行颁奖仪式。

< 98 >

茅奖产生广泛争议就肇始于第四届。也就是说，茅奖评选会受到大众的关注和热议，其实是与门户网站对海量信息的整合传播有着密不可分的关系的。

21世纪以后，网络传播进入了一个不断升级的井喷式发展期，茅奖获奖作品的传播也从中借力不少。2003年百度贴吧正式上线，两年后"茅盾文学奖吧"被建立起来，到2016年底该贴吧关注人数已超过1300人，发帖数超过5200，而一些知名获奖作品的贴吧在参与热度上还要远高于茅奖贴吧，像"穆斯林的葬礼吧""白鹿原吧""暗算吧""推拿吧"的发帖人数都已过万，"平凡的世界吧"发帖数更是超过了50万。2005年杨勃创立了社区网站豆瓣网，网站下设的"豆瓣读书""豆瓣阅读""豆瓣电影""豆瓣小组"等分区为茅奖获奖作品提供了更为专项化的互动传播平台。也是在2005年，新浪博客的上线揭开了互联网传播的新篇章，虽然在此之前已有博客网、中国博客网、博客动力等博客网站的试水，但真正将博客做大做强的还是新浪网，新浪博客之所以会产生巨大的影响效力一方面是因为很多知名人士（如获得过茅奖的陈忠实、贾平凹、莫言、格非、毕飞宇、张炜、刘震云、苏童等）都在新浪开设了博客，另一方面则是因为新浪博客非常注重优秀博客文章的分类推荐。2009年上线的新浪微博为受众参与茅奖评选讨论和获奖作品的阅读讨论提供了更开放、更便捷的平台。微博是微型化的博客，它的特点一是精短（新浪微博每条文本限制在140字以内），二是通过"关注"可实现信息的即时分享，三是在智能终端上皆可使用。智能手机其实和新浪微博几乎是同时发展起来的，人们只要在手机中下载并安装新浪微博的App，就可以随时随地发布微博或给其他微博留言，当然这些也要依托于3G网络技术的普及。到了2011年，腾讯公司又开发出了一款可以在智能终端上使用的即时通信服务软件——微信。目前微信的使用已经非常普遍，据腾讯科技提供的数据显示，2016年9月微信的平均日登录用户达到了7.68亿，日使用时长

< 99 >

达到 90 分钟的用户占 50%①。就茅奖获奖作品的传播来说，微信有两项功能已经被利用起来，一是在微信好友中分享个人信息的"朋友圈"功能，一是自建信息共享平台的"公众号"功能。像茅盾文学奖网②就有自己的同名微信公众号（微信号为 mdwxj_com）。2015 年 8 月 19 日，该公众号曾发布了一篇题为《茅盾文学奖，为何颁给他们？——第九届茅盾文学奖获奖作品透视》的文章；2015 年 8 月 23 日，该公众号又以"茅盾文学奖：给青壮年作家留机会（组图）"为题推送了《羊城晚报》记者何晶撰写的专访《不要把文学圈当娱乐圈——中国社科院研究员白烨专访》。此外，人民文学出版社、小说评论、新华社、作家网、新京报评论、文学报、澎湃新闻等多个微信公众号也都推送过有关茅盾文学奖的文章。微信、微博、博客、贴吧、论坛这些基于网络技术而开发出的信息传播平台有一个共性，那就是它们都能帮助网络用户实现自主性的即时共享和互动，而这一共性也正是自媒体营销平台得以运营的基础。

毫无疑问，传播媒介的升级发展已经让茅奖获奖作品的传播进入了一个人际传播、传统大众传播和网络传播融合共生的大势当中。像第八届茅奖评选办公室就在整个评奖过程中"发布了 8 次公告，召开了 3 次新闻发布会，包括在国新办召开新闻发布会，向媒体和公众通报和介绍了评奖的每一步进展。同时，评委会和评奖办负责人随时就群众提出的问题答记者问"③。于此，评委会和相关负责人同媒体记者之间的面对面交流是人际传播，电视、广播、纸质报刊等媒体的记者将发布会实况写成新闻传递给受众就是传统的大众传播，而无论是网络媒体记者将在发布会上采写的新闻推送给网友，还是门户网站直接转载纸媒上有关发布会情况的新闻，都属于网络传播。第八届评选在宣传上所做的这种尝试是非常可取的，一方面通过各种媒介渠道来传播评选细节能够增加茅奖评选的透明度，这非常有

---

① 2016 微信数据报告发布 [EB/OL]. 腾讯网，http://tech.qq.com/a/20161228/018057. htm#p = 1，2016-12-28.

② 茅盾文学奖网是全国唯一以茅盾文学奖为主题牵引更多文学小说交流、赏析、分享的社区，网址为 http://www.mdwxj.com/portal.php.

③ 胡平. 不同寻常的第八届茅盾文学奖 [J]. 小说评论，2012（3）：12.

< 100 >

助于提升茅奖在公众心目中的公信力；另一方面以发布公告和召开新闻发布会这样严肃认真的形式来回应公众的提问，证明了茅奖主办方非常重视公众的意见和建议。实际上想要平息评奖所引发的种种争议，从传播的角度来说最需要重视的就是两点：一是利用各种媒介来正确地引导舆论，像发布公告和召开新闻发布会就是很有效的方式；二是让更多的人真正地去阅读茅奖获奖作品，这一点其实完全可以纳入全民阅读的推进框架中。当前许多媒体，包括一些很有影响力的媒体，在发布或转发新闻和评论时会刻意寻求被报道事件的争议点，然后将其无限放大，其目的就是吸引更多受众的注意力。茅奖争议不断确实与获奖作品的艺术水平参差不齐有关，但是大众过度关注和解读评选流程和作家背景，在没有阅读过几部作品的情况下就公然发表批评意见，显然是受到了舆论的不良引导。

二、茅盾文学奖正面传播形象的建构

从前面的分析中可以看出，公众如何看待茅奖以及茅奖获奖作品与传媒对茅奖传播形象的建构有着密不可分的关系。建构茅盾文学奖正面传播形象的目的在于宣传茅奖，提升茅奖在公众心目中的权威性地位，提升获奖作家和获奖作品的知名度，并以此带动茅奖获奖作品的广泛传播。传播媒介，特别是有组织的媒体，想要为茅奖建构正面传播形象，就要设置有利于公众认可茅奖的相关议题，这方面的议题主要有以下三类。

第一类是彰显茅盾文学奖的评选公平、公正、公开的议题，这类议题一般是围绕着评奖程序和评奖条例来设置的。纸媒在这方面所做的报道比较多，比如在第六届茅奖评选进行前后，《文艺报》刊登了《茅盾文学奖评奖条例（修订稿）》（2003 年 6 月 26 日），《文学报》刊发了胡殷红撰写的报道《第六届茅盾文学奖审读工作结束——以无记名投票方式遴选出的 23 部作品将作为推荐书目报送评奖委员会》（2003 年 11 月 6 日），《中华读书报》刊发了舒晋瑜的《茅盾文学奖花开五家》（2005 年 4 月 13日），《光明日报》刊发了梁若冰撰写的报道《透明严谨是本届茅盾文学奖的特色》（2005 年 4 月 18 日）。其实由于《文艺报》是由茅奖的主办方中

< 101 >

国作家协会所主办的专门面向中国文学艺术建设的主流纸媒，所以该报不仅非常容易获得有关茅奖评选方面的信息，而且有义务对茅盾文学奖做出积极的、正面的报道宣传。像在第八届茅奖评选中，《文艺报》就先后刊登了《第八届茅盾文学奖评奖办公室公告——［2011年］第3号》（2011年8月8日）和《第八届茅盾文学奖评奖办公室公告——［2011年］第8号》（2011年8月22日）两个公告，在第九届评选结果出来后又刊登了《第九届茅盾文学奖评奖办公室公告——［2015年］第3号公告》（2015年8月17日），在第十届评选中先后刊登了《第十届茅盾文学奖评奖办公室公告［2019年］第1号》（2019年5月15日）、《第十届茅盾文学奖评奖办公室公告［第2号］》（2019年8月14日）和《第十届茅盾文学奖 评奖办公室公告［第3号］》（2019年8月19日）。中国作家网是茅盾文学奖评奖办公室发布茅奖评选信息的重要平台，虽然公众对这一网络平台上的消息不甚关注，但是很多媒体在对茅奖进行报道时都会参照该网站提供的评奖信息。网络媒体在对评奖程序和评奖条例进行报道时通常会采用转载纸媒文章的方式，当然也有少数媒体进行原创式的报道，比如在2015年8月17日这一天，中国新闻网就发布了记者上官云撰写的报道《第九届茅盾文学奖揭晓 评委：评选过程严格、公平》，新华网发布了记者史竞男撰写的报道《标记高度·确保公正·体现共识——聚焦第九届茅盾文学奖》。这里要注意的是，中国新闻网的主办单位是中国新闻社，而中国新闻社的直属部门是国务院侨务办公室；新华网主办单位是国家通讯社新华社，而国家通讯社新华社属于国务院直属事业单位。也就是说，发布这两篇文章的媒体都是受政府管控的主流网络媒体。

第二类是宣传和肯定茅奖获奖作家和获奖作品的议题。单从纸媒来看，围绕这一议题进行的报道就非常多，有的是针对某一届获奖作家和获奖作品的，比如罗布的《文学的力量——第五届茅盾文学奖获奖作家采访记》（《重庆日报》2000年12月4日）、胡殷红的《第六届茅盾文学奖评委谈获奖作品》（《文艺报》2005年4月14日）、贺绍俊的《直面现实的精神担当——第七届茅盾文学奖获奖作品一览》（《光明日报》2008年11月7日）以

< 102 >

及《茅盾文学奖获奖作家五人谈》(《人民日报》2015 年 8 月 19 日)等；有的是针对某一个获奖作家及其获奖作品的，比如宋路霞的《四十年心血一部书——茅盾文学奖得主徐兴业》(《民主与法制时报》2001 年 11 月 27 日)、陈富强的《钱塘有才女——第五届茅盾文学奖得主、著名作家王旭烽印象》(《中国电力报》2001 年 2 月 11 日)、王是的《文学奖最重要的是坚守——访第六届茅盾文学奖得主柳建伟》(《河南日报》2005 年 4 月 19 日)、丁光清的《为历史抹上色彩——访第六届茅盾文学奖得主、皖籍作家徐贵祥》(《安徽日报》2005 年 4 月 22 日)、陈伟红的《市文联召开座谈会祝贺贾平凹〈秦腔〉获茅盾文学奖》(《商洛日报》2008 年 11 月 3 日)、舒晋瑜的《〈天行者〉和〈一句顶一万句〉获得满票》(《中华读书报》2011 年 8 月 17 日)和陈龙的《王蒙〈这边风景〉获奖》(《南方日报》2015 年 8 月 17 日)等。

　　除了在报纸上刊登报道，纸媒还通过在自己的官方微博上发布推荐性信息来宣传和推荐茅奖获奖作品。像《人民日报》的官方微博从 2014 年 3 月 27 日到 2017 年 3 月 27 日一共发布了 26 条带有"茅盾文学奖"字眼的微博，这些微博的内容基本上都是在推荐茅奖获奖作品，而按照发布出发点的不同它们又可以被分为三类，一类是从纪念茅盾诞辰或逝世的角度出发，一类是从深化经典阅读的角度出发，还有一类是从影视作品改编的角度出发。近几年来，除了纸媒和网媒，电视文学节目的走俏也从一定程度上促进了茅奖正面传播形象的建构。2017 年 3 月 18 日，在中央电视台综合频道 (CCTV1) 播出的《朗读者》第五期节目中，著名演员王学圻为观众朗读了《平凡的世界》的节选，著名作家刘震云为观众朗读了《一句顶一万句》的节选。2019 年 10 月，中央电视台推出文化类综艺节目《故事里的中国》以对中华人民共和国成立后的中国文学经典改编作品进行回顾，其具体呈现方式是邀请嘉宾讲述他的创作和影视改编的故事，然后进行戏剧改编并由演员演绎，其中第二期所选作品就是《平凡的世界》，而第八期所选的作品《凤凰琴》就是茅奖获奖作品《天行者》的前身。虽然在电视节目中这些作品的"茅奖身份"没有被反复提及，但是广大电视观

< 103 >

众如果通过收看节目对作品产生阅读兴趣,那么他们在搜索相关信息的过程中就会反复发现这些作品的"茅奖身份"。更为重要的是,在当下像《朗读者》这样的电视节目的传播已经不仅仅局限在电视本身,据该节目的主持人董卿提供的数据显示,"《朗读者》只播出了四期之后,微信公众号文章阅读量"10 万+"的已经达到 55 篇,手机客户端的收听量达到 6000 多万人次,相关视频全网播放量近 3 亿人次",而"许渊冲老先生的译著在节目播出第二天便冲进了当当网的热搜"①。由此可见,媒介融合既给获奖作品的营销宣传带来了更多的机会,也大大推进了茅奖正面传播形象的建构进程。

第三类是表现茅盾文学奖的评选意义重大的议题。围绕这类议题进行的报道从表面上看是在对评奖做客观的总结,但实际上还是对茅奖评选的重要性,特别是其对长篇小说创作产生的积极意义进行了宣扬。这类报道比较典型的有张敏的《"长篇小说创作成就已超过现代"——第六届茅盾文学奖当代长篇小说创作研讨会侧记》(《嘉兴日报》2005 年 7 月 27 日)、刘修兵《呼唤更多具有精神伦理的作家——来自茅盾文学奖长篇小说创作研讨会的声音》(《中国文化报》2005 年 8 月 23 日)、贾梦雨《在传统与现代间叩问乡土的归宿》(《新华日报》2008 年 11 月 4 日)、路艳霞的《茅盾文学奖入围作品首次"触网"》(《北京日报》2008 年 8 月 23 日)、朱向前的《茅盾文学奖价值取向因势而变》(《辽宁日报》2015 年 11 月 30 日)、饶翔的《体现了近年中国长篇小说创作的高度和水准》(《光明日报》2015 年 8 月 17 日)等。

在以上分类之外,地方党报对茅奖相关作家和作品进行的立足于本地方的报道也有利于茅奖正面传播形象的建构,像《四川日报》就一直非常重视强化这方面的报道传统,具体来说其刊发过的此类文章有傅耕的《裘山山退出角逐茅盾文学奖》(2003 年 9 月 15 日),黄英的《茅盾文学奖得主聚首蓉城》(2005 年 10 月 10 日)、《以文学的名义走四川——茅盾文学奖获奖作家入川小记》(2005 年 10 月 14 日),师恭叔的《从茅盾文学奖看

---

① 董卿. 媒体人应成为中华文化的笃信者、传承者 [N]. 光明日报,2017-03-20 (11).

< 104 >

四川》（2007 年 1 月 12 日），张珏娟和段禎的《〈尘埃落定〉搬上川剧舞台》（2009 年 4 月 7 日），张良娟的《茅奖选出"42 强"　四川还有两部作品》（2011 年 8 月 13 日），黄里的《柳建伟为四川文学创作支招》（2013 年 4 月 11 日）、《王火〈九十回眸〉出版》（2014 年 10 月 10 日），以及吴梦琳的《彝族作家小说参评茅盾文学奖》（2015 年 5 月 28 日）、《茅盾文学新人奖颁发 两位获奖者与四川有缘》（2016 年 7 月 7 日）等。其实从上述分析中已不难见出，在建构茅奖的正面传播形象上，纸媒的贡献是最突出的，而在纸媒当中，由中国作协主办的《文艺报》、由中共中央委员会主管的《人民日报》、由中宣部主管的《光明日报》以及各地方党报的贡献是最突出的。实际上，由于这些报道来源本身就带有极强的官方意味或者说政治性意味，所以它们的性质会影响到公众对茅盾文学奖性质的判断。

三、茅盾文学奖中性传播形象的建构

传播媒介在为茅奖建构中性传播形象时主要是从两个方面入手来设置议题，一是以"中立者"的姿态对茅盾文学奖的评选和获奖作家、获奖作品进行采写；二是客观全面地呈现社会各界对茅盾文学奖评选以及相关作家和作品的评价。所谓"中立"和"客观"也就是不夹杂传播媒介自身对茅奖的态度，传媒只是想通过设置议题来提升茅盾文学奖在大众传播中的显著度，而大众并不会通过这类议题对茅奖产生强烈的认同或否定态度。

《文汇报》和《文学报》是专门关注中国文化发展态势的纸媒，它们均隶属于上海报业集团，而上海报业集团实际上是两个集团的合体，一个是上海本地的文汇新民联合报业集团，一个是解放日报报业集团。这样的一个组合已经决定了其旗下报刊的整体定位，那就是既要面向大众文化市场，充分考虑读者需求，又要严肃专业，紧扣时代主题，避免华而不实和哗众取宠。与《文艺报》《中国文化报》《中华读书报》等专意塑造茅奖正面传播形象的中央级文化纸媒不同，《文汇报》和《文学报》对茅奖进行的相关报道和评论更多的是从文学自身出发，其中较少掺杂官方意识形

< 105 >

态的影响因素。在第六届茅奖颁奖典礼结束后不久，《文汇报》刊发了一篇题为《小说：能否更多利用方言资源》的文章（柳青，2005 年 8 月 2日），该报道的引题为"茅盾文学奖长篇小说创作研讨会上旧话重提"①；而在第七届茅奖评选结果公布后，《文汇报》又刊发了一篇题为《茅盾文学奖缘何冷落南方——评论人士认为地域"腔调"比方言写作更重要》（王磊，2008 年 10 月 30 日）的文章。这两篇文章聚焦的是"茅奖与方言写作"这一议题，虽然该议题有为方言写作声援的意味，但就茅奖传播形象的建构来说，它只为公众提供了一个认识茅奖的新视角，并不具备矮化茅奖的作用。《文学报》对茅奖评选进行的报道主要集中在客观介绍评选信息上，比如在第四届茅奖评选结果公布后，《文学报》先后刊发了《长篇小说的走势如何？》（梁永安，2000 年 11 月 2 日）和《茅盾文学奖是怎样评选出来的》（贾佳，2000 年 11 月 16 日）两篇文章，这两篇文章的标题是明显的"设问句"，因为其正文就是题目的答案。网络媒体对茅奖进行的实时性原创报道也多属于客观型报道，这是因为网媒非常看重信息传播的时效性，在事件发生后个别网媒会有计划地对事件进行深度报道和评论，但在事件发生当时迅速客观地呈现事件是一种非常基本的选择。像在2015 年 8 月 16 日第九届茅盾文学奖评选结果公布当天，人民网、中国作家网、搜狐新闻和国际在线就对评奖结果进行了报道，而第二天，新华网、中国新闻网、新浪新闻、网易新闻、凤凰资讯、央视网等多家网络媒体也对该事件进行了转载性报道。

客观全面地呈现社会各界对茅奖及相关作家和作品的评价只是一个相对的说法，它是指媒体在对茅奖进行报道时会注意多方意见的多种表达，而不是只专注于筛选宣传歌颂茅奖的分析和评价，或是只专注于筛选批评贬低茅奖的分析和评价。这方面的报道比较典型的有《深圳商报》刊发的《孰是孰非"茅盾文学奖"》（徐富，2000 年 9 月 17 日）、《西藏日报》刊发的《众口评说本届茅盾文学奖》（彭森、徐虹，2000 年 12 月 3 日）、《人民法院报》刊发的《茅盾文学奖应该怎样评》（魏雅华，2003 年 9 月

---

① 柳青．小说：能否更多利用方言资源 [N]．文汇报，2005-08-02 (009).

< 106 >

16 日）以及《陕西日报》刊发的《透视茅盾文学奖》（李向红、杨小玲、刘晓丽，2005 年 4 月 22 日）等。另外，媒体也会邀请专业的文学评论家或非获奖作家来撰稿点评茅奖，其中那些兼顾肯定茅奖和指出茅奖不足的点评就能够服务于茅奖中性传播形象的建构，像洪治纲撰写的《细读大奖作品——对第五届茅盾文学奖几个问题的回答》（《浙江日报》2000 年 11 月 5 日）、林建法撰写的《评奖与评论——在"茅盾文学奖与长篇小说创作"座谈会上的发言》（《辽宁日报》2004 年 3 月 9 日）、贺绍俊撰写的《茅盾文学奖作品能成为经典吗》（《人民日报海外版》2015 年 5 月 12 日）以及阎真撰写的《改进茅盾文学奖评选方式的建议》（《南方周末》2016 年 1 月 19 日）等都属于综合点评型的文章。

　　如果说建构茅奖正面传播形象的主要目的在宣传茅奖、提升茅奖公信力和促进获奖作品的传播，那么茅奖中性传播形象的建构则是为公众提供了更多认识和思考茅奖的角度，或者说，媒体在报道茅奖时秉持中立态度非常有利于提升茅奖话题的开放性，公众在对茅奖进行讨论时可以有更多独立思考的空间，而不是被"非好即坏"的舆论判断任意引导。在打造理智而开放的话题讨论平台方面，门户网站的读书频道和文化频道贡献颇多。像"新浪读书"在第八届茅奖评选进行过程中就专门开辟了一个题为"茅盾文学奖：评作品 or 评作家？"的主页，主页以《茅盾文学奖的兴奋点在哪儿？》一文作为导语，具体的下设板块包括"评给作品：实至名归？""评给作者：名归实至？""历届茅盾文学奖获奖作者及作品""网友热议"等①。到了第九届评奖，"新浪读书"又开辟了题为"第九届茅盾文学奖获奖作品公布"②的主页，下设板块包括专题摘要、独家连线、相关评论、最新消息、相关作品、相关微博等。在茅奖话题主页设计方面，新浪网的最大特点也是最大优势是，主页各板块下的新闻报道或评论性文

---

① 详见"新浪读书"的"茅盾文学奖：评作品 or 评作家？"页面，http：//book. sina. com. cn/z/mdwxjreport/.

② 详见"新浪读书"的"第九届茅盾文学奖获奖作品公布"页面，http：//book. sina. com. cn/z/djjmdwxj/.

< 107 >

章都与微博有链接，网友点击后不仅可以阅读也可以转发，这就扩大了信息的传播范围。

四、茅盾文学奖负面传播形象的建构

公众会对茅奖产生质疑一是基于对获奖作品的阅读，二是基于传播媒介对茅奖负面传播形象的建构。基于阅读而产生的疑虑应该说是立足于文学自身而产生的质疑，但是如果这个质疑是脱离阅读而产生的，那实际上就意味着公众对茅奖的认知和判断受到了媒体和社会舆论的操控。对于公众而言，文学评奖是一个具有专业性质和一定讨论难度的话题，它不像八卦娱乐、生活技能、人际情感、就业创业、休闲旅游等话题那样贴近普通人的日常生活，能够为大多数人所熟悉，因而文学评奖一旦成为热门话题，公众就很容易受到他人观点的影响。负面传播形象的建构与正面传播形象的建构在议题上是存在互动的，只有这种互动关系存在了，争议才会产生，茅盾文学奖作为一个话题才会受到更多人的关注和讨论，比如正面报道说茅奖评选制度的改革让评奖变得更加公平、公正和公开，负面报道就会指出制度改革之后仍然存在"主席文学奖""网络文学被差别对待""优秀作品被遗漏"等问题。与正面传播形象和中性传播形象的建构不同，负面传播形象的建构在很多时候是由"有组织的"大众传播媒体和网络媒体以及"无组织的"个人（特别是网友）共同完成的。无组织个人的积极加入让传媒对议题的设置变得更加全面，也更加具有针对性。

在负面传播形象的建构上，传媒首先为公众设置的议题是"茅奖的含金量不够"，像第五届评奖前后《陕西日报》刊发的《茅盾文学奖背后的矛盾》（徐正林，2000 年 6 月 23 日）、《中国商报》刊发的《"茅盾文学奖"遭遇矛盾》（肖东，2000 年 10 月 22 日）、《中国文化报》刊发的《茅盾文学奖有遗珠之憾》（高昌，2000 年 10 月 24 日）以及《中国消费者报》刊发的《茅盾文学奖有待增加含金量》（倪敏，2000 年 11 月 2 日）等文章都是围绕这一议题而撰写的。还有一些媒体关注到了"茅奖获奖作品销量差"这样一个问题，早在 2005 年《财经时报》就刊发过一篇题为

< 108 >

《茅盾文学奖品牌价值流失》（古诺、吴力，2005 年 5 月 30 日）的文章，2008 年《深圳商报》刊发的《茅盾文学奖：没有销量哪来影响力?》（杨青，2008 年 10 月 29 日）更是把获奖作品销量低的现象同茅奖影响力问题直接联系起来，而 2015 年《中国青年报》刊发的《茅奖作品销量两重天》（林蔚，2015 年 9 月 25 日）虽然报道了少数获奖作品极受读者欢迎，但还是披露了很多获奖作品销量低的事实。由于网络媒体以"点击率"为生，所以它们常常会为报道或评论设置博人眼球的题目。比如 2015 年 10 月 7 日，《现代金报》刊登过一篇名为《奖项那么多，真正走心有几个?》的文章，这篇文章后被改名为《国内文学奖被指黑幕频发含金量差》在网易新闻、新浪新闻、光明时政、中国青年网新闻频道、环球网国内新闻、深港在线、头条看世界等网络新闻平台上转载。又如腾讯网评论频道专门做了一个名为"你听茅盾文学奖是不是在笑"的专题讨论页面①，设置的板块包括"茅盾文学奖注定选不出过硬的作品""得了茅盾文学奖，他们好事一箩筐"和"文学已不再是艺术之王"，虽然在结语部分专题执笔者阐明了这样一个观点，即应该看清楚茅奖是否是一个专业而开放的、不受阻挠的评奖，但主标题和各板块标题的设计明显带有贬低茅盾文学奖的味道。此外，腾讯文化在 2015 年 8 月 17 日还发布了专栏作家侯虹斌的文章《茅盾文学奖，你太老了》，意指第九届茅奖把荣誉颁给了资格比较老的作家，评奖太过保守。

其实大多数人在接收传媒提供的信息时也有稍加思考或者至少是"先看看别人怎么说"的意识。只不过随着话题的升温发酵，人们的从众心理会慢慢地被释放出来。具体来说，当传播媒介提供的某一观点受到越来越多人的支持时，这个观点被关注和表达的优势就越来越大，与此同时那些站在其他观点阵营中的人会因处于劣势而选择沉默，那些还在各种观点外犹豫徘徊的人也没有向少数人靠拢的勇气——他们都害怕一旦自己表明了立场就会被多数人孤立。然而沉默只能让劣势一方的声音越来越弱，而大

---

① 详见"腾讯评论"的"你听茅盾文学奖是不是在笑"话题页面，http://view.news.qq.com/zt/2008/md/index.htm.

< 109 >

多数选择"明哲保身"的人都会对"意见气候",即自己所在社会环境当中的群体意见进行判断,并最终选择优势观点方。优势观点和劣势观点也不是恒定的,人们的选择会受文化环境、周围人意见、个人的智力和情感、议题的升级等诸多因素的影响而发生改变。另外,也有少数劣势观点的持有者不会发生选择上的变化,他们只是在观点处于劣势时选择沉默,而一旦有人开始声援他们的观点,他们就会重振士气,努力变成优势观点方。这样一个观点阵营扩大和缩小的循环过程其实就是对大众传播学中"沉默的螺旋"理论的现实解读。很多人没有读过茅奖作品就参与关于茅奖的讨论,还直接质疑甚至否定茅奖评奖程序和获奖作品的艺术品质,就是因为他们当前站在了优势观点阵营当中,有强大的后援力量来支持他们肆意地表达甚至鞭挞,他们有来自自身所处群体的安全感,无须畏惧被孤立或被隔离,反正在短时间内他们是大多数,是优势观点的持有者。

< 110 >

第三章 传播典范：常销书的
出版、营销与改编

通过笔者调查高校大学生对茅奖获奖作品的接受情况可知，在前九届 43 部茅奖获奖作品中，阅读人数排在前三位的作品分别是《平凡的世界》《白鹿原》和《穆斯林的葬礼》①。不仅如此，这三部作品的销量成绩也十分突出。2012 年 12 月 1 日，"纪念路遥逝世 20 周年座谈会"在京举行，会上北京十月文艺出版社总编辑韩敬群表示，仅他们出版的"《平凡的世界》已经发行 70 万套，超过 200 万册"②；2019 年 8 月 21 日，韩敬群在北京国际图书博览会上又更新了一组数据，即《平凡的世界》在中国大陆地区的销量约 1700 万册，每年销量都在 100 万册以上；而据《中国青年报》报道，截至 2015 年，《平凡的世界》的累计销售至少 300 余万套③。《穆斯林的葬礼》与《平凡的世界》的发行时长都接近三十年，据《北京日报》报道，截至 2015 年 9 月，《穆斯林的葬礼》的正版累计销量已突破 300 万册④，而据出版商务网提供的数据显示，截至 2017 年 9 月，《穆斯林的葬礼》的正版累计销量已突破 400 万册⑤。《白鹿原》的问世时间虽比前面两

① 详见《附录 3 高校大学生对茅盾文学奖获奖作品的接受情况调查报告》。

② 谢勇强. 路遥逝世 20 年追思会在京举行 [N]. 华商报，2012-12-02（B2）.

③ 林蔚. 茅奖作品销量两重天 [N]. 中国青年报，2015-09-25（12）.

④ 路艳霞.《穆斯林的葬礼》销量突破 300 万册 [N]. 北京日报，2015-09-12（8）.

⑤ 原业伟. 长篇小说《穆斯林的葬礼》问世三十周年，正版销量突破四百万册 [EB/OL]. 出版商务网，http://www.cptoday.cn/news/detail/4229，2017-09-22.

< 111 >

部稍晚一些，但截至2015年，该书总发行量已超过500万册①，另有人民文学出版社提供的数据显示，《白鹿原》的累计销量已达200万册②。而这样的数据其实还没有将该书难以估计的盗版销量统计在内。

常销书本身的意义在于它"是具有文化内涵的、是可以构成出版文化积累的图书，它应该是出版社品牌的基本构成元素，是出版社综合实力的体现"③。而《平凡的世界》《穆斯林的葬礼》和《白鹿原》虽不能妄断是茅奖获奖作品中艺术品质最高的三部，但的确有许多人是通过它们才认识了茅盾文学奖，或者说它们的常销在一定程度上促进了茅盾文学奖知名度的提升和延续。同时，三部作品在文本魅力和传播路径上都有自己的独特性，尽管它们的成功无法完全复制，但它们所提供的传播经验是可以借鉴的。更为重要的是，大众读者对这三部作品的高度认可已经反映出茅奖评选标准与大众审美趣味的某种契合，而这种契合实际上体现的是中国人对于独具中国特色的现实主义创作手法的偏爱和坚守。

第一节　《平凡的世界》：出版-广播改编-影视改编-名人推荐

被誉为"诗与史的恢宏画卷"④的路遥的《平凡的世界》，是对读者影响最大的茅盾文学奖获奖作品之一。据1998年中国科学院生态环境研究中心国情研究室进行的"1978—1998大众读书生活变迁调查"显示，在"到现在为止对被访者影响最大的书"中，《平凡的世界》位居第六名，前五名分别为《红楼梦》《三国演义》《钢铁是怎样炼成的》《毛泽东选集》

① 肖雪.《白鹿原》面世22年总发行量破500万册 [N]. 西安日报，2015-11-23（06）.
② 路艳霞.《白鹿原》作枕，先生且安歇 [N]. 北京日报，2016-04-30（07）.
③ 吴士余，蔡鸿程.常销书谈 [J]. 中国图书评论，2008（8）：45.
④ 雷达.诗与史的恢宏画卷 [J]. 求是，1991（17）：44.

< 112 >

和《水浒传》①。2008 年，在新浪网做的"读者最喜爱的茅盾文学奖获奖作品"调查中，"《平凡的世界》以 71.46%的比例高居榜首"；2012 年，在"文明中国"全民阅读调查中，这部小说"在读者最想读的图书中排在第二名"②。《平凡的世界》所以会受到广大读者的喜爱，一个非常重要的原因就是小说反映了普通人的英雄梦想，这对读者实际上具有极大的激励作用。不过小说从创作到编辑出版，再到广泛流传，经历了一个非常曲折的过程。但是，广播节目是小说最初得以成功传播的重要推动力。2015 年，习近平总书记对自己与路遥的往事的回忆以及电视剧《平凡的世界》的热播又把小说推向了一个新的传播高潮。

一、构筑普通人的"英雄梦想"

《平凡的世界》问世的 20 世纪 80 年代中后期，正是中国社会探索初期改革与发展的关键阶段。这一阶段，人们逐渐从集体记忆的泥淖和创痛中走出，转而开始追逐和关注个人的梦想和价值。《平凡的世界》以真诚的现实主义笔法生动地展现了处于社会大变革中的底层普通人在改变自身命运、追求个人理想上所做出的不懈努力，更重要的是作品传达了这样的一个价值观，即普通人通过自己的聪明才智和踏实劳动可以实现自己的梦想，可以获得物质的富足和精神的愉悦，可以成为平凡世界中的"英雄"。从这个意义上说，一方面这部作品的出现顺应了时代的发展需求，满足了当时读者的阅读期待；另一方面作品所弘扬的价值观决定了它会拥有强大的生命力，因为在任何一个时代普通人都是社会的大多数，他们需要像《平凡的世界》这样的作品来鼓舞和激励自己。

毋庸置疑，小说中最耀眼的"英雄楷模"就是孙少安、孙少平兄弟，他们虽出身"烂包"家庭，吃饭穿衣都是问题，却始终没有放弃对生活的希望。少安是同他父亲孙玉厚一样朴实勤劳的农民，尽管没有弟弟少平读

---

① 康晓光等. 中国人读书透视：1978—1998 大众读书生活变迁调查 [M]. 南宁：广西教育出版社，1998：58-59.

② 贺绍俊.《平凡的世界》的魅力 [N]. 光明日报，2016-02-18（11）.

< 113 >

书多，但他在务农和经商上都很有自己的想法和魄力，对生产责任制的推崇以及在经营砖厂上的尝试和努力都体现了孙少安的过人之处。少平是典型的从农村走出来的知识分子的形象，只不过由于个人命运十分曲折，所以他最终还是以一个工人的身份生活着。少平最为可贵的一点在于，当他发现自己所追求的个人价值并不像哥哥少安那样时，他勇敢地选择了走出家乡，他以一种试炼生活的态度去真实地感受自己的人生，丰富自己的精神世界。两兄弟的奋斗史是他们力图冲破苦难的历史，他们以惊人的意志力和行动力在苦难中艰难前行，即便在遭受重创时也没有倒地不起。更令读者动容的是，在物质生活频频陷入低谷之时，两兄弟都以不同的方式追求着精神世界的满足，比如少平不论环境多艰苦都坚持读书读报，少安和妻子在吃住都成问题的情况下仍保有对彼此深切的爱。《平凡的世界》也不缺乏"女英雄"形象：田润叶虽长时间地陷在自己对少安的感情中不能自拔，但终究在丈夫李向前失去双腿后清醒过来，勇敢真诚地投入到新的生活状态当中；田晓霞读书时就有男孩子的胆识，关心时事，关心国家命运，工作后更是勇于冲在前线，她爱少平爱得坦坦荡荡、不拘小节，虽然最后玉殒于洪灾，却挽救了一个孩子的性命；孙兰香自幼懂得家庭的窘迫，也几次想过退学，但还是在哥哥们的坚持和帮助下继续了学业，并通过自己的努力考上了名牌大学。在小说中读者还看到了熟悉的"改革者"形象，乔伯年、田福军、田福堂、金俊武和田海民等人都不同程度地对农村的改革发展做出了贡献，尽管在改革的过程中他们也或多或少地犯过错误，但他们勇于尝试的精神以及扎实的工作作风，特别是像乔伯年和田福军敢于同僵化的政策和禁锢的思想相较量的气魄，都深深地吸引着读者的目光。当然，小说的魅力还在于它体现了生活的丰富性和人物的复杂性，读者在感受了无限"正能量"的同时，也会看到现实的阴暗面以及社会发展所无法避免的新疾患的产生，比如金富靠偷盗为生最终入狱、刘玉升以宣扬封建迷信敛财、王满银游逛半生最后一事无成地回到妻子身边等。

虽然《平凡的世界》受到了广大读者的喜爱，也被茅盾文学奖这样的荣誉所肯定，但文学批评家们对这部作品并不看重，这一方面与路遥坚持

< 114 >

传统的现实主义写作笔法密切相关，另一方面也是由于作品在题材选择和主题表达上都缺乏创新精神。不过《平凡的世界》也因此而具备了这样一种魅力，即它是一部综合了"伤痕文学""反思文学"和"改革文学"特点的作品。由于《平凡的世界》所呈现的故事发生在 1975 年到 1985 年，所以读者随作品经历了中国社会重获新生的喜悦和焦虑。少安读高中时正值"文化大革命"尾声，而当时原西县的阶级斗争仍然如火如荼地进行着，学校课业主要围绕着政治学习和田间劳动展开，学生们的文化水平也就很难达到正常高中生的水平，很多人在恢复高考之后一直考不上大学的原因就在于此，这实际上是主人公之一的孙少安达不到正常高中文化水平，考不上大学，暗合了"伤痕文学"代表作的思想主旨。部分领导干部和广大农民在农村改革中所表现出的畏首畏尾以及一些人日积月累的恐惧则反映出路遥对国家发展历程的纵深反思和理性思辨，这种反思和思辨的进益性在于作家已经从单纯的关注集体命运中跳脱出来，转而过渡到关注个人命运，丰富而复杂的社会生活因不同个体生存状态的凸显而被展现得更为广阔，这也使《平凡的世界》焕发出"人的文学"的光芒。如前所述，路遥在小说中塑造了几个非常典型的"改革者"形象，作品对农村改革的展现与"改革文学"的套路十分相近，即尽管改革者在改革的过程中遭到了这样那样的反对，甚至阻挠，但他们还是能通过自身顽强的意志和过人的魄力克服重重困难，取得改革的阶段性胜利，这一点在田福军身上已经体现得非常明显。

在将普通人塑造为平凡生活中的"英雄"基础上，作家路遥还将自己的人生感悟熔铸到了作品当中，具体的表现形式有两种。一是借助人物的语言或心理活动来表达作者的心声，如润叶在考虑是否答应丈夫李向前去开钉鞋铺时想到"只有劳动才能使人尊严地活着"，"任何劳动都会受人尊重"①。二是直接以大段议论性的或抒情性的文字来阐明人生的道理，如在提到人们该如何面对历史留下的创痛时作者写道：

但我们仍然有理由为自己生活过的土地和岁月而感到自豪！我们这代

---

① 路遥. 平凡的世界（第三部）[M]. 北京：中国文联出版公司，1989：375.

< 115 >

人所做的可能仅仅是，用我们的经验、教训、泪水、汗水和鲜血掺和的混凝土，为中国光辉的未来打下一个基础。毫无疑问，在这一历史进程中，社会和我们自身的局限以及种种缺陷弊端是不可避免的。但这决不可能成为倒退的口实。应该明白，这些局限和缺陷是社会进步到更高阶段上产生的。①

这种非常主观化的价值观植入"在客观化写作正成为 20 世纪下半叶中国创作潮流的时候"② 自然显得不太和谐，甚至有些固执和笨拙，但对普通读者而言，这些文字是效果极佳的"心灵鸡汤"，其"励志"和"劝导"作用并不亚于孙少安、孙少平两兄弟的故事。此外，小说中浪漫热烈的爱情、沉厚朴实的亲情以及诚挚温暖的友情也给主人公的逐梦故事增色不少，而"无论精英阅读还是全媒体的大众阅读，生理激动，心里感动，尤其精神撼动，是阅读快感的主要表现形式和读者的基本阅读追求"③，《平凡的世界》无疑是一部满足了读者诸种精神需求的感性力量十分饱满的作品。

二、从退稿到畅销的命运转变

《平凡的世界》有"茅盾文学奖皇冠上的明珠"之美誉，它是路遥的心血之作，读者对作品的长久喜爱应该说是对这位已故作家最好的尊重和慰藉。但事实上，《平凡的世界》最初能够有机会走到读者面前并不容易。在《平凡的世界》之前，路遥已经以中篇处女作《惊心动魄的一幕》斩获全国第一届优秀中篇小说奖，而他发表于 1982 年的中篇小说《人生》更是在全国引起轰动，无论是学界还是广大读者，都给予了这部作品高度的肯定，1984 年根据小说改编的同名电影的成功更是将《人生》推到了一个难以逾越的高度。不过，路遥并没有就此止步，他认为"作家的劳动绝不

---

① 路遥. 平凡的世界（第二部）[M]. 北京：中国文联出版公司，1988：441.

② 贺仲明. ""《平凡的世界》现象"透析 [J]. 文艺争鸣，2005（4）：116.

③ 安波舜. 阅读的趋向与分化 [N]. 人民日报，2010-11-23（020）.

< 116 >

仅是为了取悦当代"，"更重要的是给历史一个深厚的交代"①。这样的信念指引着路遥开始进行《平凡的世界》第一部的创作。在准备过程中他阅读了近百部长篇小说以及理论、政治、哲学、经济、历史和宗教著作，翻阅了 1975 年到 1985 年的大量报纸，另外还找到了许多农业、商业、工业和科技等方面的知识性小册子②。为了能够静心写作，也为了能够更好地体验生活，路遥把创作地点选在了陕西省铜川市焦坪矿区的陈家山煤矿，在这里他为自己制订了严格的写作计划，每天不完成任务就不能睡觉。《平凡的世界》第二部是在陕北吴旗县武装部一孔窑洞中完成的，当时路遥和爱人林达离婚已成定局；而在写作第三部之时，路遥已经被诊断出患有肝硬化③。

很遗憾的一点是，这样呕心沥血的创作在一开始并没有给路遥一个理想的回馈。现代主义气息的弥漫以及许多作家对小说实验的狂热追求都让传统的现实主义创作在 20 世纪 80 年代中期变得局促而尴尬，这也是导致《平凡的世界》的第一部最初被人民文学出版社编辑周昌义退稿的主要原因。后来，中国文联出版公司编辑李金玉发现了这部作品的可贵之处，小说才获得了与读者见面的机会。中国文联出版公司对作品的审核意见是：《平凡的世界》"通过各种人物间复杂的矛盾纠葛，对当代城乡社会生活做了全景式的描写。刻画社会各阶层更多普通人的形象，把普通人的劳动与爱情、挫折与追求、痛苦与欢乐、日常生活与巨大的社会冲突纷繁地交织在一起，从而深刻地展示普通人在大时代历史过程中所走过的曲折的道路。这部长篇的生活容量大，思想深度、艺术质量均超过《人生》"④。不过在作品问世之初，这样的评价并没有获得期待中的共鸣，除了批评家的轻视，读者对小说也鲜有关注，这也导致《平凡的世界》的第二部在完成伊始没有得到任何影响力较大的刊物的垂爱。

---

① 路遥 . 早晨从中午开始 [M]. 西安：西北大学出版社，1992：33.
② 路遥 . 早晨从中午开始 [M]. 西安：西北大学出版社，1992：50-54.
③ 李宝成 . 路遥：《平凡的世界》背后的故事 [J]. 新西部，2008（Z1）：21.
④ 祖薇 . 《平凡的世界》爆出艰难出版内幕 [N]. 北京青年报，2015-07-09（A19）.

< 117 >

真正让《平凡的世界》实现从"无人问津"到"家喻户晓"的巨大飞跃的是广播。1988年3月27日，中央人民广播电台AM747频道《小说连播》节目播出了由李野墨演播的《平凡的世界》，播出时第一部是成书，第二部是校样，第三部直接就是手稿，小说演播共126集，作品一经播出就在听众中引起了强烈反响，当时电台收到的听众来信创1988年"小说连播"节目之最，据中央人民广播电台测算，《平凡的世界》当年的直接受众达3亿之多①。广播节目的热播直接带动了图书销量的激增，作品也因此常常出现供不应求的情况，出版社方面为满足读者的需求不断加版加印，小说的读者由此慢慢地累积下来。"小说连播"的责任编辑叶咏梅指出，《平凡的世界》在"小说连播"60周年60部作品排行中是第八位，但在听众的心目中应该是第一位。中央人民广播电台20年来先后播出3次，听众来信如潮，改变了无数青年的人生道路②。应该说，在我国的纸质书销售没有形成市场形态和规模，电视媒介尚未在全国广泛普及，互联网技术还只是"耳闻"的20世纪80年代末，广播确实在丰富和提升受众的文化经验上发挥了巨大的作用。于此，广播扮演了品位领袖与协调者的角色，在其为受众提供优质服务的同时，它也可以被解释为是一种控制和领导受众口味的手段③。在《平凡的世界》通过广播媒介在听众中站稳脚跟之后，电视方面也做出反应：1988年，中国电视剧制作中心指定潘欣欣作为电视剧《平凡的世界》的导演；1989年3月作品开拍，由张宝庆、任冶湘、郑保国等主演，共14集；1990年，这部电视剧在中央一套和中央二套相继播出，但其在受众那里产生的影响远没有广播大。

1991年《平凡的世界》获得第三届茅盾文学奖，自此这部作品就被深深地打上了"茅盾文学奖"的烙印——不仅各个版本的封面或腰封上都印着"茅盾文学奖"几个字，而且影视改编作品在其片头也会标注上"改编

---

① 厚夫.《平凡的世界》乘着广播的翅膀飞翔［N］. 北京青年报，2015-03-22（A11）.

② 叶咏梅编著. 中国长篇连播历史档案（上）［M］. 北京：中国广播电视出版社，2010：19.

③ ［英］利萨·泰勒，［英］安德鲁·威利斯. 媒介研究：文本、机构与受众［M］. 吴靖，黄佩译. 北京：北京大学出版社，2005：100-102.

< 118 >

自茅盾文学奖获奖作品”的字样，最值得注意的是，像《人民日报》《光明日报》等国家主流媒体的官方微博在推荐茅奖获奖作品时，会把《平凡的世界》放在首位。《平凡的世界》的"高人气"令其在"民间"获得了"经典"的封号，但实际上"一部作品能不能迈入经典之列不在于它是否能得到'沉默的大多数'的认可，而在于它是否能得到握有颁发'象征资本'权力的权威机构的认可。这些机构包括评奖机构、批评研究机构、教育机构等"①。在学界和批评界，《平凡的世界》常常被认为是"一部精神价值大于文学价值的小说"②，在许多当代文学史的著述中，这部作品的地位都不及《惊心动魄的一幕》和《人生》；但是，第三届茅盾文学奖的殊荣又让作品获得了评奖机构的肯定，而且这个奖项的分量是举足轻重的。如此，能够颁发"象征资本"的权力机构在同一部作品上就产生了意见分歧，且这个分歧伴随着时间的推移并没有形成弥合。当然，广泛而深厚的"群众基础"也助力了小说的获奖，这一点似乎和后来麦家的《暗算》受电视剧助力而获得第七届茅盾文学奖有着某种契合。

三、电视剧热播与领袖话语引导

读者的青睐和茅奖的肯定已经把《平凡的世界》推到了一个峰顶，而无论是京东、亚马孙、当当等图书网站的销售榜单，还是《人民日报》《光明日报》等主流媒体的官方微博，《平凡的世界》都是上面的"常客"。另外，《平凡的世界》还曾一度入选国家教育部颁布的"语文新课标必读丛书"，这意味着作品在中国学生的语文基础教育中具有被普及阅读和学习理解的必要。连环画是《平凡的世界》传播的另一种形式：1995 年陕西师范大学出版社出版了由张春生改编、李志武绘制的连环画《平凡的世界》；人民美术出版社又于 2002 年和 2008 年两次出版该连环画；2015 年李志武在接受采访时表示，希望《平凡的世界》的连环画版能再次出

---

① 邵燕君.《平凡的世界》不平凡——"现实主义常销书"生产模式分析 [J]. 小说评论，2003（1）：61.

② 贺绍俊.《平凡的世界》的魅力 [N]. 光明日报，2016-02-18（11）.

< 119 >

版，但"必须有一个新的面貌，让读者接受和喜欢"①。小说文本转化为图画无疑为《平凡的世界》的传播提供了一条新的路径，在读图时代，图画的简约性和趣味性能够大大增加读者的阅读欲望，节约读者的阅读时间成本，更重要的是，这种形式能够帮助小说走进儿童读者的视野当中，有利于读者群的开拓和积累。

"人民生活的大树万古长青"②，反映中国普通人日常生活的《平凡的世界》也有着持久的艺术魅力。2015 年同名电视剧的热播以及习近平总书记的那句"我跟路遥很熟，当年住过一个窑洞"③ 将《平凡的世界》推向一个新的高峰，由此这部文学作品的传播在继 1988 年的"广播热潮"后又进入了一个"不平凡"时代。2015 年版的电视剧《平凡的世界》由毛卫宁执导，王雷、袁弘、佟丽娅、李小萌、刘威和尤勇等主演，这样的"新偶像"加"老戏骨"的组合首先就吸引了许多年轻观众的眼球，再加上近三十年来小说累积了庞大的读者群，所以电视剧在播出不久就引起了社会各界的关注和讨论。而其中讨论的一个核心话题就是电视剧是否遵从了小说原著，或者说电视剧在多大程度上还原了小说原著。在这个问题上导演毛卫宁曾做出过回应，他指出："由于小说体量巨大，为了最大限度地尊重原著，我在剧中选择了朗诵部分小说内容作为旁白，我不会为了现代观众的喜好去改编小说的风貌。……剧中我们容纳了 95% 的人物和内容，基本还原了小说的原貌。"④ 不过从电视剧本身来看，导演的回应并不令人满意。一方面，以大量的旁白来达成所谓的"对原著的尊重"实际上是一种非常机械甚至笨拙的手段，影视作品如果企图通过大段植入诗朗诵式的旁白来完成对文学原著的改编，那最后呈现在观众面前的就是一本书

---

① 张雪．李志武：再版《平凡的世界》连环画必须创新［EB/OL］. 中国经济网，http：//www. ce.cn/culture/gd/201503/31/t20150331_ 4985686.shtml，2015-04-01.

② 路遥．早晨从中午开始［M］.西安：西北大学出版社，1992：13.

③ 解晨红．习近平聊起《平凡的世界》——我跟路遥住过一个窑洞［N］. 华商报，2015-03-07（A3）.

④ 毛卫宁．心怀敬畏地与经典对话——电视剧《平凡的世界》导演阐述［J］.中国电视，2016（1）：32.

< 120 >

简单的"声像复制版"而已。另一方面，"容纳了95%的人物和内容"的说法也欠妥当：小说中作为孙少平人生中重要伙伴的金波在编剧的笔下被合并到田润生这个人物身上，金波的妹妹金秀也被省略掉，这样的处理直接导致原著中金、孙两家的深厚情谊被抹掉；电视剧中田润叶抢婚以及李向前意图非礼润叶的桥段显然是为了满足"现代观众的喜好"而增加的戏剧冲突，这样的"增加"不仅有违原著情节，还不符合原著中的人物性格以及故事发生的时代背景和社会环境；至于像秀莲重病未死、向前和润叶一同到孙家和谐过年这样的大团圆结局的安排又大大削弱了小说的悲剧性力量。当然，也有很多没有读过小说原著的观众对电视剧颇为赞赏，网络上流行的"像少安一样去奋斗，像润叶一样去爱"无疑证明了电视剧对受众的激励作用。

电视剧《平凡的世界》能够受到追捧既反映出电视剧市场对现实主义题材作品的强烈呼唤，也体现了忠实读者对原著作品的强大"黏度"。然而实际上，真正促使电视剧带动原著成为热点讨论现象的是国家最高领导人对于原著作者路遥的追忆。2015年3月5日，习近平总书记在参加第十二届全国人民代表大会第三次会议上海代表团的审议时，向全国人大代表、东方卫视著名主持人曹可凡问起了《可凡倾听》这个节目以及最近在忙的事。曹可凡在答问中向总书记推介了当时正在东方卫视播出的电视剧《平凡的世界》，总书记由此回忆起他在陕北插队时和作家路遥相识的一些往事，并提到《平凡的世界》这部小说对他产生了很大的触动。国家最高领导人对一个作家以及他的作品印象如此深刻，无疑为这个作家和他的作品提供了最有力的推荐，这种推荐本质上就是一种"名家荐书"——"广义的名家荐书，包括了专家学者和文化教育机构荐书、党政领导荐书、文化明星与社会名流荐书三种情况"①。于此，"党政领导"往往扮演的是"舆论领袖"的角色。当人们提及"领袖"一词，总是会习惯性地想到严肃的政治、经济和文化的领导权，而忽略了领袖所掌握的话语权力在大众传播中的巨大引导作用，"领袖"身份给予领袖话语最高的权威性，这种

---

① 杨虎. 从舆论领袖理论看名家荐书畅销引导作用 [J]. 中国出版, 2015 (4): 26.

< 121 >

权威性的实质就是"影响力"，具体到图书的推荐阅读上就表现为两点：一是普通人将领袖的阅读视为一种标杆，即认为国家领导人喜欢读的书一定是值得读的；二是相关行政单位、主流媒体、出版社、学术研究机构等有意识地"响应号召"，对领袖推荐的图书进行更系统、更广泛的打造和宣传。而回到《平凡的世界》上来，为什么习总书记会推崇路遥的作品呢？仅仅是因为他们在艰苦的岁月中一同谈过文学、谈过理想吗？仅仅是出于个人的生活经验和阅读体会吗？显然不是。从国家的角度来说，《平凡的世界》涉及了国家的政治、经济和文化改革，对"文化大革命"的反思以及对实施生产责任制和恢复高考的肯定等都充分体现出作家高度的历史理性，而习近平总书记肯定《平凡的世界》实际上是肯定了路遥对时代生活的精准判断和冷静分析。从个人的角度来说，小说鼓励人们迎难而上、勤劳致富，鼓励人们为梦想而不断拼搏，实现自己的人生价值。这样综合而论，《平凡的世界》其实就响应了"中国梦"这样一个大的时代主题，即"实现中华民族伟大复兴，就是中华民族近代以来最伟大的梦想"，而"中国梦归根到底是人民的梦"，"实现中国梦，最终要靠全体人民辛勤劳动"[1]。从这个意义上说，对《平凡的世界》的价值判断已然不可能仅仅局限在文学层面，而作品的广泛传播也不能单纯地归功于文本的励志性以及广播、电视等媒介的协助功能。

《平凡的世界》虽在诞生之初不甚合潮流，但它对现实主义创作手法的坚持，特别是它跳脱传统现实主义宏大叙事转而关注普通人日常生活的这种选择其实已经决定了它的后续传播力。20 世纪 80 年代末，当代文坛在经历了"现代派""先锋""寻根"等一系列颇具现代性实验意味的文学实践后，开始回过头来寻找现实主义，"新写实小说"应运而生。"新写实"坚守的仍是现实主义的创作手法，只不过与以往的现实主义相比，它把侧重点放在了以"零度情感"还原普通人的日常生活上。"新写实"在90 年代初也只是昙花一现，而其最大意义在于它所提供的"日常化"视角

---

① 中共中央宣传部. 习近平总书记系列重要讲话读本（2016 年版）[M]. 北京：学习出版社，人民出版社，2016：5-15.

< 122 >

对 90 年代以后中国现实主义文学的创作产生了十分深远的影响，可以说直至今日，在许多反映社会现实的文学作品当中，读者都能够或多或少地捕捉到"新写实"的遗风。《平凡的世界》所体现的现实主义"日常化"具体来说包括生活的日常化、情感的日常化和叙事的日常化。在前几届茅奖获奖作品中，书写平民百姓日常生活的作品和书写国家民族宏大发展历程的作品比例相当，而从近几届评选出的获奖作品来看，反映普通人日常生活的作品已经占了大部分，像前面提到过的"小家观大国"和底层社会民情的书写实际上都是以表现日常生活为基础。从传播优势来看，文学创作关注日常生活，茅盾文学奖关注那些反映日常生活的作品，一个至关重要的原因就是，和"大历史""大国家"等比较宏大庄严的素材相比，日常生活与读者的现实经验更为贴近，更容易引起读者的注意，也更方便读者去阅读和理解。情感的日常化以生活的日常化为根基，它既包括小说中的人物情感是贴近日常生活中的人物情感的，也包括作者自身借文学创作所表达出来的情感是贴近日常的，即作者是以平视普通人生活的态度来传递情感。叙事的日常化指的是作者讲故事的方式贴近日常叙述，它不像传统的现实主义宏大叙事那样讲求典型环境的营造和史诗感情节的铺陈，它追求的是一种"话家常"的叙事姿态，一种观光客般的"走一步看一步，看一处说一处"的节奏。

现实主义创作转向日常化还非常利于透视社会人心。茅盾文学奖看重文学作品把握时代脉搏的能力，而把握时代脉搏最有效、最核心的手段就是透视处于时代大潮中的人。对于像细胞一样活动在庞杂社会之躯当中的"人"来说，日常生活既是他们赖以生存的载体，也是他们为社会历史提供的实质内容。《黄雀记》是如何反映出社会转型期人的精神疾患？是通过表现宝润一家和周围人的日常生活变化。《江南三部曲》中的《春尽江南》是如何展现当代知识分子精神乌托邦的幻灭？是通过书写谭端午和庞家玉夫妻二人冗繁而沉闷的婚姻生活。《钟鼓楼》是如何把握 20 世纪 80 年代初城市居民的心理律动？是通过陈列老北京四合院几家住户的日常交际。《无字》是如何彰显女性在"一盘臭棋"般的 20 世纪中的悲剧命运？

< 123 >

是通过讲述三代女性在漫长岁月中的情感经历，特别是吴为与胡秉宸之间琐碎而黏稠的日常情感纠葛。由于日常生活是由具有主观能动性的人来主导的，所以"日常"总是处在被不断地开发和挖掘当中。现实主义能够关注日常化的生活，洞悉日常化的情感，讲求日常化的叙事，实际上是在提升自身的艺术深度和广度。从近年来现实主义创作的实践成果和发展趋势来看，茅奖在未来的几年里仍旧会对表现平凡人日常生活和情感的作品保持高度关注。

第二节 《白鹿原》：出版-修订-影视改编-文化品牌打造

2016 年 4 月 29 日，著名作家陈忠实去世，许多媒体撰文称其"带走'一个民族的秘史'"，这"民族的秘史"主要指的就是斩获第四届茅盾文学奖殊荣的常销作品《白鹿原》。《白鹿原》最初跨年发表在《当代》杂志的 1992 年第 6 期和 1993 年第 1 期上，1993 年 6 月人文社首次出版了小说的单行本。1997 年，茅盾文学奖评委会希望陈忠实对作品进行修改，以消除关于政治问题和性描写方面的争议，这样，在同年 12 月人民文学出版社又出版了《白鹿原》的"修订版"，也就是茅盾文学奖的获奖版本。何启治认为："《白鹿原》不仅是中华人民共和国成立以来，而且也是五四新文化运动以来，继承了现实主义文学传统的最优秀的长篇小说之一，是当代中国最厚重、最有概括力、最有认识和审美价值，也最有魅力的优秀长篇小说之一。"①

一、家族史背后的民族秘史书写

陈忠实在《白鹿原》的开篇便引用了巴尔扎克的"小说被认为是一个

---

① 何启治.《白鹿原》档案 [J]. 出版史料, 2002 (3): 18.

< 124 >

民族的秘史"① 来表明自己的创作目的。"秘史"顾名思义就是"秘密的历史"，是未向世人公开的历史，这类历史通常被视为"野史"，其真实性往往无从考证，但却因私密性、不确定性和传奇性为受众所关注和喜爱，从心理学上讲，这类作品实际上也满足了人类的窥视欲。《白鹿原》是陈忠实的中篇小说《蓝袍先生》的"副产品"，据陈忠实回忆："《白鹿原》是在写《蓝袍先生》过程中的思考而引发起来的。《蓝袍先生》写完以后，按说它负载着的最初构思已经完成了，但是这个人物的命运涉及我们对民族命运的思考，从中华人民共和国成立前引申到当代，这个人物勾起了我对我们这个民族近代命运的思考，也把我过去的生活素材激活了。"② 小说从表面上讲述的是白、鹿两大家族三代人的恩怨纠葛，而实际上囊括了从清末民初到中华人民共和国成立初期的诸多重大历史事件（如辛亥革命、国共合作、大革命、抗日战争、解放战争等），其独特性即在于作家对"民族大历史"的呈现完全是间接的、不动声色的，是揭露隐秘式的，是有意识地表现出一种"无意识"的。

其实在相当一段时间里，现实主义创作手法都标榜"客观真实"，不过由于文学创作本身是一项主观性极强的活动，所以真正的"客观"是不存在的。"客观真实"的诉求和作家主观能动性的介入让现实主义成了一种记录和创造历史的有效方法。恩格斯认为现实主义"除细节的真实外，还要真实地再现典型环境中的典型人物"③，这里他强调了现实主义一是要有细节真实，二是要有真实的典型环境，三是要有真实的典型人物。恩格斯是以"典型说"对现实主义创作手法提出了基本要求，其关注的是文学作品在表现"客观真实"时是否能够反映事物的普遍规律，是否达到了个别与一般的统一。列宁非常推崇托尔斯泰、果戈里、契诃夫和高尔基等作家的现实主义创作，他指出列夫·托尔斯泰"创作了无与伦比的俄国生活

---

① 陈忠实. 白鹿原 [M]. 北京：人民文学出版社，1993：1.

② 陈忠实. 白鹿原上看风景 [A]. 张英编著. 文学人生 [M]. 上海：上海教育出版社，2005：39.

③ [德] 卡尔·马克思，[德] 弗里德里希·恩格斯. 马克思恩格斯选集第四卷 [M]. 中共中央马克思恩格斯列宁斯大林著作编译局编译. 北京：人民出版社，1972：462.

< 125 >

的图画"，是"俄国革命的镜子"①。列宁的"镜子说"强调的是作家利用现实主义创作手法真实地再现生活的能力，且这种"再现"是具有批判精神的再现。斯大林认为，艺术家如果能够真实地反映生活，那么他们"在生活中就不可能不察觉到、不可能不反映使生活走向社会主义的东西。这就是社会主义艺术，这就是社会主义现实主义"②。斯大林提出的"社会主义现实主义"确立了现实主义创作的社会主义方向，对中国当代的现实主义文学创作产生了相当深远的影响。从恩格斯到列宁，再到斯大林，无产阶级的现实主义创作理念得到了明确和发展，"客观真实地再现生活"成为他们的共同倡导。客观的真实可以是现实主义的创作追求，但历史永远无法被复制，现实主义文学作品对历史的呈现只能保证部分的真实，作家的主观情感和价值判断必然会将所谓的"史实"转变成"主观历史"，这样，读者在文学作品中看到的历史不可避免地带有虚构的成分。或者换一种说法，作家是在通过自己的带有主观色彩的"写实"为读者提供更多观察和思考社会历史的视角。

陈忠实说："一个王朝延续多长时间，这是历史学家要还原的东西。作为一个作家，我更关注的是一个历史事件对于人的精神心理层面产生的影响。"③ 这种"以家族史代民族史"的创作选择恰恰响应了盛行于20世纪80年代末、90年代初的新历史主义思潮。"新历史"是相对于传统的"革命历史"来说的，它采用的是一种民间立场，注重对个体经验的表达，会刻意虚化历史事件或历史背景，不以最大限度地还原历史真相为根本目的。《白鹿原》所展现的各种家族秘事被错落有致地嵌在华夏民族的历史长河中，自然而然地让民族史泛起了神秘的、难以言说的容光。

由于《白鹿原》的初稿完成于1988年，所以陈忠实的创作也受到

---

① [俄] 列宁. 列宁选集第二卷 [M]. 中共中央马克思恩格斯列宁斯大林著作编译局编译. 北京：人民出版社，1995：242，241.

② 叶书宗. 苏联的革命与建设——历史的回顾与总结 [M]. 上海：上海社联出版社，1986：278.

③ 陈忠实，舒晋瑜. 我早就走出了《白鹿原》——陈忠实访谈录 [J]. 中国图书评论，2012（10）：6.

< 126 >

"先锋文学"和"寻根文学"的影响，大量的性描写以及对儒家文化传统的深刻揭示和剖析无疑印证了这一点。对读者而言，"白鹿"这个巨大的意象是他们窥探家族秘史与民族秘史的切入点。首先，"白鹿原"作为一个地名，为故事的发生提供了一个地点，这是一个充满神秘色彩的空间，而由此引出的有关"白鹿"的传说则大大增强了故事的传奇色彩——除了介绍"白鹿书院"和"白鹿原"两个名字的由来外，白家的发迹受到了象征祥瑞的白鹿的庇佑，白灵的出生与死亡以及朱先生的离世也伴随着白鹿的闪现；其次，"白鹿"直指白家和鹿家两大家族，白鹿原的完整性建立在两个家族共存的基础上，尽管白嘉轩和鹿子霖总是处于一种对峙的状态，但实际上由于其所属的两个家族几代人密切的交往和累积下来的错综复杂的关系已经让他们摆脱不了"一荣俱荣，一损俱损"的局面；最后，白鹿也是"白鹿精神"的象征，这个"白鹿精神"是传统的儒家文化和小农经济意识的结合体，白嘉轩家中门楼上刻着的"耕读传家"四字言简意赅地道出了"白鹿精神"的精髓，而白嘉轩和朱先生作为"白鹿精神"的承载者，也时时以自己的言行对这种精神做着诠释。

"白鹿"这个意象将读者对于白、鹿两家家族史的阅读引入了一个传奇意味颇浓且文化内蕴丰富的氛围当中，而家族成员充满偶然性的日常生活又让《白鹿原》处处潜藏着关乎民族命运的悬念。比如白灵与鹿兆海在选择参加共产党还是国民党时，竟然像孩子做游戏一样用抛硬币的方式来做决定，然而正是这样一个随性的细节改变了他们一生的道路，让两人从此分道扬镳，更重要的是，两个人在信仰上的分歧实际上反映了当时国共两党在思想上和主张上的巨大差异。又如黑娃在最初同意和鹿兆鹏等人联手以"白狼"的名义火烧白鹿仓粮台时，其实并没有想太多，一方面出于年幼时的"冰糖情谊"，黑娃本能地将鹿兆鹏视为朋友；另一方面黑娃骨子里的勇敢和正义被鹿兆鹏激发出来，就变成了一种普通农民单纯的反抗精神，但黑娃根本想不到这一切都是他投身革命洪流的开始，而他个人的命运作为一股重要的力量也在后来不断地作用于民族的命运。

许多人认为《白鹿原》二十几年来之所以一直保持着高销量，一个非

< 127 >

常重要的原因是其中包含了大量的性描写。在中国，由于文化心理和话语环境的制约，性描写确实在博人眼球方面效力惊人，但《白鹿原》当中的性描写绝不是以粗暴展现性过程为根本目的，也不单单承载着性描写表面上所呈现出的内容。事实上，《白鹿原》中的所有性描写无一不是服务于揭露民族秘史的——作为敏感而又隐蔽的话题，"性"是民族历史中最不便言说的部分之一，文本对"性"的凸显让民族史的叙说焕发出无穷的生命力量，因此，性本能既与传统伦理道德不断地博弈以形成诸多情节冲突的导火索，又扎根于民族发展的最深处，为种的延续和文化的传承提供最原始的动力和保障。在大多数中国读者那里，民族的革命历程是严肃的、鲜血淋漓的、气势磅礴的、跌宕起伏的，但陈忠实向读者呈现的却是历史的另外一种景观，这种景观不仅由家族中多彩的生命个体构成，而且通过"性"这一人类本能升腾出立体的轮廓并慢慢延续下来。

如前所述，白嘉轩是"白鹿精神"的代言人，他是传统儒家伦理道德的执行者和捍卫者。在同仙草成亲前，白嘉轩已有"六娶六亡"的"纪录"，但由于他所受的教育一直提醒着他"无后即大不孝"，所以他必须通过婚姻完成传宗接代的使命——他对"性"的追求始终立足于"种的延续"，因为这种延续对他来说是"孝道"的表现。白嘉轩的这种价值观也为另一事件的发生提供了重要支持，即其三子白孝义"借种生子"事件，白嘉轩之所以同意冷先生的建议就是基于他对"种的延续"的高度重视。与白嘉轩的"合情合理"不同，鹿子霖对于性的热衷严重违背了传统伦理道德，他对性的渴求已经到达了一种贪得无厌、无可救药的地步，他的名字几乎成了"男盗女娼"的代名词：他以自己的权势地位和花言巧语引诱许多女子同他发生性关系，有了私生子女就认作干亲；他乘人之危，在黑娃逃亡、田小娥有求之际，与田小娥发生苟且之事；为报复白嘉轩，他让田小娥勾引白孝文上床，奸计得逞后还佯装好人；在儿媳妇饱受活寡妇的生活之苦时，他生了不轨之心，却又在对方渴望满足自身性幻想时倒打一耙，最终把儿媳妇逼向死亡的绝境。田小娥是《白鹿原》中涉及性描写部分的核心人物，这个旁人眼里的"烂货""二茬子女人"经常被简单地以

< 128 >

"水性杨花"定性，她的性格和命运似乎无法不被她的身体所掩盖，然而实际上她的"性"却是最具有深广的复杂性的：田小娥用下身给郭举人泡枣的桥段体现了中国传统的性养生文化，而郭举人这种把女人身体当作养生工具的行为也是一种性虐待行为；田小娥与黑娃疯狂的性爱以及热烈的私奔行为集中彰显了人类的性本能，同时也表现了二人敢于突破封建传统婚恋观的巨大勇气，这种反抗精神使得他们的爱情同白灵与鹿兆鹏的爱情一样值得尊重，当然后者的爱情是基于共同信仰与和谐性爱的结合；田小娥与鹿子霖之间的性爱更多的是出于无可奈何，是一个弱女子为解救危难之中的丈夫所做出的懦弱选择；田小娥与白孝文之间的性爱则从开始的报复转化为后来的爱，在这段关系当中，白孝文的转变内蕴更深，他一开始的性无能表现是长期受封建宗法思想束缚所致，后来他之所以能够释放自己的身体也是因为在心理上摆脱了这种束缚。陈忠实对于"性"的关注其实也体现了他对"人"和"人性"的关注，他不仅挖出了隐藏在家族传承和民族大义深处的人的本能，而且发现了这种本能一直作用在民族历史的发展过程中。

二、"改革开放"与"文化走出去"中的出版

与《平凡的世界》的坎坷命运不同，《白鹿原》的出版过程是比较顺利的。尽管一开始作品曾因政治立场和性描写问题引发过一些争议，且这些争议直接成为《白鹿原》参加各类文学评奖的障碍，但在作者对作品进行修订之后，争议就平息了许多。更重要的是，《白鹿原》在问世伊始就受到了广大读者的追捧，据何启治回忆，人民文学出版社"当初把《白鹿原》看作很严肃的文学作品，并没有把它当作畅销书，所以初版只印了14850 册，稿费也只按千字几十元付酬"，直到盗版蜂起时，才匆匆忙忙地加印，到1993 年10 月"已进入第七次印刷，共印 56 万多册；为维护作者的权益，也才主动重订合同，按最高标准的10% 版税付酬"①。

在《白鹿原》面世的 20 世纪 90 年代初，文学杂志在 20 世纪 80 年代

---

① 何启治. 《白鹿原》档案 [J]. 出版史料，2002（3）：19.

< 129 >

所掀起的那股热潮已经有回落之势，读者对文学作品的选择渐渐从原来的被动地"被推介、被引导"转变成主动的"选我所需、选我所爱"。于此，市场经济格局的开启似乎为作家出书提供了更多的机会，但实际上受众需求的增多以及行业内部竞争的加剧都提升了作家出书和售书的难度。而就作品本身来说，《白鹿原》在真正走向市场之前也面临着很大的风险。一方面，陈忠实开始构思《白鹿原》还是在20世纪80年代末，这时社会话语环境的宽松程度和人们的思想解放程度还没有完全达到能够接受《白鹿原》这样的作品的理想程度，对此陈忠实也有推迟书稿出版时间的思想准备，这自然体现了作家在艺术创作上惊人的毅力和魄力，但也反映出作品命运的不确定性。另一方面，即便作品能够顺利出版并受到读者的喜爱，但读者对作品的理解未见得能够达到作者的期待水准，如果受众仅仅是把目光聚集在新奇的性描写上，而忽略了作品真正的艺术价值，那么《白鹿原》的传播势必会充满遗憾。

那么，《白鹿原》是否因此"生不逢时"呢？恰恰相反，在作品完成的1992年年初，邓小平赴武昌、深圳、珠海和上海等地视察，并发表了重要谈话，也即"南方谈话"。讲话的重点就是改革，邓小平指出："改革开放胆子要大一些，敢于试验，不能像小脚女人一样。看准了的，就大胆地试，大胆地闯。"① 这里的"改革开放"自然以经济为核心，但实际上也涵盖了政治、文化、科技、教育、军事和外交等诸多方面——谈话"针对人们思想中普遍存在的疑虑，重申了深化改革、加速发展的必要性和重要性"，"对中国90年代的经济改革与社会进步起到了关键性的推动作用"②。在"南方谈话"的强势推动下，除了中国社会的经济发展进入了一个新阶段外，人们的思想也得到了进一步的解放，而这样的一个背景就为《白鹿原》的面世和广泛传播提供了一个良好的大环境。如前所述，《白鹿原》承前受到了"先锋文学"和"寻根文学"的影响，其时又响应了"新历

---

① 沈宝祥. 认真学习邓小平同志重要谈话 [M]. 北京：中共中央党校出版社，1992：34.
② 陈炎兵，何五星. 中国为何如此成功：引领中国走向成功的高层重大决策纪实 [M]. 北京：中信出版社，2008：68.

< 130 >

史小说"的创作潮流，而陈忠实和他的《白鹿原》还是 1993 年轰动文坛的"陕军东征"的重要组成部分，因此《白鹿原》的出现在当时来说并不突兀，它既是适应时代发展的，也是适应文学自身发展的。当然，《白鹿原》的成功之一在于它满足了思想得到解放的广大读者的需求。其实从陈忠实所做的创作准备来看，他是有将此作写成畅销书的野心的，这是因为，除了查阅县志、地方党史、国家史等史料外，他还广泛阅读了国内外的长篇佳作，其中他着重阅读的国外作品有马尔克斯的《百年孤独》和《霍乱时期的爱情》、D. H. 劳伦斯的《查泰莱夫人的情人》以及西德尼·谢尔顿的诸多畅销作品。虽然陈忠实反复强调《白鹿原》的故事情节不是靠所谓的"色情"和"暴力"取胜，但不可否认的是，这些外国畅销作品中常有的元素确实让《白鹿原》在 20 世纪 90 年代初问世的中国文学作品中变得与众不同，作品巧妙地实现了严肃文学与大众文化中消遣娱乐因子的融合。此外，出于对出版现实性的考虑，陈忠实还将原本的"上、下部"写作计划压缩到了小说最终成稿的 40 多万字的篇幅。事实上，在《白鹿原》能否赢得市场的问题上，人民文学出版社的编辑也有不同的看法，当代文学一编室的编辑刘会军在当时就没有对该作的销量抱太高的期望，但他相信《白鹿原》在文学评奖中优势明显；而最早读到《白鹿原》的编辑高贤均则认为这是一部思想价值和艺术价值都非常高的作品，因此他对《白鹿原》的经济价值也是很有信心的。

　　时至今日，《白鹿原》的经济价值已经得到了充分印证，但现在的成绩绝不是其传播力和影响力的上限，因为《白鹿原》的"逢时"还在于，它不仅在图书商品化和产业化规模不断扩大和完善的今天仍保有良好而持久的销售力，而且赶上了中国当代文学开始受到世界瞩目的好时候。中国文化"走出去"战略的实施为中国当代文学"走出去"提供了重要的动力支持，具体说来，像 2006 年中国作家协会专门启动了"中国当代文学百部精品对外译介工程"① 并在中国作家网上推荐了一些优秀的作品供国内

---

① 中国作协创研部. 关于进行中国作家作品对外译介情况调查 [EB/OL]. 中国作家网，http：//www.chinawriter.com.cn/2009/2009-08-03/75058.html，2009-08-03.

< 131 >

外出版机构和译介者选择，《白鹿原》就位列其中。而在莫言、刘慈欣和曹文轩等相继获得世界顶级文学奖项，《三体》《解密》等作品获得巨大成功之后，一直位于世界图书市场边缘地带的中国当代文学也逐渐向中心地带靠拢。当然，这些外部因素仅仅是为《白鹿原》进军国际提供了一个良好的环境，《白鹿原》所具备的走向世界的潜力更大程度还是来自其文本自身的艺术魅力：一方面，小说突出的民族性特质以及对于中国革命进程的别样展现能够满足西方读者的猎奇心理，为他们认识中国这个神秘的东方古国提供一个新的视角；另一方面，强烈的故事性、浓郁的神话传说色彩、精妙的象征以及文化内蕴丰厚的性描写又让《白鹿原》与世界文学接轨，这方面《白鹿原》似乎又和莫言的一些作品有着相通之处。有西方学者就曾指出："由作品的深度和小说的技巧来看，《白鹿原》肯定是大陆当代最好的小说之一，比之那些获得诺贝尔文学奖的小说并不逊色。"①

尽管时机和文本魅力兼具，但《白鹿原》想要在世界范围内广泛传播还是困难重重。首先就是翻译的问题或者说语言的问题。《白鹿原》中有许多陕北地方话，即便是中国读者理解起来都有难度，更不用说外国读者了，译介者如果想将这些话原原本本地直译，显然是不可能的，而一旦转译成容易理解的词句又会破坏掉作品的"原汁原味"，使作品的语言魅力和文化魅力都大打折扣。其次是版权的问题。2001 年以前，《白鹿原》被译成日、韩、越、蒙四种语言出版发行，影响范围主要集中在亚洲；2012年 5 月，《白鹿原》终于迎来了它的法文译本，但是，真正能够让它迈入西语世界的英文译本至今还没有出现。英文版之所以迟迟不见，其实是因为陈忠实在签《白鹿原》法文版的合同时把该作的英文版权也一并给了法方出版机构，而法方在翻译和出版英译本方面一直不太积极，美国的出版社想要出版英译本必须获得法方授权，所以英文版的事情就被耽搁下来。2008 年，陕西省作家协会和陕西省翻译协会联合建立了陕西省作家协会文学翻译专业委员会，委员会启动了"陕西文学对外翻译计划"（Shaanxi

---

① 寿鹏寰. 关于一个人的记忆，定格在《白鹿原》[N]. 法制晚报，2016-04-29（A30）.

< 132 >

Literature Overseas Translation），简称"SLOT 计划"，致力于向世界推介陕西优秀的文学作品，《白鹿原》就在该计划之中。陕西省翻译协会主席、陕西文化与翻译研究所所长胡宗锋表示，由于版权问题，《白鹿原》的英文版何时能够出版还不能确定，不过他期待在各方力量的协调和努力下，英文版版权的问题可以尽早解决，如此小说才能够有机会进入英语世界当中①。

三、版本革命史与作品改编史的合力

在茅盾文学奖的评选历史中出现过一种很特别的现象，就是评委会要求作者对已出版的作品进行修订，然后再授予殊荣，《白鹿原》和《沉重的翅膀》都经历了这个过程。目前国内读者在图书市场上能够购买到的《白鹿原》的版本很多，但就文本内容来说实际上就是两个版本，即"初版本"和获得茅奖的"修订版"。由于《白鹿原》在呈现政治斗争时界限模糊，在塑造朱先生和白嘉轩时有为封建宗法文化唱颂歌之嫌，再加上直白裸露的性描写过多，所以作品在一开始曾经面临被禁的危机。1993 年下半年就曾有人呼吁有关部门关注《白鹿原》所产生的不良影响，同时还向人文社提出了质疑。人文社方面为捍卫作品也约了两篇评论文章，希望能发表在《人民日报》上，却不幸被撤下。然而瑕不掩瑜，著名文学理论家陈涌就力挺《白鹿原》，他指出，小说不存在所谓的历史倾向问题，更重要的是，"主要着眼于中国这样一个历史时期社会复杂的矛盾冲突，而且很能够做到'如实描写，并无讳饰'的文学作品，《白鹿原》即使不是第一部，也是其中突出的一部"②。1997 年，在广泛征求各方意见后，茅奖评委会决定让陈忠实修改《白鹿原》然后参评茅奖，具体的修改意见是："作品中儒家文化体现者朱先生这个人物关于政治斗争'翻鏊子'的评说，以及与此有关的若干描写可能引发误解，应当以适当的方式予以廓清。另

---

① 赵蔚林.《白鹿原》为何没有出现在英语世界？[N]. 华商报，2016-06-13（B3）.
② 陈涌. 关于陈忠实的创作 [J]. 文学评论，1998（3）：13.

< 133 >

外，一些与表现思想主题无关的较直露的性描写应加以删改。"① 其实早在作品的初版本面世前，时任人民文学出版社副总编辑的朱盛昌就已经对性描写的部分提出过意见（1992 年 8 月 10 日），他指出："对于能突出、能表现人物关系、人物性格和推动情节发展所需要的两性关系的描写是应当保留的。但直接性行为、性动作的详细描写不属此例，应当坚决删去，猥亵的、刺激的、低俗的性描写应当删去，不应保留……不要因小失大。"② 从修订版来看，陈忠实删除了黑娃与田小娥的大量性生活细节，不过初版本更能体现田小娥在两人关系中的主动性，这个"主动"一方面帮助黑娃完成了他的"身心成人礼"，另一方面也增强了黑娃为爱情奋不顾身的合理性。此外，田小娥与鹿子霖、白孝文的性行为细节也有所删减，而关于鹿家祖辈马勺娃被炉头强迫行"同性之交"的部分，作者也去掉了带有"尻子"这类不雅词汇的句子，这些修改都让作品对性的表达变得含蓄了一些。政治界限方面的问题主要集中在朱先生关于"翻鏊子"的一些说法上：在初版本中，朱先生将黑娃视为与国共两党势均力敌的第三方力量，并称这三方都把白鹿原当作一个鏊子来煎，而作为传统儒家文化思想的代言人，朱先生不支持国共两党的任何一方，这些内容实际上反映了人物性格的丰富性和社会历史的复杂性；在修订版中，作者则删除了黑娃是"翻鏊子"的第三股力量这个说法，即表明黑娃的势力和地位不能够与国共两党并列而论，此外作者还借共产党人鹿兆鹏之口批判了朱先生在评价国共两党时存在的严重误区，由此作品的政治立场得到了明确。《白鹿原》的修订和随后的获奖似乎再次印证了茅盾文学奖的"国奖"性质，而文学评奖对于作品的最终生成所进行的有力干预似乎也表明，作者在创作中存在一定程度的对国家主流意识形态的妥协。不过从另一个角度来看，茅奖还是一个非常重视文学作品艺术品质的文学评奖，因为评委会毕竟给了陈忠实修改《白鹿原》的机会，要知道这可是一部在"国家图书奖"和"八五"长篇小说出版奖的评选中都落选了的作品。

---

① 本报讯 [N]. 文艺报，1997-12-25.
② 何启治.《白鹿原》档案 [J]. 出版史料，2002（3）：21.

< 134 >

如前所述，《白鹿原》在海外传播的译本有五种：日文译本由中央公论社于 1996 年出版，分两册；韩文译本由韩国文院于 1997 年出版，分五册；越南文译本由越南岘港出版社于 2000 年出版，分两册；蒙古文译本由内蒙古人民出版社于 2000 年出版；法文译本由法国色依出版社于 2012 年出版。此外，2015 年 1 月法语版连环画《白鹿原》亮相法国安古兰国际漫画节，而该书实际上引进的是画家李志武绘制的中文版连环画《白鹿原》。连环画《白鹿原》最初由人民美术出版社于 2002 年出版，分为上下两册；2008 年作品再版，改分为上中下三册。和《平凡的世界》《穆斯林的葬礼》一样，《白鹿原》也曾在中央人民广播电台的"小说连播"节目中播出过，因此也是很早就有了"有声小说"的版本。据广播编辑叶咏梅回忆，在《白鹿原》单行本问世当月，她和演播员李野墨就录制播出了《白鹿原》42 集的节目；1993 年 7 月，小说《白鹿原》的研讨会在北京召开，出版社把广播视为最大的宣传功臣，因为广播的影响力使作品当月的销量达到 5 万册①。2008 年 1 月，陕西故事广播播出了陕西方言版的《白鹿原》，作品由陕西人民广播电台演播艺术家王晨录制，共 54 集；为纪念陈忠实，2016 年 5 月陕西新闻广播"空中书苑"栏目再次播出了这个版本的《白鹿原》。《白鹿原》最初被搬上话剧舞台是在 2006 年，"06 版"《白鹿原》由林兆华执导，孟冰编剧，濮存昕、宋丹丹、郭达等主演，为了能够原汁原味地展现《白鹿原》，林兆华不仅要求演员们都要讲陕西方言，还邀请了专业的秦腔和老腔演员来做群众演员以提供作品的背景音乐；2013 年，中央戏剧学院 2010 级表演班排演了毕业大戏《白鹿原》，作品由教授高景文执导，曹民编剧，管韧姿、张超、贾本初、赵韩樱子等主演，"中戏版"《白鹿原》不仅将板凳舞和嘻哈等潮流元素融入其中，还在台词设计上彰显出新鲜的时代气息；2016 年 3 月 11 日，由陕西人民艺术剧院出品，胡宗琪执导，孟冰编剧的最新版《白鹿原》在北京中国剧院进行首演，"陕版"《白鹿原》将"06 版"剧本的 33 个段落缩减为 29 个段落，故事节奏更紧密，情节冲突更激烈，加上表演者多来自陕西本土，所以地

---

① 叶子.文学依然神圣——为乡党陈忠实先生送行［J］.当代，2016（4）：38.

< 135 >

方文化气息更浓郁。2007 年首都师范大学音乐学院将现代交响舞剧《白鹿原》奉上舞台，2014 年北京舞蹈学院又排演了现代舞剧《白鹿原》，此外还有一些舞团编排了古典舞版本，舞剧版《白鹿原》较话剧版更注重肢体语言的表达和背景音乐的设计，对观众的审美鉴赏水平要求也更高。秦腔版本的《白鹿原》主要见于陕西的一些地方剧团，秦腔激越悲壮，热耳酸心，与《白鹿原》的文化内蕴和情感基调都十分契合。2012 年，由王全安执导，陈忠实、芦苇编剧，张雨绮、段奕宏、张丰毅、吴刚、刘威等主演的电影《白鹿原》在中国大陆地区上映，摄影师卢茨·赖特迈尔曾凭该片斩获第 62 届柏林国际电影节 "银熊奖-杰出艺术成就"，导演王全安也获得了电影节 "主竞赛单元-金熊奖" 的提名，此外电影还在国内外多个电影评奖中获奖或提名。值得注意的是，电影《白鹿原》的完整版长达 220 分钟，获奖版本为 188 分钟，但进入院线放映的却是 156 分钟的 "删减版"，情欲戏的一带而过必然破坏了情节和人物性格的完整性，但在严格的电影审查制度面前，导演只能做出割舍，哪怕观众的质疑声和批评声如潮。2014 年，世界出版公司和后浪出版公司联合出版了编剧芦苇创作的电影剧本版的《白鹿原》，虽然从出版时间来看稍显滞后，但该书还是属于 "影视同期书" 的范畴。由刘进执导，申捷编剧，张嘉译、何冰、秦海璐、刘佩琦、李洪涛、翟天临、雷佳音、李沁等主演的 85 集电视剧《白鹿原》于 2017 年 5 月 10 日在安徽卫视和江苏卫视两大上星卫视首播，该剧虽然在收视成绩上不敌同时段播出的都市情感剧《欢乐颂 2》，但其在豆瓣网上的评分却高达 9.1，这证明观众对这一版本的影视改编还是比较认可的。

在 "版本革命史" 和 "作品改编史" 的合力之下，《白鹿原》已经渐渐成为一个闪耀夺目的 "文化品牌"。二十几年来，出版社、高校、研究院所以及陕西一些地方文化单位等围绕小说《白鹿原》或陈忠实的创作举行的研讨会或纪念活动数不胜数，2000 年人民文学出版社曾专门编辑出版了《〈白鹿原〉评论集》，而 2012 年 9 月，人民文学出版社还举办了 "《白鹿原》出版二十周年庆典暨纪念版、手稿版揭幕仪式"，"纪念版" 在 1993 年的 "初版本" 基础上加入了陈忠实的创作手记以及小说手稿的图片

< 136 >

和创作时的部分留影，另外电影《白鹿原》的美术设计还为该书提供了一部分插图。也就是在这次庆典上，人民文学出版社举行了"白鹿当代文学编辑奖"的签约仪式，这是陈忠实为答谢编辑们多年来为小说《白鹿原》付出的巨大努力而专门设立并资助的奖项。其实在小说《白鹿原》获得巨大成功之后，"白鹿原"就不再是书中一个简单的地名，像陕西省就专门成立了白鹿原文化研究院以促进白鹿原地区及陕西关中古文化的传播；2014 年 8 月，西安市灞桥区举办了"首届中国西安白鹿原休闲观光葡萄产业发展研讨会暨陕西优质葡萄品鉴会"①；2016 年 4 月，西安市蓝田县联同西安文理学院召开了"白鹿原文化研讨会"以探讨地区的经济社会发展问题；2016 年 7 月，陕西旅游集团有限公司斥 6 亿巨资打造的白鹿原影视城开园，首届白鹿原国际纪录电影季在这里开幕……由此可见，陈忠实和他的《白鹿原》在提升地区经济发展水平和促进地方文化传播方面具有重要的推动作用。

从文本的常销因素来看，《平凡的世界》写平凡人激荡人心的奋斗史，其励志作用不亚于所谓的"成功学秘籍"和"心灵鸡汤"类图书；《穆斯林的葬礼》依托人们不甚熟悉的玉器行业和伊斯兰教信仰，写的却是大众非常熟悉的婚恋故事，其实是一种"新瓶装旧酒"的写作；《白鹿原》文化根基深厚，读者在神秘而充满戏剧性的民族史进程中看到了人的性本能和儒家文化传统之间的巨大冲突。可以说，这三部作品都非常符合大众的日常精神需求，比如精神鼓励、情感慰藉和猎奇心理的满足等。当然，文学作品能成为常销书靠的并不单单是文本魅力，从上述三部作品的传播过程来看，外力的作用也很关键。这些"外力"具体来说就包括依托"茅盾文学奖"这一"象征资本"来更新获奖作品的版本，召开学术研讨会、纪念座谈会、媒体发布会和读者见面会，进行图书打榜和名家荐书，对原著进行影视改编以及将作品本身打造成文化品牌，等等。

《平凡的世界》《穆斯林的葬礼》和《白鹿原》能够在传播上获得巨大的成功，还有一个很重要的原因，那就是这三部作品都非常"好读"。

---

① 张英. 专家齐聚灞桥研讨葡萄产业发展 [N]. 陕西日报, 2014-08-11 (04).

< 137 >

"好读"有两层含义，一是读者能有意愿顺利地阅读完作品，二是读者能理解作品表达的基本含义。对于普通读者而言，越是"好读"的作品，就越容易引起他们的关注和阅读。由于现实主义创作手法更多的是追求"客观地看待和描写现实"，不像现代主义那样强调抽象、荒诞、虚无和反叛，也不像浪漫主义那样推崇浓郁热烈的情感和夸张的理想主义，所以现实主义作品的阅读难度和理解难度相对较低。既然现实主义作品为普通读者设置了较低的"门槛儿"，那么走进来看一看的人自然就要多一些。《平凡的世界》是最典型的"好读"作品，除了语言浅白、情节明晰外，作品中还出现了许多用以对故事形成补充的"解读性文字"，这些"解读性文字"的实质就是作者想直接说给读者听的道理，有了"现成的道理"，读者理解这部作品的难度就又降低了许多。当然，从艺术的层面来说，《平凡的世界》这种将人生道理和作者的主观想法直接摆给读者看的做法并不可取，它其实严重破坏了现实主义作品的思想深度，因为文学说到底是思想的载体，读者应该通过阅读作品形成独立的思考，而不应被作者进行生硬的灌输。如此，文学作品的广泛传播似乎就与文学作品的高艺术水准形成了一种悖论，想要消除这种悖论，不仅要求作家能够在创作中兼顾读者的阅读兴趣和作品的艺术品质，还要求读者能够不断提升自身的阅读理解能力和阅读品位。遗憾的是，从现阶段来看，大多数中国读者的阅读理解能力和阅读品位还没能达到为艺术价值较高的文学作品提供理想传播土壤的水平。

< 138 >

第四章　传播拓展：国际视野下的
"茅盾文学奖"

2012 年，在莫言获得诺贝尔文学奖以后，中国当代文学在国际上的影响力得到了很大的提升。据北京外国语大学教授何明星统计，在"海外图书馆馆藏的中国 600 家出版社 2013 年出版（含再版）最有影响力的 50 种图书中，中国当代文学上榜的品种为 42 种，比例已经超过 80%，成为中文图书走出去的主力"①。除了中文版作品的海外馆藏丰富，文学作品的外译成绩也很突出，像茅盾文学奖获奖作品就有许多被译介到了海外，比如《蛙》被翻译成日语、法语、英语、德语、意大利语、荷兰语、匈牙利语、阿尔巴尼亚语和塞尔维亚语等多种语言在世界范围内传播，《尘埃落定》也被翻译成英语、法语、德语、葡萄牙语、荷兰语等十几种语言，《长恨歌》有英文译本、法文译本、西班牙文译本、意大利文译本和俄译本等，《一句顶一万句》有英文译本、法文译本、西班牙文译本、韩文译本、越南文译本、阿拉伯文译本等，《白鹿原》有日文译本、韩文译本、越南文译本、蒙古文译本和法文译本，《穆斯林的葬礼》有英文译本、法文译本和韩文译本，《推拿》有英文译本、法文译本和意大利文译本，《额尔古纳河右岸》有英文译本、荷兰文译本和西班牙文译本，《芙蓉镇》有英文译本等。另外，2017 年 3 月 16 日，人民文学出版社和英国查思出版公司在伦敦书展上签署了 9 部文学作品的出版合约，其中有 4 部是茅奖获奖作品，

---

① 何明星. 当代文学成为中文图书走出去主力 [N]. 人民日报海外版，2014-12-09 (7).

< 139 >

即《冬天里的春天》《钟鼓楼》《南渡记》和《东藏记》①。这些获奖作品之所以能拥有更多被译介到海外的机会，原因主要有二：一是有的获奖作品的作者在海外享有较高的知名度，比如莫言、毕飞宇、王安忆、麦家等；二是有的获奖作品被列入到了国家的一些文学对外推广计划当中，所以更受重视，像中国作家协会就在中国作家网上推荐了30部对外译介的当代优秀长篇小说，而其中有21部是茅盾文学奖获奖作品②。虽然近几年中国当代文学在海外传播方面取得了很大的突破，但要是把茅奖获奖作品的传播放在国际视野下来观察就会发现，中国当代文学的传播还存在一些比较显著的问题，比如和龚古尔奖、布克奖这类典型的"国"字号文学评奖相比，茅奖在国内的传播带动力相对较小；又如一部分茅奖获奖作品能够走出国门更多的是借力于其创作者的名气，茅奖本身并不具备世界影响力；再如在中国，《平凡的世界》是茅奖获奖作品中销量最高、传播效果最好的一部，但愿意翻译和出版这部作品的国外出版商至今还没有出现。

第一节　茅奖与龚古尔奖、布克奖之间的距离

茅盾文学奖有时会被人称为"中国的诺贝尔文学奖"，这种说法体现的是茅奖在中国人心目中的地位比较高。茅奖也常常被拿来同诺贝尔奖进行对比，但其实茅奖和诺贝尔奖并不具备可比性，这是因为：一方面，茅奖是要颁给在中国大陆地区首次公开发表并出版的优秀汉语长篇小说，而诺贝尔奖是要颁给"在文学方面创作出具有理想倾向的最佳作品的人"③，它是面向全球作家的；另一方面，茅盾文学奖仅仅是一个独立的文学奖项，而诺贝尔文学奖是从属于"诺贝尔奖"这个大的评奖系统的，在这个

---

① 桂涛. 中国当代文学作品首次批量走进英语世界 [EB/OL]. 中国新闻网, http://www.chinanews.com/cul/2017/03-17/8176401.shtml, 2017-03-17.

② 详见"中国作家协会推荐对外译介当代优秀长篇小说介绍"，网址为 http://www.chinawriter.com.cn/fyzz/.

③ 曾小逸. 走向世界文学 中国现代作家与外国文学 [M]. 长沙：湖南人民出版社，1985：13.

< 140 >

系统当中还有物理奖、化学奖、生物学或医学奖、和平奖以及经济学奖。从全球范围来看，茅奖与龚古尔奖和布克奖更具可比性，这不仅是因为三个奖项都属于国家级的文学评奖，在各自国家都有很大的影响力，也是因为三个奖项都是面向"母语小说创作与阅读"的评奖，即茅奖面向中文小说写作，龚古尔奖面向法文小说写作，布克奖面向英文小说写作。

一、龚古尔奖与布克奖缘何"受宠"

在绪论中已经提到过，龚古尔奖在法国、布克奖在英国都具有强大的传播影响力，而且两个奖项在国际上也很受认可。同为"国"字号文学评奖，为何茅奖对获奖作品的销量带动力远不及龚古尔奖和布克奖呢？首先必须要注意到的一点就是，中国人确实没有法国人和英国人爱读书。2014年法国益普索（IPSOS）集团提供的一份调查报告显示："70%的法国人在过去的一年中至少阅读过一本书"，"在 15~24 岁的年轻人中，这一比率高达 80%"，"76%的法国人称读书是一种消遣，8%的人表示是为了学习或工作，16%的人称两者皆有"[①]。英国人也非常喜欢读书，"常把读书作为下班后的空闲时间里的一种消遣活动"[②]，据英国曼彻斯特大学几年前进行的一次调查显示，"虽然现代通信传播技术突飞猛进，电脑、手机、互联网已经快速普及到英国的千家万户，但过去 20 年里，英国人每天读书的时间仍然在不断增长，每天平均读书时间从 3 分钟增加到了 7 分钟"[③]。当大多数人把阅读当作一种消遣时，图书自然就成了国民的日常需求品。其实由于龚古尔奖和布克奖的评选结果基本上会在每年的 11 月前后公布，所以获奖作品都会成为当年圣诞节的热门礼物。与之形成鲜明对比的是，在中国很少会有人把新评选出来的茅奖获奖作品当成节日或生日礼物送给亲朋好友。

---

① 李斌. 法国人为什么爱读书 [N]. 文汇报，2014-11-23 (5).
② 迪博拉·沙尔斯基，王志和. 喜爱读书消遣的英国人逐年增加 [J]. 图书馆论坛，1991 (4)：105.
③ 朱江. 国外图书状况一瞥 [J]. 当代贵州，2015 (15)：27.

< 141 >

龚古尔奖和布克奖之所以能够帮助获奖作品大幅度提升销量，从根本上说是因为这两个奖项的社会公信力非常高。公众能够认可一个文学评奖，证明这个奖项评选出的大多数作品受到了普通读者的欢迎，文学评奖的社会公信力是在普通读者的阅读中建立起来的，主办方和媒体对评奖的宣传只是起辅助作用。龚古尔奖和布克奖能够选出广受读者喜爱的作品与这两个奖项的主办方性质有很大的关系。龚古尔奖创设于1903年，其主办方是龚古尔学院，评委就是该学院的十位院士。龚古尔学院属于私人文学团体，它既不受政府的管制，也鲜受出版商的操控。虽然近几年有读者质疑评委会成员同某些知名出版社之间有着某种联系，但从评奖结果和获奖作品的读者认可度来看，这种联系即便真的存在也没有破坏龚古尔奖的公正性。另外，由于龚古尔学院属于非官方组织，也不接受企业和个人提供的高额奖金赞助，所以龚古尔学院发给获奖作家的奖金仅10欧元，这10欧元只是一个荣誉的象征，获奖作家从这个荣誉中真正收获的是销量和名气。布克奖是英国图书界提议创立的文学奖项，和龚古尔奖一样，它也是非官方文学评奖。该奖项的最初赞助商是布克食品批发公司（Booker McConnell），2002年英仕曼集团（Man Group）也加入了奖项赞助商的行列，布克文学奖（Booker Prize）由此改名为曼布克文学奖，虽然名字有所变动，但奖项的内核并没有改变，且出于习惯，大多数中国人仍旧称其为布克奖。布克奖的主办方是布克奖基金会，也称布克奖信托基金会，它是一个慈善机构。在这个基金会当中，既有作家、编辑和评论员，也有出版商、书商和代理商。和龚古尔奖不同，布克奖的评委只有五位，且五位评委都是由主办方指定的。为了确保评奖的公正性，每届布克奖主办方都会对评委进行调整。由于布克奖很看重文学作品的市场潜力，所以主办方对评委的选择和龚古尔奖、茅奖会有一些不同，即在布克奖评委中既有非常资深的大学教授、文学编辑，也有很热门的专栏作家和演员。龚古尔奖和布克奖也多次面临争议，但它们的争议主要是围绕着"作品的文学性和可读性究竟孰轻孰重"而产生的，也就是说，公众对这两个奖项的质疑是由个人审美标准的差异造成的，与评委的社会身份和评选

< 142 >

的流程并没有太大关系。

有竞争才有进步，龚古尔奖和布克奖能够获得今时今日的传播影响力，与它们所处的"评奖竞争"环境是分不开的。由于法国的图书出版业非常发达，法国人也非常重视和热爱阅读，所以法国国内设立的各类文学评奖加在一起超过 2000 种，这些文学评奖有的是由政府部门组织设立的，有的是由大学和科研院所创设的，有的是由出版商和书商投资运作的，有的是由图书馆策划设立的，有的是由非文学行业组织设立的，还有的是以个人名义创建基金然后设立的……法国的文学评奖也很有针对性，像法兰西学院文学大奖（Le grand prix du roman de I Académie française）就是一个带有"终身成就奖"性质的文学评奖，评奖会综合考虑作家的身份背景和社会贡献、小说的艺术品质和思想指向以及小说出版方的社会影响力等诸多因素。费米娜文学奖（Prix Fémina）是由女作家发起建立的一个文学奖项，其设置的初衷是为了抗议龚古尔奖评委中没有女性，这个奖项的所有评委都是女性，但选出的获奖作品并不一定是由女作家创作的，也就是说费米娜文学奖的设立不在于维护女性作家的创作权利，而在于公平地彰显女性读者的审美取向和审美需求。勒诺多文学奖（Prix Renaudot）也是为了弥补龚古尔奖的不足而设立的，该奖项的颁奖时间和龚古尔奖定在了同一天，很有和龚古尔奖唱对台戏的意思，当然它的更大意义在于打捞"遗珠"，不让读者错过好作家和好作品。美第西斯文学奖（Prix Médicis）是一个专门奖励新人创作业绩的文学奖项，该奖项不仅面向中长篇小说的创作，也面向短篇小说集和纪实性文学的创作。行际盟友奖（Le Prix Interallié）在法国的知名度也很高，但它的影响力更多的是由评委的"新闻记者"身份造就的，事实上由于该奖项多次把荣誉授予格赛拉出版社（La Maison Grasset）出版的作品，所以其社会公信力也在不断下降。法国的文学评奖不仅数量多，而且颁奖时间集中，龚古尔奖以及前面提到的几个评奖都是在 11 月份颁出的。从表面上看这种"打擂台式"的竞争似乎会分散公众的注意力，但实际上各类文学奖项的集中"交锋"让法国的文学评奖体系变得非常成熟，且这个体系从整体上来说已经与图书出版、读

< 143 >

者对文学作品的阅读选购形成了非常紧密的关系。

英国的文学评奖同样数量繁多，且奖项的侧重点也各有不同。虽然布克奖是英国最权威的、销量带动力最大的文学评奖，但它的公众参与热度远不及英国国家图书奖（Specsavers National Book Awards，以下简称"国图奖"）。国图奖是一个综合性很强的评奖，在其下设的 12 个奖项中，既有非常受追捧的年度图书、最受读者欢迎图书、年度作家、最佳文学小说，也有最佳传记、最佳儿童读物、最佳惊险小说、最佳影视图书、最佳新人、最佳历史书、最佳体育图书、最佳黑人/亚裔作者。和布克奖的评委设置不同，每届国图奖的评委人数都会过百，且评委们多为出版业界人士。另外，国图奖非常重视公众的阅读选择，十多年前英国的普通读者就可以通过打电话投票的方式参与评奖，而近几年网络投票平台的开通更是提升了大众参与评奖的热情。由于国图奖打造的这种"共同票选"形式已经让评奖变成了一种大众文化现象，所以这个奖选出的获奖作品势必更加偏重"可读性"而非"文学性"。英国历史最悠久的文学评奖是詹姆斯·泰特·布莱克纪念奖（The James Tait Black Memorial Prize，简称"布莱克奖"）。布莱克奖的主要特点有两个：一是每一届的获奖作品都是由英国爱丁堡大学的数百名教授和研究生共同评选出来的，这就意味着布莱克奖是一个学术意味很浓的奖；二是布莱克奖不仅针对小说，还有传记奖和戏剧奖，其中戏剧奖是 2013 年才增设的。英联邦作家奖（Commonwealth Writers Prize）是由英联邦基金会创办的文学评奖，英联邦属于由主权国家组成的国际组织，这个奖不仅限制作品的写作语言必须为英语，还限制作家必须是英联邦国家国籍，获得该奖项的作家通常可以受到英国女王的接见。如果说法国的费米娜文学奖旨在捍卫女性作为读者的审美阅读品位，那么英国的橘子小说奖①（Orange Prize for Fiction）简称"橘子奖"就是为了维护和彰显女性作家的小说创作而设立的。橘子奖面向所有英语小说，对女作家的国籍没有要求。不过这个奖项的争议性也很大，像英国著

---

① 橘子小说奖现已改名为百利女性小说奖（Baileys Women's Prize for Fiction），但中国读者仍旧习惯称其为橘子小说奖。

< 144 >

名女作家 A. S. 拜雅特（曾获布克奖）就拒绝参评橘子奖，她认为男性和女性是平等的，专门为女作家设立奖项、把女作家的写作单独框出来本身就是一种性别歧视。大卫·科恩文学奖（David Cohen Prize）的奖金高达5.25 万英镑，是目前英国国内奖金额度最高的文学评奖，这个奖金是由其主办方英国艺术委员会和大卫·科恩家族信托基金联合提供的。与前面几个比较重视小说创作和新近创作成果的文学奖不同，大卫·科恩文学奖是一个"终身成就奖"，它面向的是英国和爱尔兰所有用英语写作的在世作家，在作家提名阶段公众是可以参与推荐的。而实际上这个奖项的更大意义在于传承与激发，因为评委会允许获奖作家从自己的奖金中拿出一部分来资助年轻人的写作项目和阅读项目。虽然英国的文学评奖在颁奖的时间安排上比较分散，但由于大部分奖项的公众参与性都很强，所以英国公众基本上全年都生活在文学评奖的氛围当中。

除了受到大的评奖竞争氛围的烘托和培育外，书评人的推荐与文学评奖之间的互动也为龚古尔奖和布克奖的传播影响力的生成提供了重要支持。在法国和英国，书评人是一个非常独立且受公众监督的职业，读者对书评人的意见很是看重。书评人信誉的建立基于他们对文学作品艺术品质和社会价值的客观判断。对于书评人来说，不管他们和作家、出版商的私人关系有多好，他们都不能在评价作品时失去客观理性的立场，因为一旦大众读者发现他们有偏袒某位作家或某部作品之嫌，没有对作品做出公允的评价和判断，他们就会丧失自身作为书评人的社会公信力，在行业内一败涂地。事实上，每年龚古尔奖和布克奖评出的作品都会受到书评人的关注，书评人通过评价获奖作品对文学评奖进行监督，公众通过阅读获奖作品和书评对文学评奖和书评人进行监督，这样在法国和英国实际上就形成了一个比较完备的图书阅读和评价体系。而在中国，写书评并不是一个独立的职业，多数书评都是由学者、批评家、文学编辑和自由撰稿人撰写的，而且读者很少看专业性的书评，因为比起专业人士的推荐，他们更相信图书榜单、周围人推荐、网友评分和影视作品改编。其实书评本身也是文学批评的一个分支，它在中国之所以没有形成规模、没有受到读者的广

< 145 >

泛关注，很大程度上是因为中国的文学批评过多地停留在学术性研究的层面上，而没有立足于大众化的传播，或者说文学批评类文章对大众来说并不"好读"。文学批评总是站在很高的位置俯视读者，文学评奖与文学批评之间又缺乏监督和互动，官方与民间的沟通自然很难展开，大幅提升文学评奖公信力、扩大获奖作品的传播广度就都成了难题。

　　比较来说，布克奖的国际影响力要比龚古尔奖的大一些，这一方面是因为从全球范围来看，会使用英语的人数要比会使用法语的人数多一些；另一方面则是因为从 2005 年开始布克奖在原有奖项的基础上增设了布克国际文学奖。布克国际文学奖不是小说奖，而是作家奖，它面向全球所有拥有英译作品的作家，每两年评选一次，中国作家阎连科、王安忆和苏童都曾入围该奖项。布克国际文学奖与布克奖之间存在着一种互相促进的关系，即布克奖多年来累积下的好口碑帮助布克国际文学奖提升了其在全球范围内的公信力，而布克国际文学奖的影响力的扩大也会让越来越多其他国家的人关注到布克奖的评选。另外，布克奖规定获过奖的作家还可以以新作参加评奖，这意味着布克奖鼓励作家进行艺术创新，只看作品品质而不以作家资历论英雄。

二、茅奖获奖作品与世界性文化认同的疏离与契合

　　茅盾文学奖在海外缺乏知名度和影响力主要是因为茅奖获奖作品在海外的传播效果较差，这一方面与茅奖所选出的很多作品都不符合海外读者的阅读口味有关，另一方面也是因为个别受到海外读者关注的获奖作品没有以茅奖获奖作品的身份来宣传和营销自己。在海外传播方面，《平凡的世界》所遭遇的尴尬应该说是最大的，因为从前面的常销书个案分析来看，《平凡的世界》是最受中国读者关注和喜爱的茅奖获奖作品，但是这部小说却迟迟没能走出国门，走向世界。陕西著名文艺评论家李星在接受记者采访时曾说："路遥作品的普遍写法，属于中国传统现实主义，非常写实，涉及中国生产队体制、社会结构、计划经济时代的经济特点，那复

< 146 >

杂的城乡差异是外国人不可理解的。"① 浙江文艺出版社总编辑邹亮也指出："路遥忠实于现实主义的创作手法，相比之下，莫言、余华、苏童、格非的写作更接近世界文学潮流，和欧美人的阅读习惯更接近，因此走出去会更容易一些。"② 和《平凡的世界》相似，《许茂和他的女儿们》《东方》《将军吟》《黄河东流去》《第二个太阳》《浴血罗霄》《战争和人》《历史的天空》和《这边风景》等作品都涉及过多国外读者不甚了解或不怎么感兴趣的历史内容和政治内容，在创作手法的应用上也过于单一，更重要的是对很多西方读者来说，这些作品的国家主流意识形态色彩过浓，因此他们会有警惕和抵触的心理。《都市风流》《骚动之秋》《抉择》《无字》《英雄时代》《天行者》等也是反映现实生活的作品，创作特色也不很突出，但与《平凡的世界》《第二个太阳》《浴血罗霄》一类作品相比，它们所呈现的故事的发生时间要更接近当下，内容上更容易被理解，所以海外传播的潜力会稍微大一些。《李自成》《少年天子》《金瓯缺》《白门柳》和《张居正》这样的传统历史题材作品也有在海外获得传播机会的可能性，这是因为一方面此类作品在情节上比较紧凑，可读性较强，能够给读者更强的代入感，也可以以故事性弥补创作手法单一的缺陷；另一方面传统历史题材作品讲述的是发生在中国古代的故事，而一些国外读者对中国古代历史是有一定兴趣的。当然，由于古代历史题材作品篇幅较长，且涉及的古文词汇和语句较多，所以翻译的难度也相对较大。另外，这类作品对读者的阅读理解水平也有较高的要求，即读者要对中国古代历史和中国传统文化有一些基本的了解。

事实上，翻译问题和市场前景问题一直制约着中国当代文学的海外传播。很多汉学家都表示大部分中国当代作家因为不会英语写作、不会用英语交流而限制了其作品的海外出版和传播，翻译家虽然可以作为传播桥梁，但好的翻译家毕竟是少数，而且每个翻译家每年能翻译的作品数量也有限。此外，即便一部作品被翻译出来，国外的出版商也不见得愿意出版，因为他们会认为出版这部作品很有可能是在做赔本的买卖，像王安忆

---

①② 职茵，孙悦萍，雷雯.《平凡的世界》为何还坐冷板凳 [N]. 西安晚报，2013-08-31 (15).

< 147 >

的《长恨歌》就曾遭遇过这样的危机。美国汉学家白睿文非常喜欢王安忆的创作，他认为王安忆是"中国文学界最具有活力和想象力的小说家"①，他在翻译完《长恨歌》后马上就把小说拿给了一家美国出版社，但出版社一听是中国当代作品就表示没有兴趣，在白睿文的力荐之下，出版方终于表示愿意出版《长恨歌》，但提出两个条件：一是要删除作品中一些美国人根本理解不了或是不愿意看的章节，二是要把书名改成《上海小姐》，因为这样才能有市场。以破坏作品完整性和艺术性换来的出版机会显然是翻译者无法接受的，所以白睿文放弃了这次合作机会。汉学家王德威也非常推崇王安忆的创作，他认为"《长恨歌》填补了《传奇》《半生缘》以后数十年海派小说的空白"②，正是基于对这部小说的喜爱，王德威向哥伦比亚大学出版社推荐了这部作品，但出版社方面还是担心作品没有市场，拒绝合作。后来"王德威以'《长恨歌》在90年代大陆的小说中的重要意义'为由找到了一万美金的赞助"③，哥伦比亚大学出版社才答应出版小说的英译本。

　　作为国家性文学评奖的茅奖与世界性的文化认同之间也并非没有契合点可寻，否则《蛙》《暗算》《尘埃落定》《长恨歌》《白鹿原》《推拿》《额尔古纳河右岸》等作品也不会被翻译家和国外出版商看中。统观被译介到海外并产生一定影响的茅奖作品即可发现，它们大致具有以下几个特点：一是作品所传达出的价值观念与国外推崇的有重合的部分，比如人人平等、尊重个体生命和价值、保护弱者，等等；二是作品呈现了具有神秘感的东方文化或中国传统文化；三是作品的创作手法相对接近世界潮流，在现实主义的框架下这些作品也带有明显的现代意识；四是作品对中国社会发展中存在的问题有非常突出的反思甚至批判精神。《蛙》是最能体现这几个特点的茅奖获奖作品。首先，小说中的主人公"姑姑"在为产妇接

① Michael Berry. Afterword [A]. Wang Anyi. The Song of Everlasting Sorrow: A Novel of Shanghai, Michael Berry & Susan Chan Egan trans [M]. New York: Columbia University Press, 2008, p. 413.

② 王德威. 海派作家又见传人 [J]. 读书, 1996 (6): 41.

③ 吴赟. 上海书写的海外叙述——《长恨歌》英译本的传播与接受 [J]. 社会科学, 2012 (9): 187.

< 148 >

生时是一个饱含人性美和人情美的人物，因为她是新生命的守护者和见证者，是人们眼中的"活菩萨"和"送子娘娘"，西方读者能够在"姑姑"的"黄金时代"看到她身上的"圣母"光辉；而当"姑姑"变成了特殊政策的践行者后，她对于人的生命的漠视甚至践踏实际上又与西方价值观中特别强调的"人道主义"完全相悖。其次，莫言在《蛙》中延续了他的魔幻现实主义叙事风格，其中最典型的就是对郝大手和秦河捏泥娃娃的过程的描写，莫言不仅借用惟妙惟肖的泥娃娃展现了中国传统民间工艺大师的精湛技艺，而且透过泥娃娃的"神奇活力"审视了"姑姑"和"小狮子"等人对待生命的态度的转变。再次，"蛙"在作品中是一个内涵丰富的意象，它象征的是"娃"，是生命和生育，而作品中的叙事者"我"把笔名起作蝌蚪，也是与这个"蛙"的意象相呼应，这种象征的手法是颇具现代意味的，十分符合西方读者的阅读口味。最后，《蛙》实际上是通过讲述"姑姑"的职业生涯来反思中国在特殊时期制定的"计划生育"政策以及人的生命价值问题，这种反思的基调很能吸引西方读者的注意。

应该说，莫言能够捧得诺贝尔文学奖桂冠，就是因为他的作品当中有着一种可与世界文学相通相融、可与马尔克斯和福克纳的创作直接对话的民族性。莫言曾直言："我在 1985 年中，写了五部中篇和十几个短篇小说。它们在思想上和艺术手法上无疑都受到了外国文学的极大的影响。其中对我影响最大的两部著作是加西亚·马尔克斯的《百年孤独》和福克纳的《喧哗与骚动》。"[①] 不过也有人因此而对莫言的魔幻现实主义创作提出质疑，即认为他的小说创作完全是对马尔克斯《百年孤独》的模仿。对此莫言给出的回应是："八十年代后期，我也是很忌讳别人说自己受到了外国作家影响的"，"近年来我的想法有了变化，我觉得没有必要这样焦虑"，"马尔克斯和福克纳之所以成为名家"，"与他们广泛地、大胆地向同行学习、借鉴是分不开的"[②]。当然，莫言小说的民族性更植根于他所建构出的"高密东北乡"。和马尔克斯的马孔多以及福克纳的约克纳帕塔法镇一样，

---

① 莫言. 两座灼热的高炉——加西亚·马尔克斯和福克纳 [J]. 世界文学, 1986 (3)：298.

② 莫言. 影响的焦虑 [J]. 当代作家评论, 2009 (1)：10.

< 149 >

高密东北乡是一个文学地理概念，并不存在于现实当中。高密东北乡的原型是莫言的故乡山东省高密市大栏乡。高密是胶莱平原的腹地，拥有着深厚的历史文化积淀，齐文化、鲁文化、龙山文化、海岱文化都发端于此，齐国国相晏婴、东汉经学大师郑玄和清代大学士刘墉皆是高密的骄傲，而素有高密"民艺四宝"的扑灰年画、茂腔、剪纸和聂家庄泥塑亦是国家首批非物质文化遗产，像《蛙》中屡次提到的泥娃娃，其实就脱胎于聂家庄泥塑。如果说马尔克斯的魔幻来源于哥伦比亚和它背后古老而神奇的传说，卡洛斯·富恩特斯的魔幻来源于墨西哥历史和印第安文化、非洲文化、西班牙文化，那么莫言小说的魔幻则特别受到了齐文化和蒲松龄文学创作的影响。齐文化的源头可以追溯到距今八千多年的东夷文化，巫蛊学是东夷文化的主流，这种希图借助神秘超人力量来控制他人的民俗信仰让齐文化在诞生伊始就充满了神奇迷幻的气息。莫言与齐文化之间的桥梁是清代文学家蒲松龄。蒲松龄笔下的故事多来自民间传说，天地阴阳、神仙鬼怪、人情冷暖，无所不包。在《蛙》中我们可以清楚地看到莫言巧妙地将齐文化的迷幻气质、蒲松龄小说奇幻诡异的叙事风格同拉美魔幻现实主义的象征、夸张、荒诞、意识流等表现技法融合在了一起①。

其实《蛙》的更大价值在于它没有正面且彻底地否定"计划生育"政策，也没有无休止地指责或声讨政策执行者，而是通过展现政策实施过程中人的选择来挖掘人性中的善与恶，阐释人对于生命的无畏与敬畏，透视社会历史环境给人带来的异化危机，这也是许多外国读者喜欢这部作品的一大原因。

社会批判力是衡量现实主义文学作品艺术深度和社会价值的重要指标，司汤达、巴尔扎克、莫泊桑、狄更斯、契诃夫、马克·吐温等作家之所以能够成为享誉全球的现实主义文学大师，就是因为他们的作品蕴含着强烈而深刻的批判现实主义精神。其实，随着时代的发展和社会的进步，社会话语环境变得更加开放和自由，茅奖获奖作品批判现实的力度也在不

---

① 本段改引自作者已发表论文《魔幻的"根"与"根"的魔幻——莫言"寻根文学"的魔幻现实主义色彩》。

< 150 >

断加强。改革开放以后，人民的生活水平得到了极大提高，阴影逐渐从国人的心中淡去，但新的问题和困扰也在慢慢滋长和膨胀，这就为现实主义作品提供了新的社会批判任务。应该说，经过了十余年的过渡，作家们看待社会的眼光已经发生了转变，他们不仅愿意从原有的思维框架中跳出来，去重新考察历史和当下，而且能够摆脱以往集体思维的束缚，寻求个性化的批判视角和批判手段。不过也要承认，茅奖获奖作品大多展现出的是有限而规范的社会批判力。这个“有限”是指获奖作品对社会现实的批评力度有限，即作品虽然会揭露社会和人性的阴暗面，但总体上它是在以黑暗来衬托光明，以丑陋来衬托美丽，因为一味地展现残酷的社会现实和病态甚至畸形的人性将会扩大消极情绪和负面印象的传播，而这显然是有悖于茅盾文学奖作为国家性文学评奖的评选意愿的。“规范”指的是茅奖获奖作品对社会现实的批判一直居于社会主义的框架之内，批判的对象必然是国家主流意识形态也不甚认可的或是认为确实存在一定问题的个人、群体或社会现象。什么样的文学作品既能够以现实主义批判来服务于国家主流意识形态的建设，又能够控制好自身的批判力度，不对读者的思想产生可能危及社会稳定和国家秩序的影响？茅盾文学奖用评选结果回答了这一问题，或者更进一步说，茅盾文学奖所要寻找的作品是那些以批判现实来警示人心并达到精神改良目的的作品。

第二节 《暗算》与走向世界的麦家①

从 2003 年到 2013 年，麦家的茅奖获奖作品《暗算》的全球累计发行量已经超过 200 万册②。回望《暗算》在过去十四年走过的路，不禁令人

---

① 本部分内容以《文本特质、影视改编与海外出版——畅销书〈暗算〉的传播要素研究》为题发表在《浙江树人大学学报（人文社会科学）》2019 年第 4 期。

② 赵大伟. 麦家《暗算》“远嫁”西班牙 累计发行 200 万册 [EB/OL]. 中国新闻网，http://www.chinanews.com/cul/2013/08-30/5227862.shtml，2013-08-30.

< 151 >

想起麦家时常在描述密码破译时提到的"远在星辰之外的好运气"。《暗算》曾经历过三波畅销热潮：2006 年，由柳云龙执导并主演的电视剧《暗算》在全国范围内引发收视狂潮①，原著《暗算》及其作者麦家由此受到大众图书市场的热捧；2008 年，《暗算》斩获第七届茅盾文学奖殊荣，国家级文学评奖的肯定将作品再次推向了一个巅峰状态；2012 年，改编自《暗算》上部"听风者"的电影《听风者》上映，2.5 亿元的票房佳绩以及不断累积的好口碑让大众再次将目光投向原著。如果说麦家在国内的"走红"依靠的是《暗算》，那么他成名海外则要归功于《解密》，事实上也正是《解密》带动了《暗算》在海外的出版传播。

一、麦家作品的世界性：特情、悬念

特情题材是麦家作品吸引西方读者的首要因素。"特情"，在麦家小说里指的是具有特殊职业技能的人为维护国家安全而在国家保密单位或敌对势力内部从事侦查工作的情况，特情人员就具体包括监听敌台的"听风者"、破译密码的"看风者"和从事谍报工作的"捕风者"。特情工作的高度保密性质决定了这类题材作品的神秘性，可以说，麦家为读者提供了一个他们从前不甚了解或者说根本无法想象的世界，这个世界是一个独属于特殊群体的封闭世界，而这个群体正如麦家所说，要"以魔术的方式再现"，这是"唯一能了解他们的方式——因为他们的真实，是不能书写的"②。对于绝大多数西方读者而言，他们与中国特情题材小说之间存在着一段相当微妙的距离，即他们有阅读西方特情题材小说的经验和兴趣，但他们并不知道中国的特情题材小说是什么样子的，或者说他们根本不了解中国的特情人员以及他们的工作性质。麦家用自己的创作缩短了这个距离，并没有消除这个距离，这也正是其作品的魅力所在。以《暗算》为

---

① 电视剧《暗算》的首播时间是 2005 年 10 月 24 日，但由于播出频道"山东影视频道"非上星卫视，所以该剧真正在全国范围内产生影响是 2006 年 5 月在四川卫视、北京卫视和东方卫视等上星卫视播出之后。

② 麦家. 得奖也是中彩——答谢辞 [A]. 非虚构的我 [M]. 广州：花城出版社，2013：160.

< 152 >

例，麦家虽不断强调着保密单位 701 的封闭性，却以自己之笔为读者打开了它的重重大门——阿炳、黄依依、陈二湖、韦夫、老吕、金深水、"鸽子"的故事都在"我"的"寻访"中被——"解密"。然这一切又都只是作家的想象，麦家曾多次表示作品中的人物和情节都是他虚构出来的，虽然在中国曾有一些读者以真实经历进行对号入座，但那只能说是"真实要大于虚构"①。如此，《暗算》就成了一部这样的作品——读者读它能够无限地趋近一个隐秘的世界，而在趋近的过程中还是无法洞悉其中的真实，最后只能依靠作者的描写和自己的遐想来完成整个猎奇过程。

麦家对"特情"的呈现更多的是通过悬念性的叙事实现的。这种悬念叙事包含三个层面的设计：一是叙事人的转换，二是故事主人公无常命运的编排，三是事件时间与叙事的伪时间的关系控制。国内的一些批评家和读者曾质疑《暗算》是一部由几个中短篇"凑成"的长篇小说，对此麦家给出的回应是："《暗算》是一种'档案柜'或'抽屉柜'的结构，即分开看每一部都是独立的，完整的，可以单独成立，合在一起又是一个整体。这种结构恰恰是小说中的那个特别单位 701 的'结构'。"②《暗算》的中文版本共包括五个故事，它们都是"我"通过寻访收集到的，但"我"作为第一人称叙事者仅仅是五个故事的"穿针引线人"，作者在每个故事中都设置了不同的叙事者。阿炳的故事以安院长的口述实录的方式呈现；黄依依的故事由 701 第四任院长钱院长回顾；陈二湖的故事的叙事人是他的徒弟施国光，而作者又以施国光的日记以及施国光同陈二湖的子女的往来信件解构了这一部分；韦夫的故事采用了"让死人说话"的方式，即把尸体韦夫作为叙事者；地下党"鸽子"的故事是金深水讲给"鸽子"的女儿听的，"我"则是一个旁听者。叙事人的频繁转换带来了叙事视角的强烈变化，作品由此表现出一种非常独特的叙事姿态，即作者站在"我"之外看"我"的探访追踪，"我"站在每个故事的叙事人之外听叙事人的回忆，叙事人又站在事件本身之外讲故事。如此重重叠叠，读者一

---

① 谢迪南，麦家. 麦家：生活是最优秀的小说家 [N]. 中国图书商报，2007-10-09（A02）.
② 麦家. 形式也是内容——再版跋 [A]. 非虚构的我 [M]. 广州：花城出版社，2013：158.

< 153 >

方面由于"口述实录"的性质而确信故事的真实性，另一方面也无法不去质疑"回忆"或"转述"的失真。

制造悬念是为人物命运和情节发展设计令人意想不到的"节点"，《暗算》中的悬念更多来自作者为每个故事的主人公设置的跌宕无常的命运。"听风者"瞎子阿炳的出场本就是个意外，他惊人的听力、执拗的"傻气"以及完全没有受过专业训练的背景又给他能否顺利找到突然消失的电台蒙上了一层面纱，而最终这个701的"英雄"的死亡竟不是由于疾病或是暗杀，而是因为无法承受妻子怀上了别人的孩子。"看风者"黄依依是天才数学家，她短时间破译"乌密"可以说是创造了一个奇迹，却因破坏张国庆的家庭而死于张国庆老婆之手。地下党"鸽子"（化名林英）在窃取敌方情报的过程中虽看上去步步惊心，但总能游刃有余，却不料在生产过程中因喊出丈夫的姓名而暴露了身份。由此可见，尽管麦家笔下的主人公命运充满悬念，但实际上也不是无迹可寻——拥有天才般特殊技能的人，在经历巅峰性的工作考验后，总是因情感的脆弱而走向没落甚至死亡。

对事件时间和叙事的伪时间之关系的处理就是对叙事节奏的把握，即热奈特在《叙事话语》中所讨论的"时距"问题。叙事节奏能够有效牵制悬念的铺陈，也就是说，好的叙事节奏能够吊足读者的胃口，西方读者是很看重作家讲故事的能力的。从整体上看，《暗算》中的五个故事都是事件亲历者的回忆谈，他们所讲述的事情在发生当时都经历了相当长的一段时间，比如从安院长找到阿炳到阿炳自杀至少经过了近四年的时间（阿炳找电台耗时一个月+两年后阿炳妻子林小芳怀孕+阿炳在孩子降生的第五百四十三天选择自杀），又如从"鸽子"与金深水碰面（1946年秋）到她被毛人凤逮捕（1948年10月底）大约经过了两年的时间，但这些分别体现在文本上也不过几万字。这说明作者通过对叙事文本时间的把控对事件进行了缩减，以此来方便读者尽快掌握故事全貌。就每个故事内部而言，作者也以调整叙事容量对故事进行了张弛有度的时间调控。以瞎子阿炳的故事为例，作者将整个故事分成了21个小部分，从安院长抵达陆家堰到他带着阿炳离开家乡耗时两天，作者用3个小部分(5~7)呈现了这个过程；从

< 154 >

阿炳进入 701 到他找到所有电台耗时一个月，作者用 10 个小部分(8~17)呈现了这个过程；而从阿炳与林小芳相识到阿炳自杀耗时三年半左右，作者仅用 4 个小部分(18~21)呈现了这个过程。在这其中，阿炳找电台是重头戏，所以作者将叙事拉长，这种"拉长"是通过"停顿"来实现的，即事件本身进入停止状态，而叙事还在进行。阿炳的婚姻和死亡显然在特情题材的大框架中不具有核心价值，所以作者进行了"概要"处理。不过，真正从叙事上对悬念制造产生意义的是多种"时距"处理的交叠——阿炳短时高效的工作业绩在漫长的叙事中被无限放大，而当读者沉浸在阿炳的天才人生中时，作者又以压缩叙事文本时间的手段骤然切入阿炳之死，给人以错愕和惋惜之感。

二、借力《解密》：麦家作品在海外的高规格出版营销

电视剧的高温、茅奖的青睐以及海外出版人和读者对麦家作品的热捧催生了《暗算》的版本问题。麦家在 2013 年曾对小说的版本做过详细的说明，他指出《暗算》中文版（包括港台）版次有二十三个，版本有两种，一种是称为"茅奖版"的"原版"（人民文学出版社，2006 年），另一种是相对贴近电视剧剧情的"修订版"（作家出版社，2006 年）；此外，《暗算》的英译本翻译者米欧敏选择翻译的是"修订版"，而小说英译本的编辑又提出删掉最后一章"刀尖上的步履"，以确保小说"ABA 式"的封闭性平衡结构，这样就出现了《暗算》的第三种版本①。《暗算》的英文版于 2015 年 10 月 13 日正式出版发行，作品的封面上除了印着书名"IN THE DARK"和作者的名字"MAI JIA"外，还印了"CHINA'S BEST-SELLING ESPIONAGE NOVELIST"（即"中国畅销谍战小说家"）这样的推荐字样。这里需注意的一点是，《暗算》的西语版是从英文版翻译过来的，也就是说小说的西班牙语版也没有"刀尖上的步履"这一章。

如果说《暗算》在国内的常销得益于改编影视作品的传播以及文学评奖的肯定，那么它在海外的传播则更多地借力于《解密》的成功。

---

① 麦家. 代跋：《暗算》版本说明 [A]. 暗算 [M]. 北京：北京十月文艺出版社，2014：295-299.

< 155 >

《解密》的英文版名字为"Decoded",西语版名字为"Eldon",目前这两个版本的出版发行规格最能够体现麦家作品在海外的出版传播情况。其实早在 2012 年,《解密》和《暗算》的英文版权就已被英国"企鹅经典文库"(Penguin Classics)买走。2014 年 3 月,《解密》在英美等 21 个英语国家同步上市,它是目前唯一一部已出版的入选"企鹅经典文库"的中国当代文学作品①。2014 年 6 月,西语版《解密》问世,行星出版集团亦将其作为年度重点畅销书来打造,首印三万册,版税 12.5% 已经达到了欧美畅销作家的水平②。此外,有"诺奖御用出版社"之称的美国 FSG 集团也以超高的版税签下了麦家的《解密》和《暗算》,两部作品的版税均为:5000 册内 10%,5001 到 10000 册 12.5%,超过 10000 册 15%,预付版税 10 万美金③。据悉,在《解密》英文版上市后的短短两年内,它已经被翻译成 33 种语言在全球范围内传播,而且这部小说还被《经济学人》杂志评为"2014 年全球十大虚构作品"④。麦家作品缘何受到海外出版公司的这般推崇,"企鹅经典"的编辑总监鲍姆给出了答案——麦家颠覆了他对中国作家的传统印象,麦家写作的题材是世界性的⑤。"世界性"还是一个比较笼统的说法,具体来说,麦家作品吸引海外读者的关键因素就是前面提到的特情题材、悬念叙事的传达,当然这种"吸引"的实现也有一定前提。首先,特情题材对西方读者来说并不陌生,他们对国家安全机构或者国家情报机关的工作详情有着持久的窥探欲,像美国读者就常常把融合特情题材和悬念叙事的谍战小说划归到他们非常喜爱的"惊险小说"(Thriller)的范畴当中。其次,通过阅读麦家的《解密》即可发现,其在叙事层面的诸种设计明显受到了

① 冯源.《解密》成入选英国"企鹅经典文库"的首部中国当代小说 [EB/OL]. 新华网, http://news.xinhuanet.com/politics/2014-03/20/c_119864870.htm,2014-03-20.

② 罗皓菱. 麦家《解密》亮相 24 个西语国家 [N]. 北京青年报,2014-06-25(B07).

③ 刘悠扬.21 个国家同步"解密"麦家 [N]. 深圳商报,2014-03-20(C01).

④ 腾讯娱乐讯. 麦家作品于美国获赞 多国为其打造好莱坞概念片 [EB/OL]. 腾讯网, http://ent.qq.com/a/20160725/031927.htm?t=1469974038761,2016-07-25.

⑤ 张稚丹.《解密》海外传奇密码 [N]. 人民日报海外版,2014-05-23(11).

< 156 >

博尔赫斯和马尔克斯等世界级文学大师的影响，比如"《解密》围绕情报与密码的题材探讨人生哲理，而博尔赫斯的著名短篇小说《小径分岔的花园》""亦将形而上学的思考融于侦探小说、间谍故事的形式之中，二者之间似有隐秘的师承关系"，① 这实际上就从艺术层面为海外读者的适应性阅读提供了基础。

既然认定了麦家作品的文学价值和商业价值，出版商就会不遗余力地对其进行营销宣传。一直以来，欧美出版商在打造畅销书上所采取的策略都与打造明星或营销新近影视作品相似，对麦家及其作品的营销宣传自然也不例外。西班牙马德里的 18 条公交线上的公交车外部都印着麦家《解密》的大幅海报，宣传语是"谁是麦家？你不可不读的世界上最成功的作家"②；而美国 FSG 总编辑艾瑞克·钦斯基在《解密》扉页致读者的信中也写道——"麦家可能是这个世界上你们尚未听闻的最受欢迎的作家"③。除了各式各样的宣传语和广告语，麦家还像娱乐圈明星一样接受了《纽约时报》《华尔街日报》《泰晤士报》和 BBC 等多家国外知名媒体的采访，曝光率直逼丹·布朗、J. K. 罗琳等国际知名畅销书作家，FSG 甚至斥资数十万美元为《解密》拍摄预告片。而就在 2016 年 7 月，美国的午间新闻节目 *Lunch Break* 专门邀请了《华尔街日报》的记者安娜·罗素（Anna Russo）对麦家的创作成绩和其作品的艺术特点进行了简要的介绍，罗素指出，和传统的西方间谍惊险小说不同，麦家的小说是慢慢推进的，在刻画人物时有许多心理描写，具有文学散文的色彩；除了点评麦家，罗素还解答了中国的文学作品为什么很难在美国和英国出版，她指出，出版社为作品支付翻译费用需要有出版交易保证，而在交易达成前翻译费是需要由作者支付的，可是中国作家通常不接受在没有完成交易的情况下自付翻译费。《解密》的另一个商机在于主人公容金珍的故事恰好呼应了 2013 年惊

---

① 张伟劼.《解密》的"解密"之旅：麦家作品在西语世界的传播和接受 [J]. 小说评论，2015（2）：111.

② 高宇飞. 麦家：西方不够了解中国作家 [N]. 京华时报，2014-06-25（27）.

③ 张稚丹.《解密》海外传奇密码 [N]. 人民日报海外版，2014-05-23（11）.

< 157 >

动全球的斯诺登事件——文学作品在人物或情节上同时事政治紧密地联系在一起，出版商因此获得的是一个不费力气的营销新爆点。

《解密》在国外的大起之势与《暗算》在国内的一身容光让"麦家热"的持续时间不断延长，尽管麦家的创作常被质疑"模式化"或是"炒冷饭"，但其小说作品的影视改编和翻译出版都还在继续，因此可以预想，在未来相当长的一段时间内，"麦家"这个名字以及他的作品都会被反复提及。不过在麦家作品获得海内外图书市场肯定的同时，一些问题也逐渐暴露了出来。首先，为什么像茅盾文学奖这样备受关注的文学评奖不能引领图书市场，反而被观众的收看行为和读者的阅读选择牵着鼻子走——这里所反映的并不是大众审美品位的优劣问题，而是大众接受与文学评奖之间的错位问题。其次，《解密》既然在出版之初就获得了不错的销售成绩，在海外也是率先俘获了读者的心，却又为什么没有在国内得到足够的重视，反而要在电视剧《暗算》为麦家扬名后才慢慢被提及并受到更广泛的关注——这就涉及读者自身的审美品位提升问题、批评家的文学价值判断问题以及出版社的营销宣传力度问题。再次，麦家的成功自然难以复制，不过其作品的营销手段，特别是欧美出版商的畅销书打造策略还是可以借鉴的，而目前国内对文学类图书，尤其是严肃文学作品的营销投入还很低，宣传方式也相对传统，活动仍以读者见面会、出版座谈会、作品签售会等为主，传播覆盖面狭窄——这里指的是文学出版在经验汲取层面还过于保守的问题。最后，《暗算》在国内的畅销从整体上看还是比较被动的，"好运气"能够被一部作品碰上，但不可能被每一部作品都碰上，作家和出版社想要让优秀的文学作品畅销、常销，就必须主动出击，而不是坐等影视公司、传媒公司找上门来或者依靠读者自发选择购买——这说的是作家、出版方和销售方的市场意识问题。

< 158 >

第三节 中国当代文学如何深入海外市场①

客观地说，茅奖获奖作品在国内进行的品牌化出版营销还没有形成十足的规模，在国外也很难以"茅盾文学奖获奖作品"这样的身份为海外读者所认识。茅奖如果想要获得和龚古尔奖、布克奖一样的传播影响力，就要努力提升中国当代文学的整体海外传播实力，因为只有越来越多的中国作家和作品走出去，国外读者才能更多地接触到中国的文学和文化，中国的文学评奖才会被注意到。另外，我国目前一直在通过压缩文学评奖数量的方式来提升文学评奖的质量，这样的举措在短时内是必要的，也是有效的。但是从长远来看，想要真正地繁荣图书市场，让更多的中国人关注阅读，喜欢阅读，在阅读上消费，还是应该扩大文学评奖的数量，因为就像前面提到过的那样，有竞争才有进步，有对比才能体现权威。当然，扩大文学评奖的数量要满足两个前提条件，一是大多数中国人能够把阅读文学作品当作一种日常消遣，二是各类文学评奖的定位明确且稳定，商业性强的、有企业资助的评奖其奖金额度高一些，偏艺术性和学术性的或是荣誉等级较高的官方评奖只提供低额的象征性奖金。由于以上说的这些想要同时实现还需要相当长的一段时间，所以现阶段茅奖获奖作品的海外传播还是要依靠中国当代文学海外传播这艘大船的带动。

21世纪以来中国当代文学作品的海外传播主要是通过四种渠道来实现的。第一种就是通过官方的推介计划来实现作品的输出，比如"中国图书对外推广计划""中国文化著作翻译出版工程""丝路书香工程""经典中国国际出版工程"和"中国当代作品翻译工程项目"等；第二种是通过在海外建立全资和合资出版企业来为中国作品的出版提供平台；第三种是通过出版经纪人、翻译家或是汉学家的推荐来达成中国作家和国外出版社的

① 本部分内容以《中国当代文学如何走进美国主流市场》为题发表在《中国出版》2015年第22期上。

< 159 >

合作；第四种是以国际型书展和中外文化年为展示平台推动版权贸易，这种方式也是未来一段时间内中国当代文学走向世界的一个主要方式。由于当代文学海外传播中所面临的语言障碍、文化心理差异以及阅读兴趣不同等问题都不是一朝一夕就能够解决的，所以目前我们主要是在主动性的推介出版上下功夫。那么，现阶段如何才能让中国的当代文学作品深入海外图书市场呢？具体来说主要有以下五条策略。

一、坚持官方推介的传统，以书展带动版权输出

在中国当代文学的对外推介和输出上，中国官方始终不曾懈怠。21 世纪以来，中国官方在具有实验性质的对外推介中获取的首要经验就是不吝啬资金投入，但也不盲目资助。"不吝啬"的一个根本原因就是中国出版产业起步比较晚，出版产业居于世界出版产业的下游位置，多年来一直缺乏有世界竞争力的出版企业，文化软实力和综合国力不成正比，因此在出版的对外交流层面文化话语权不足。在这种情况下，官方大力扶持和资助一些译介项目是十分必要的，项目资金自然不可以成为制约性的问题。而"不盲目资助"则意味着官方要把好版权输出的质量关，要竭力杜绝"假、大、空"计划，虽然在当下盲目资助的情况基本不存在，但是伴随着推介规模的扩大，官方还是应该率先提高警惕。在今后的文学作品推介和输出中，官方力量还应该注意对意识形态问题的处理。其实很多西方国家的出版商之所以对中国当代文学心存芥蒂，除了市场购买力的问题外，还有对意识形态宣传的担忧。以美国为例，美国出版界在这个问题上本身就很矛盾，一方面他们的读者对于和美国截然不同的社会意识形态有着极强的猎奇心理，另一方面他们又担心中国当代文学作品中的某些内容有宣传社会主义意识形态优越性之嫌。实际上，好的作品是兼具民族性和世界性的，国内的推介机构和国外的出版机构都应该摒弃成见——以作品的文化内涵和艺术价值为选择标准——文化生产者应该相信未来读者的判断能力，而不要把文化传播当成一种纯粹的工具性行为，唯有如此，中国出版和中国文化才能真正地"走出去"。

< 160 >

国际书展对版权输出具有重要的推动作用。目前，中国出版人最应该思考的问题有二：一是在作为国外书展的参与国时，中国怎样才能最大限度地展现自己的风采；二是中国该如何举办属于自己的国际性书展以吸引更多出版商的目光。单就书展而言，展台设计和活动安排是非常重要的，中国出版人要充分借鉴此前在法兰克福书展、伦敦书展和美国书展上获得的经验。一般来说，在参加国外书展时展台设计要注重两个方面：首先就是展台必须从整体上反映出中国的文化特征，比如在2009年的法兰克福书展上，中国主题馆中的中国元素就随处可见，像纸张、滴墨、活字、书本等都是非常具有中国文化特色的象征之物；其次，从内部来说，每家出版企业都要有自己的特征，这主要体现在主打书目类型的陈列设计上，因此出版人应该尽量突出自己的企业文化特质。除了参加海外书展，中国政府和出版业界人士一直以来也在努力打造具有国际水准的图书展览会，北京国际图书博览会（以下简称“图博会”）就是其中的代表。创办于1986年的图博会是“由国家新闻出版广电总局、国务院新闻办公室、教育部、科技部、文化部、北京市人民政府、中国出版协会、中国作家协会八个部委”联合主办的国际性图书博览会，图博会“作为国家‘十一五’和‘十二五’规划重点支持的重大会展项目，是我国目前唯一一个得到海内外出版业普遍认同并积极参与交流与合作的国际书展”①。近年来，图博会的国际影响力正在逐渐扩大，但与法兰克福书展、伦敦书展、美国书展等世界一流书展相比，还是有一定的差距，出版从业人员应该更多地把眼光投向国际市场，适时吸收海外书展的成功经验，这些经验既包括书展本身的各方面设计理念，也涵盖海外出版人在推介和营销上采用的手段。

二、创建国际型出版企业，构建互联网销售链条

拓展中国当代文学海外传播市场的另一渠道就是积极创建合资出版企业和全资出版公司。成立合资出版企业或海外全资出版公司的好处就在于

---

① 2014年第二十一届北京国际图书博览会简介［EB/OL］. 腾讯网，http：//reader. gmw. cn/2014-08/07/content_ 12420569. htm，2014-08-07.

< 161 >

确保出版的自主性。由于西方很多国家，比如美国、法国、德国、英国等国的图书出版市场都发展得相对成熟，所以一旦中国出版企业在这些国家有了自己的"小舞台"，就可以更便捷地输出中国当代文学作品，其在选题和编辑过程中也能更遵从出版人自己的理念。当然，任何一家出版公司都是以盈利为根本目的的，所以即便合资企业或全资公司成立，也要充分考虑国外读者的喜好和购买力。事实上，未来中国文学"走出去"的一个重要的开拓领域就在中国出版资本的海外输出，这应该是和官方的推介相辅相成的。虽然我们一再强调官方推介在未来一段时间内还要占主导，但从长远计，中国的图书若想真正在海外，特别是西方国家的主流图书市场占据一席之位，还是要依靠资本的输出。北京时代华语图书股份有限公司（以下简称"时代华语"）的实践就为民营出版企业提供了很好的借鉴参考。2012 年，"时代华语"在美国纽约投资成立了一家全资出版公司——"时代出版公司（CN TIMES INC），总投资 500 万美元"，"在第十九届北京国际图书博览会上，中国时代出版公司与国内 17 家品牌出版集团、出版社签订了 100 种图书的版权输出协议"，这对中国出版业来说可谓是一个里程碑式的成绩①。品牌意识对海外合资或全资出版企业来说也非常关键，比如拱廊出版社之所以能够在美国出版市场站住脚是因为它在海马强大的资金协助下一直主打文学图书的出版，因此中国一些有实力的出版企业一旦在其他国家建立起自己的公司，就一定要努力树起独属于自己的"招牌"。

　　国际型出版企业想要获得良好的运行状态，就要紧随潮流甚至引领潮流，要时刻关注消费者消费方式的转变。互联网售书在当下已经成为一种潮流，而许多电商的图书销售业绩超过实体书店，这一方面是源于网络购书的便捷性（选书和购书在室内就能完成，收书有快递协助），另一方面也是因为网售图书的价格有时会比实体书店的便宜许多。

---

① 车兰兰. 中国民营资本试水美国出版市场 [N]. 北京商报，2012-10-19（A6）.

< 162 >

三、推动图书选题本土化，适时打造限量版图书

图书选题是编辑的工作内容，中国当代文学在海外输出的过程中应尽量实现图书选题的本土化，即当代文学作品的海外出版选题应该符合海外读者的阅读需求和期待视野，在具体操作上就是鼓励编辑人才的本土化使用，也就是说图书的选题策划由作品接受国的编辑来完成，在这一点上长河出版社已经给出了很好的示范。目前，中国的官方推介计划和一些出版社的版权输出项目仍然是由中国团队在负责选题策划的工作，"策划好了再卖"在短期内自然是没有问题的，但是从长期收益来看恐怕就不甚理想了。首先，在中国完成选题工作然后再推向国外出版市场很有可能造成"读者不买账"的情况；其次，国内编辑在策划图书选题时难免会沾染本国的意识形态色彩，当然这种意识形态色彩很多时候是无意识的结果，但海外出版商和读者不会这么想，他们会认为中方是想通过这样的文化输出来达成宣扬意识形态的目的。选题本土化面临的是人才本土化的问题，因此培养具有国际水平的图书编辑是解决选题本土化问题的关键。具体来说，在被培养者的选择上，除了在校生外，已在国内出版机构工作的编辑也是不错的选择，而国家也可以设立人才引进计划，吸收那些了解海外出版市场的"洋编辑"，而这些"本土人士"既可以直接来做中国文学作品在海外的选题策划编辑，也可以到中国来为国内的编辑和学生进行授课培训。

推动选题本土化的目的在于吸引更多海外普通读者的目光，其最终要面向的是大众文化市场。但中国当代文学在传播的过程中也不能忽视海外精英读者的需求，打造限量版图书的策略就是针对精英读者而制定的，它是一种辅助性的、小范围的图书生产策略。限量版图书的价值是收藏，其所面向的是已经读过作品平装版、精装版或电子版的读者以及一些图书馆或图书收藏机构。从当前来看，打造限量版图书自然不是一个可以获得巨大利润的出版行为，但它的好处是可以满足一些精英读者对于经典作品的收藏欲求，同时实施这种策略对扩大作品的海外影响力也有一定的作用。

< 163 >

既然是限量版，那么其印发数目肯定是有限的。限量版图书应该少做、精做。就打造当代文学作品的限量版来说，出版企业应该注意三个方面的事宜，一是装帧一定要精美独特，纸张材质和印刷效果要好；二是内容上要有添加，比如给《红高粱家族》出限量版，编辑就应该在作品中附加一些普通版本没有的作者访谈内容或作品写作"花絮"等；三是一定要注重宣传。"打造"的手段直接影响着限量版能否获得成功。总的来说中国的出版从业者并不十分擅长宣传和营销文学类书籍（特别是严肃文学作品），其实提升"打造"技能的最直接方法一是向西方出版企业学习，二是向电影、电视剧生产领域学习，这在分析麦家作品的海外传播时已经提到了。

四、培养国际出版经纪人，加强图书附属权开发

目前，中国国内对出版经纪人的职业认知还比较匮乏，许多作家认为自己并不需要所谓的"经纪人"，但实际上在洽谈作品版权等相关事宜时，向专业的出版经纪人寻求咨询和代理服务还是非常必需的，因为出版经纪人的作用并不只是进行法律维权，很多时候他们比作家本人更了解市场，也更了解出版商心里的"算盘"和"套路"。从这个层面上说，培养具有国际水平的出版经纪人对于开拓中国当代文学的海外传播市场具有十分重要的意义。中国官方可以采取国内培养和国外挖掘两种方式来找寻优秀的出版经纪人。具体而言，相关部门一方面可以建立专门的出版经纪人培训机构或培训班①，另一方面也可以设立"海外出版留学计划"项目并从高校中选拔有意愿参与项目的专业人才。不过这样的项目必须注重实践性，也就是说官方要提供相应的海外出版社实习机会。在培养出版经纪人时还可以进行"细化"培养，比如有区分地培养历史学、文学、经济学、政治学、社会学等专项出版经纪人。挖掘海外出版经纪人才也是一种互动性的引进行为，这种引进并不是完全将一个懂得外国出版市场的外国人引进到

---

① 2010 年开始，中国版权保护中心和国际版权交易中心联合创办了"全国版权经纪人/代理人专业实务培训班"，到 2014 年已经办了五届。但这实际上是远远不够的，一方面中国作家队伍非常庞大，另一方面中国距离建立成熟的出版经纪人体系还非常遥远。

< 164 >

中国来工作，而是在将中国作品向海外推广时，把所有版权贸易事宜交给被引进的出版经纪人来商洽，"被引进的出版经纪人"可以是个人也可以是公司团队，而最理想的方式就是一旦官方签订了一个资深出版经纪人，就可以让其同时为许多作家服务，而不是完全的一对一，这也遵从了优化人才资源配置的理念。

积极培养具有国际水平的出版经纪人，是为了更好地挖掘图书的价值、维护作家的权益。事实上，随着科学技术的飞速发展，文学作品的经济价值已经不再局限于纸质书本身，像文学作品的数字版权、影视改编权等附属权的开发和管理都是不可忽视的。近年来，数字出版进入了热潮期，中国官方和许多出版企业都从中看到了商机和可拓展空间。2014 年经国家新闻出版广电总局批准，中国数字出版年会于 2014 年 7 月 14 日至 16 日在北京国际会议中心举行，大会主题为"融合、发展：互联网与新闻出版业的对话"，会议分主论坛、分论坛和圆桌会议三大部分，每一部分还下设许多小环节①。与出版年会交替而行的是中国数字出版博览会②，2013 年 7 月 8 日至 10 日，第五届中国数字出版博览会在北京国际会议中心召开，博览会包括六大部分内容，即数字出版新成果展览、数字出版高峰论坛、数字出版圆桌会议、数字出版主宾企业系列活动、数字出版年度推介以及专题活动③。从中国新闻出版研究院发布的《2013—2014 中国数字出版产业年度报告》来看，"在 2013 年中国数字出版产业中，互联网广告、网络游戏、手机出版分别以 1100 亿元、718.4 亿元、579.6 亿元占据收入前三名。在各类业务板块中，电子书增长最快，从 2006 年到 2013 年，我国电子书收入年均增长率为 78.16%"④。从全球范围来看，中国对于电子图书的开发相对较晚，虽然最近十年间出版业开始重视对图书数字版权的

① 2014 中国数字出版年会公告 [N]. 中国新闻出版报，2014-06-23 (3).

② 中国数字出版博览会和中国数字出版年会是隔年交替举办的，第一届博览会的举办时间是 2005 年，第一届出版年会的举办时间是 2006 年，以后每个单数年份都举办博览会，双数年份举办出版年会，因此 2015 年举办的是中国数字出版博览会。

③ 褚鹏. 第五届中国数字出版博览会将在北京举行 [J]. 出版参考，2013 (18)：5.

④ 李明远. 数字出版年收入增长 31% [N]. 中国新闻出版报，2014-07-16 (03).

< 165 >

开发，但这种开发更多的是由网络小说的走俏带动的，而目前中国严肃文学作品的数字版权开发规模还有待进一步扩大。造成图书附属权开发不利的原因主要有两个：一是中国作家在签订版权合同时往往把纸质书版权和数字版权、影视改编权等附属权签给不同的出版社或出版公司；二是在数字版权、影视改编权等附属版权的管理方面我国还没有形成较为成熟的管理和监督体系。在这种情况下，中国作家和中国的版权代理人都需注意，在外推中国当代文学作品时，要尽量把作品的纸质书版权、数字版权、影视改编权等进行统一的开发和管理，将各类版权集中签给同一家出版公司，或至少要将各类版权委托给同一个海外代理人进行管理，而对内也要尽量保持作品纸质版和数字版的同步发行，且要树立起牢固的维权意识。

五、配套发行文化解读本，鼓励文学批评"走出去"

前面已不止一次提到，西方读者对中国当代文学作品不太了解的一个重要原因就是东西方之间存在文化心理差异。对于西方读者而言，看懂一部中国小说（特别是理解其文化内涵）的前提就是了解中国文化。然而遗憾的是，大部分西方读者在中国文化面前都是"门外汉"，即便少数读者对中国文化有所认识，这种认识也常常会夹杂着意识形态偏见和历史局限性。因此，配套发行中国当代文学作品文化解读本就成为一个兼具想象性和实践性的策略选择。文化解读本的性质有点类似于国内为让在校生快速了解经典文学作品而出版发行的"××文学经典解读"或"××作品概述"一类书籍。文化解读本必须是免费的，是赠品，它应该被制作成小册子与作品原著配套发行。当然配套发行的代价就是增加图书的出版成本，成本高了利润就会低，这显然是国外出版商不愿意接受的，所以这一策略的实施主要还是依靠国内的官方项目资金支持。文化解读本的装帧设计、编写也是十分重要的。装帧设计的美观性直接决定着解读本的命运——被认真阅读还是被搁置一边，配套出版文化解读本已经增加了生产成本，如果没有达到被阅读的目的那么这个投入就枉费了，所以美编工作在该策略的实践中是非常重要的。文化解读本的编写应尽量省去翻译一环，编写者不论

< 166 >

是中国人还是外国人，都应该直接使用作品接受国的语言来进行写作，毕竟文化解读本的语言不需要像文学作品的语言那样晦涩难懂。直接用外语撰写文化解读本的好处一是减少人力和资金的投入，一是有利于增强读者阅读的流畅性。此外，文化解读本的内容也不是一定要局限于作品本身的内容介绍和艺术分析，中国的政治学、历史学、社会学知识都可以被纳入其中。

　　鼓励文学批评"走出去"的目的和出版文化解读本的目的是一致的，即帮助更多海外读者了解中国文化和中国当代文学作品。虽然在更多情况下，文学批评类的书籍是作为海外专业学者的研究资料而出版发行的，但是我们鼓励国内的批评家们能够有意识地编写一些深受海外普通读者所喜爱的文学批评作品，而这种批评写作应该以接近国外书评写作为好。目前，中国在文学批评的输出上主要采取的方式还是将批评家们的批评著作直接翻译出版，这种方式虽然有利于中西学者的交流和探讨，但对于外国的普通读者而言，传播效用并不大。中国官方既然有意在文学批评输出上下功夫，就应该以海外大众市场为主体，将文学批评从精英的范畴扩展到大众读者中去，这就意味着中国的批评家们要有意识地进行对外文学批评的写作，它应该是一种学术性研究之外的写作，这种写作的影响意义和作品翻译的影响意义是相似的，那就是更好地帮助海外读者理解中国当代文学作品的内在价值。不过，在这样的一种写作期待之下，还存在一个亟须解决的问题，就是如何提高中国批评家在海外的知名度。众所周知，国外读者在选购图书时常常会参考书评人的意见，而这些书评人以及他们所供稿的杂志都是十分权威的，也就是说读者之所以能够相信书评人的话，是因为他们已经在业界树立了"口碑"。中国批评家想要在海外市场为自己树立起权威书评人的形象，比较有效的办法有，一是通过海外权威书评人引介中国批评家，二是多为国外畅销书撰写批评文章以提升自己在海外的知名度，三是通过西方媒体进行类似于"明星学者"的打造。

< 167 >

结语　从茅盾文学奖获奖作品中了解中国①

　　在当下这个提倡文化大发展大繁荣的社会环境中，任何一个文学评奖所承载的文学功能和社会功能都是有差异的。茅奖由中国作家协会主办，它在设立之初就服务于国家主流意识形态建设，这个内核显然是不可动摇的。而由于茅盾文学奖既要顾及自身所承担的弘扬社会主义核心价值观的任务，又要对中国当代长篇小说的创作实绩做出及时而全面地反映，所以评委们在评选时就必须综合考量参选作品的思想内涵、艺术特质、题材类型、文学史价值，作家的资历和社会影响力，作品的长线传播潜力以及大众的阅读需求和阅读反馈，等等。茅奖对自己的定位很高，公众对茅奖的期待更高。但现实情况是，中国读者的阅读需求多种多样，阅读品位参差不齐，茅奖即便真的完全以艺术品质或市场价值论英雄，获奖作品也不一定会很快地得到社会大众的肯定。说到底，茅盾文学奖还是要明确自身的定位，坚守自己的评选标准，履行自身引导公众阅读的职责，不要被大众阅读品位和嘈杂的社会舆论牵着鼻子走。从公众的角度来说，他们需要做的就是端正自己对茅奖的认知，不要把茅奖看得过于庄严和独立。文学评奖是一个体系性的存在：有专门奖励作品的评奖，就会有专门奖励作家的评奖；有小说评奖，就会有散文和诗歌评奖；有短篇小说和中篇小说评奖，就会有长篇小说评奖；有面向主流意识形态建设的评奖，就会有面向

---

① 本部分内容以《论茅盾文学奖获奖作品的阅读功能》为题发表在《唐山师范学院学报》2020年第 1 期上。

< 168 >

大众文化趣味的评奖……这些都是相辅相成的。很多时候在大众传媒和精英话语的影响下公众直接预判了茅奖的"主旋律"基调，但那显然是一种片面的预判，因为毕竟在获奖作品中也有像《白鹿原》《尘埃落定》《长恨歌》《蛙》《一句顶一万句》《推拿》《江南三部曲》《繁花》《黄雀记》《应物兄》这样明显向更纯粹的文学性靠拢的作品。另外，所谓的"主旋律"作品也好，"红色文化"也罢，都是国家文化构成的一部分，它们需要被了解和审视，需要被记忆和思考，它们不会因为受众的规避、拒绝或盲目否定而消失，它们的价值并不在于获得绝大多数人的肯定，而在于为中国大众读者提供更多了解中国的视角。

事实上，茅奖评选对各种因素的兼顾在某种程度上体现的是它的包容性，这个"包容性"让茅奖获奖作品整体上拥有了另外一种价值，那就是读者可以通过阅读获奖作品更好地了解中国，即了解中国当代现实主义长篇小说创作中的艺术突破和文化坚守，了解中国社会所经历的复杂而漫长的发展过程，了解中国人内心深处渴望构筑的精神家园，这也是扩大获奖作品传播、提升茅奖传播影响力的题中之义。

读者首先能从茅奖获奖作品中了解到的是中国当代现实主义长篇小说创作的"创新"与"守旧"。文学创作本身是一种特殊的精神生产行为，它是作家对自己的生命体验进行艺术加工和审美外化的过程。作家的写作是非常个人化的，这并不是说一部作品的形成完全是作者本人的功劳，而是说作家的创作诉求和个人经验往往决定了作品的艺术格调。在王安忆看来，"人越是进化到文明，对艺术家来说越是乏味，他们要找的是那种特殊性"[①]。阿来也指出，一部作品用一种风格写成功了，第二部就一定得有变化，"这个变化，首先是由于作家自己本身那种内在的创新动力的驱使，但更重要的是，你会发现小说当中有一个问题，就是不同的故事，或者说不同的小说的内容，它会要求只属于自己的形式"[②]。长篇小说的艺术创新

---

① 王安忆.艺术要寻找的是特殊性 [N].文艺报，2016-03-09 (002).
② 符二，阿来.我希望，小说本身的形式是优雅的 [A].抵达之路：中国当代重要作家访谈录 [M].合肥：安徽教育出版社，2016：88.

< 169 >

在不同时期有不同的体现，像姚雪垠创作《李自成》就志在为中国当代长篇历史小说填补空白，李国文以"非传统"的写法创作《冬天里的春天》也是其大胆地坚持"内容决定形式"① 使然。姚雪垠在回忆中就曾说："《李自成》不管写得成功或失败，重要的是它在新文学领域中具有开创性质。……长篇历史小说在我国'五四'以来新文学的历史中是个空白，没有别人的经验可资参考。"② 可以说，文学作品的创作之所以能够仪态万千，不断发展，正是得益于作家们孜孜不倦的审美创新。当下的文学创作，由于面向大众文化市场，所以不可避免地出现了生产模式化、作品同质化的问题，写作因此变得有"套路"可循，有"捷径"可走，大众阅读也日渐被带入类型阅读的泥淖之中难以自拔。但是在茅奖获奖作品中，一直就有写作手法非常独特、艺术风格非常突出的作品，比如《繁花》《暗算》和《蛙》。

《繁花》从故事情节看并不新奇，但金宇澄"在国民通晓北方语的今日，用《繁花》的内涵与样式，通融一种微弱的文字信息"，作品"带给读者的，是小说里的人生，也是语言的活力"，它"借助了陈旧故事与语言本身，但它们是新的，与其他方式不同"③。在金宇澄看来，《繁花》"可称为一种改良，或'旧瓶新酒'，或'新瓶旧酒'"④。以大量的上海方言来写作长篇小说，并把传统长篇小说的"大树结构"变成"灌木的灵活样式"，这在当代文坛不能不说是一种创举，对读者而言阅读《繁花》也是阅读到了一种新的独属于中国当代长篇小说的艺术表现手法。麦家的《暗算》关注的是为维护国家安全而在国家保密单位或敌对势力内部从事侦查工作的人。麦家写特情，写谍战，实际上突破的是一种题材的禁忌和叙事的常规，他的写作"一直执迷于迷宫叙事的幽暗和吊诡，藏头掖尾，真假难辨"⑤，个人风格极为突出。莫言创作《蛙》时也在尝试艺术突破，

① 李国文.尝试以后 [J].辽宁大学学报（哲学社会科学版），1983（4）：51.
② 姚雪垠.姚雪垠回忆录 [M].北京：中国工人出版社，2010：171.
③ 金宇澄.繁花 [M].上海：上海文艺出版社，2013：444.
④ 金宇澄.我写《繁花》：从网络到读者 [N].解放日报，2014-03-22（008）.
⑤ 麦家.《暗算》三记 [J].作家，2009（1）：26.

< 170 >

他最初写的是作为剧作家的"我"在看话剧《蛙》时产生了回忆和联想，但初稿写到十几万字时他觉得故事讲得太复杂，就去写《生死疲劳》了。当莫言再次拾起《蛙》时他决定要使这部作品的叙述回到朴素，这样才选择了书信体，而他在小说末尾之所以会选择话剧形式，是因为话剧里可以加入更多的超现实元素，丰富书信的朴素①。《繁花》《暗算》和《蛙》向读者传达了同一种艺术创新思维，即"旧物翻新"，金宇澄的"旧瓶新酒"、莫言的"回到朴素"以及麦家所提倡的"创旧"② 都是这个意思。当然"旧物翻新"的思维能够存在是有前提的，即"旧物"的存在。作家们在物欲横流的今天发现了"旧物"的美和珍贵，所以想要拿出来给大家看，但如果拿出来的方式没有新意，那"旧物"就很难受到关注，也不易被接受。所谓"旧物"是独属于中国人的"旧物"，它是中国人的旧事、旧理和旧人情，而它的根基是民族文化。读者是能够通过茅奖获奖作品的传播了解到中国知识分子对民族文化的坚守和反思的。事实上，一些茅奖获奖作家对民族文化不仅有"辨伪存真""取精去糟"的气魄和智慧，还有"世界越是粗野，我就越趋于温和"③ 的静观之态、静思之心。民族文化之所以有必要被挖掘和呈现，是因为它总是散在地潜藏于民族历史和日常生活的深处，或不易被发觉，或习惯被忽视。民族的文化，或曰华夏民族的文化，通常表现为中国传统文化和地域文化的结合体，像贾平凹的《秦腔》就同时承载了传统的农耕文化和陕西地方的曲艺文化，陈忠实的《白鹿原》同时承载了传统的儒家文化和关中地区的农业生产文化、礼仪风俗文化等，迟子建的《额尔古纳河右岸》同时承载了萨满文化和东北地区鄂温克族人的游牧文化，王旭烽的《茶人三部曲》同时承载了传统的儒、释、道文化和江南地区的茶文化。

　　由于文学作品有记录时代风云和反思社会热点的功能，所以通过阅读

---

① 傅小平，莫言. 谁都有自己的高密东北乡——关于长篇小说《蛙》的对话 [J]. 黄河文学，2010（7）：72.

② 麦家. 文学的创新——由儿子学骑单车想到的 [J]. 青年作家，2007（12）：12.

③ 王旭烽，孙侃. 历史风貌的文化叙述——王旭烽访谈录 [J]. 时代文学，2005（6）：70.

< 171 >

茅奖获奖作品，读者还会了解到中国社会复杂而漫长的发展历程。贾平凹在接受记者采访时曾说："作为一个作家，做时代的记录者是我的使命。"①王火认为："长篇小说都应是站在当今、回顾过去、昭示和召唤未来的。"②李佩甫亦指出："文学是时代的声音，也是人类生活的先导，时代在呼唤文学的黄钟大吕。作家更应该顺应时代的发展，贴近生活，贴近人民，与时代同呼吸共命运。"③梁晓声坦言："小说家应该成为时代的文学性的书记员，这是我的文学理念之一。"④读者从茅奖获奖作品中不仅能看到不同时代的中国面貌，也能感受到时代赋予作家的苦闷情绪和欢愉情绪，这其实是一个由作品内容到作家创作背景、由书中历史到作家成长史的渗透呈现过程。在第一届获奖作品中，古华的《芙蓉镇》、莫应丰的《将军吟》、周克芹的《许茂和他的女儿们》和李国文的《冬天里的春天》都从不同角度记录了"文化大革命"，而促使作家们书写这段记忆的根本动力就是由创作主体心灵的隐痛和创伤形成的苦闷⑤。古华在首届茅奖获奖者中年纪最轻，1961年他从郴州农业专科学校结业后就去到湘西五岭山区做农业工人，1975年才到郴州歌舞团工作，这十四年间，他从农民身上看到了人性的善与恶的多次交锋，因此作家的愤懑、痛心、矛盾和无奈可以想见。正是这些不断压抑的复杂情感激发了古华写作《芙蓉镇》，一个有力的证明就是，小说中的故事发生在1963年到1979年，而这个时间段落与作家在五岭山区工作和生活的时间段落有相当部分的吻合。一代人有一代人的苦闷，苏童的《黄雀记》的素材来自他多年前认识的一个腼腆的街坊男孩儿，这个男孩儿曾涉嫌轮奸案并被指控为主犯，但他的父母一直说儿子是无辜的，希望受害者能够翻供，不过最后未能如愿。苏童在男孩儿出狱后与他照过面，虽然"有机会刺探当年的案底，追问他的罪

---

① 王文，刘巍巍. 专访贾平凹：做时代的记录者是我的使命 [EB/OL]. 新华网，http：// news. xinhuanet. com/2013-06/13/c_ 116135449. htm，2013-06-13.

② 王火.《战争和人》三部曲创作手记 [J]. 文学评论，1993 (3)：36.

③ 李佩甫. 做一个"麦田的守望者" [N]. 文艺报，2014-12-05 (002).

④ 梁晓声. 关于小说《人世间》的补白——自述 [J]. 小说评论，2019 (5)：63.

⑤ 杨立元，杨扬. 创作动机新论 [M]. 北京：现代出版社，2014：141-155.

< 172 >

与罚是否真实公平，却竟然没有那份勇气"①。作家因缺乏勇气而压抑了自己探求事件真相和人的真实情感的强烈欲望，这便又是一种新的时代苦闷，读者从这部小说中也能够读出中国人在社会转型期当中的那种疯狂、无助和压抑的情绪。

相对于苦闷而言，欢愉是一种比较积极的情绪，读者能够从茅奖获奖作品中感受到苦闷和欢愉这两种时代情绪的交叠，而从获奖作品中体会到中国社会发展的朝气就是因为作家在创作作品时就已经感受到了希望和光明的存在，他们有把这些希望和光明表达出来的欲望。像张洁在谈她为什么会创作《沉重的翅膀》时就曾说："我所以写，是因为我对我们的党和我们的国家，还满怀着信心和希望。"② 刘醒龙会将其中篇的《凤凰琴》续写成长篇的《天行者》，原因有两个：一是他被许多乡村民办教师不畏困难、无私奉献的精神深深打动，他还有为这个特殊群体说更多话的意愿；二是在《凤凰琴》的读者中，有许多是民办教师，他们"将《凤凰琴》当作经书来读"③。事实上，茅奖之所以看中《沉重的翅膀》和《天行者》这样的作品，就是因为它们能够向大众读者呈现中国人在社会改革和发展过程中始终充满着拼搏的热力和守善的良知。

当然，读者通过阅读茅奖获奖作品也会看到中国社会的一些顽疾，这是因为创作它们的作家"能够穿透现实直达本真的思想之箭，比一般人具有更加敏锐的直觉力量与洞察力量"④。作家反思社会问题，首先是发现了问题，要把问题记录下来，然后就是理性地思考这个问题为什么会产生，问题产生了会有什么不良的影响，以及如何解决这个问题，有时还会考虑自己能为问题的解决做些什么。不过文学作品不是万能钥匙，它们不一定要为各种社会问题提供具体的解决方案，在更多时候作家创作它们是为了吸引读者去关注社会问题，并为读者提供一些看待社会问题的角度和思考

① 苏童. 我写《黄雀记》[J]. 鸭绿江（上半月版），2014（4）：125.
② 张洁. 我为什么写《沉重的翅膀》? [J]. 读书，1982（3）：85.
③ 胡殷红，刘醒龙. 关于《天行者》的问答 [J]. 文学自由谈，2009（5）：128.
④ 杜学文. 作家如何做好时代的记录者 [J]. 人民论坛，2016（13）：93.

< 173 >

社会问题的思路。《抉择》的作者张平是一位来自底层群体的作家，由于他在成为职业作家前不仅当过教师，还务过农、掏过煤，所以他特别关注底层老百姓的生存问题。张平会创作《抉择》这样的反腐题材作品，就是因为他发现了企业领导层的腐败严重危害到了普通员工的生存利益。作家刘玉民在胶东农村工作过，与农民企业家、农村干部和普通农民都打过交道，因此他对农村改革有着更深的了解和认识。他认为当时的作品不是"全盘肯定"，就是"全盘否定"，这些与他的现实体会都不相符，所以他才决定写《骚动之秋》以表达自己对农村改革的思考。文学作品是反映社会生活的一面镜子，这面镜子不仅能够照射出融注了作者思考的社会世相，而且能够通过这种照射来刺激读者去再思考。格非就认为，"在今天文学仍然对整个社会具有非常重要的矫正和反省力量"①，他创作《春尽江南》就带有反思知识分子在社会转型期的精神裂变问题的强烈意图，而读者从小说中也能明显感知到中国社会的急遽变革给一些普通人带来了精神上的冲撞和不适。

作家阿来指出："如果说一个作家跟这个社会上的别人有什么不一样，我想就是他们可能在情感的那种纯粹性和精神的优雅性上有更多的追求，或者说他对精神性的要求。"② 事实上，对精神性的要求，或曰追求更高的精神境界，是作家区别于普通人的重要特征。然而作家并不想独享这种精神境界，这是因为作家在个人生命经验和知识分子身份的双重作用下常抱有对读者负责的意识。格非在接受采访时就曾说："这社会虽然是不好的，是有很多问题的，在这种前提下，我要说服他，这种生活还是值得过的，还是有很多重要的情感，还是有很多重要的价值在这个社会里顽强地在延伸。假如我这样说服你，我的这种乐观才有价值，然后我们来好好生活，来改变这个世界，我们来使它变得更好。"③ 作家构筑精神家园的意图与反

---

① 格非. 文学对社会具有矫正与反省的力量 [A]. 王世龙，钟湘麟. 名家名师名校名社团校园文学论萃 [C]. 北京：中国文史出版社，2015：37.

② 阿来. 我希望，小说本身的形式是优雅的 [A]. 符二. 抵达之路：中国当代重要作家访谈录 [M]. 合肥：安徽教育出版社，2016：85.

③ 刘旭阳. 专访格非：文学是失败者的事业 [N]. 外滩画报，2011-09-15.

< 174 >

思社会问题的意图在转化为他们的创作实践后，都有引导普通读者追求更高精神境界的指向和意义。

作家以文学创作来为读者构筑精神家园，他们希望这个精神家园能够成为读者的精神栖息所、归宿地。当然，文学作品中的精神家园并不一定是完美的、无瑕疵的、易共享的，但却是理想的、个性化的、易被忽视的。阿来的《尘埃落定》和迟子建的《额尔古纳河右岸》写的都是少数民族的生活，前者写藏族土司制度的没落过程，后者写鄂温克族被迫下山定居的故事，两部作品都是通过展现传统文明和现代文明的巨大冲突来追索和守护传统文明中的原始生命之美，而那满溢着原始生命之美的世界，就是两位作家所竭力构筑的精神家园。"作品究竟会写多长，取决于小说中的人物有意思时间有多长，而我唯一想做的是在社会文明进步、物质生活日趋丰富的时候，寻找到一种令人回肠荡气的精神，在藏族民间，在怀旧的情绪中，我找到了这种精神。"① 阿来在谈《尘埃落定》的创作时如是说。这种"令人回肠荡气的精神"，与作品中的叙述者"傻子二少爷"是密切相关的，这个人物的独特之处在于他常以藏族智者阿古登巴式的"笨方法"来处世，而其所彰显出的智慧却是无穷大的、亘古不移的，于是，作家想把"傻子二少爷""作为观照世界的一个标尺"②，以这个人物的"大智若愚"来建构一个想象中常人难以抵达的精神世界，这个精神世界既充盈着敏锐的洞察力、对未来的预判力和快速适应现实变化的能力，还蕴藏着人类本性的单纯、热烈和美好。迟子建的创作一直以"悲悯"和"温暖"著称，其茅奖获奖作品《额尔古纳河右岸》也不例外。2003 年，迟子建从新闻报道中看到了有关敖鲁古雅的鄂温克人下山定居的事情；与此同时，她在朋友寄来的报纸上了解到了鄂温克族女画家柳芭带着才华走出森林又回到森林并最终葬身河流的故事；2004 年 5 月，迟子建在澳大利亚访问，她目睹了澳大利亚土著人在达尔文市和悉尼市不堪的生活

---

① 阿来. 寻找本民族的精神 [J]. 中国民族，2002 (6)：11.

② 阿来，冉云飞. 通往可能之路——与藏族作家阿来谈话录 [J]. 西南民族学院学报（哲学社会科学版），1999 (5)：9.

< 175 >

状态；而当她看到都柏林的灯红酒绿时，想到的是现代文明对人的心灵的碾压……①这些都成为她决意创作《额尔古纳河右岸》的动力。作品淋漓尽致地展现了鄂温克执着、善良和奉献精神，这源自作家以自己的艺术想象来留住鄂温克人纯净而珍贵的精神世界的诉求。构筑精神家园的意图在迟子建的文学创作中一直起着非常关键的作用，她的"不把贪婪残忍自私的人性负面写到绝处"让一些批评家担心她的"温暖"会成为其作品"向深处走的障碍"，但迟子建认为，"人在宇宙是个瞬间，而宇宙却是永恒的。所以人肯定会有一种与生俱来的苍凉感，那么我们所能做的，就是在这个苍凉的世界上多给自己和他人一点温暖"②。

读者能够从茅奖获奖作品中了解中国，归根结底是因为这些作品讲的是中国故事。"讲好中国故事，传播好中国声音"③ 是习近平总书记在2013 年全国思想工作会议上提出的一项重要内容。而 2015 年"中宣部部长刘奇葆在与第九届茅盾文学奖获奖作家座谈时强调"，"反映时代进程、讲好中国故事是当代文学的重要使命"④。由此可见，以茅盾文学奖获奖作品的传播来推动中国故事的传播也是国家思想文化建设的重要内容之一。与"讲好中国故事"相呼应的是已被写入"十三五"规划的全民阅读工程⑤，这项文化重大工程鼓励全社会"多读书，读好书"，它与茅盾文学奖的评选有目的上的契合之处。茅盾文学奖为全民阅读工程提供的主要就是作品资源，虽然这个作品资源并不庞大，但它完全可以被做成阅读专题融入书展、图书馆、实体书店、社区、农村书屋等举办的系列阅读活动中去。由于全民阅读倡导的是全社会参与阅读，所以它为茅奖获奖作品的传

① 迟子建. 跋 从山峦到海洋 [A]. 额尔古纳河右岸 [M]. 北京：北京十月文艺出版社，2005：252-257.

② 迟子建，郭力. 迟子建与新时期文学——现代文明的伤怀者 [J]. 南方文坛，2008（1）：62-63.

③ 倪光辉，鞠鹏. 胸怀大局 把握大势 着眼大事 努力把宣传思想工作做得更好 [N]. 人民日报，2013-08-21（1）.

④ 本报讯. 坚定对文学价值的信念 [N]. 人民日报，2015-09-30（4）.

⑤ 中华人民共和国国民经济和社会发展第十三个五年规划 [M]. 北京：人民出版社，2016：172-173.

< 176 >

播提供了一个文化共享的视角。在文化共享问题上，精众的阅读选择是不应该被忽视的。"精众"并不完全等同于"精英"，它指的是"拥有积极向上的价值观，追求并引领高品质生活，具有活跃的、共同的消费符号的人群聚合"，它"具备精选、精英、精致、精明的特点"①。目前国内对精众的消费研究主要集中在汽车、家电、手机、奢侈品、理财以及食品、日用消耗品等快消品上，对精众的图书消费行为鲜有关注。重视精众的阅读选择与经济上"以先富带动后富"的道理相近，就是以少数人对图书产品及相关服务的高品质选择来带动多数人的阅读消费品质的提升。如果说图书出版业是以生产和营销来从外部引导消费者的购买和阅读行为，那么本就隶属于消费者群体的精众则是从内部对周围人产生影响。由于图书消费者内部的推荐和讨论是一种自发性的分享行为，不涉及商业利益和价值观改造，所以其可信度更高。精众群体在购书时，着重考虑的是图书的综合性价比，即综合考虑个人对图书的需求度，图书的内容质量、装帧质量和印刷质量，图书的价格以及购买图书的时间成本和交通费用等，因此想要打开茅奖获奖作品的精众消费市场就要在提升其综合性价比上下功夫。

　　文学研究和文学创作、文学评奖一样，既总有目标和期许，也总有疏漏和不足，像本研究虽志在以文学研究和传播学研究的综合视角对茅奖获奖作品的传播做最系统、最深入的梳理和分析，但在具体的操作中终究没能克服跨学科研究带来的一些困难。比如在着重研究获奖作品的传播过程时没能深化对获奖作品的文本研究；又如在探讨读者对茅奖获奖作品的接受反馈时只选取了大众读者对个别获奖作品的评价以及高校大学生对茅奖获奖作品的接受情况，而没有完成对所有获奖作品的读者反馈信息的收集和整合，也没能从全国范围内进行更为随机而全面的问卷调查；再如本研究在聚焦茅奖获奖作品的同时就自然地把很多获得提名而最终未能问鼎茅奖的优秀作品排除在外，而这些作品的参评其实也帮助茅奖提升了品牌价值，有必要做进一步的考察和讨论。这些疏漏和不足也证明本研究还有很

---

① 肖明超.2014 中国精众消费报告 [J]. 销售与市场（管理版），2014（5）：51.

< 177 >

大的进步空间，本人期待在未来做更多的努力来弥补研究中所留下的遗憾。

2019 年茅盾文学奖已经完成了它的第十次评选，而争议从未消失，期待也从未消失。在争议和期待中，我们看到的是中国人对当代现实主义长篇小说不灭的热情。1959 年茅盾在《夜读偶记》的后记中写道："现实主义与反现实主义的斗争是文艺历史发展的规律。"① 茅奖评了三十多年，中国的现实主义文学在茅盾离世后也"斗争"了三十多年，但是支撑这"现实主义斗争"力量的不单来自茅盾的文学遗产和茅奖对现实主义文学创作的思想性和艺术性的坚持和守护，也来自中国大众读者对现实主义文学的长久关注和热爱。

---

① 茅盾. 现实主义与反现实主义的斗争是文艺历史发展的规律 [J]. 文艺研究，1980（4）：4.

< 178 >

参考文献

著作类

[1] 茅盾. 茅盾选集（第五卷 文论）[M]. 成都：四川文艺出版社，1985.

[2] 秦兆阳. 文学探路集 [M]. 北京：人民文学出版社，1984.

[3] 蔡葵，韩瑞亭. 长篇的辉煌：茅盾文学奖获奖小说评论精选 [C]. 北京：北京十月文艺出版社，1994.

[4] 徐其超，毛克强，邓经武. 聚焦茅盾文学奖 [M]. 北京：作家出版社，2005.

[5] 邝邦洪. 多重的文学世界：历届茅盾文学奖获奖作品评论集 [C]. 北京：高等教育出版社，2009.

[6] 范国英. 茅盾文学奖的文学制度研究 [M]. 北京：中国社会科学出版社，2009.

[7] 老悟. 茅盾文学奖获奖作品解析 [M]. 长春：吉林大学出版社，2010.

[8] 范国英. 新时期以来的文学制度研究：以茅盾文学奖为中心的考察 [M]. 成都：巴蜀书社，2010.

[9] 任东华. 茅盾文学奖研究 [M]. 北京：中国社会科学出版社，2011.

[10] 廖四平. 当代长篇小说的星座——第一至七届茅盾文学奖获奖作品丛论 [M]. 北京：北京大学出版社，2013.

[11] 吴文虎. 传播学概论 [M]. 武汉：武汉大学出版社，2000.

[12] 郭庆光. 传播学教程 [M]. 北京：中国人民大学出版社，2011.

< 179 >

[13] 董璐. 传播学核心理论与概念 [M]. 北京：北京大学出版社，2008.

[14] 林之达. 传播心理学教程 [M]. 北京：北京大学出版社，2012.

[15] 刘小枫. 接受美学译文集 [M]. 北京：生活·读书·新知三联书店，1989.

[16] 风笑天. 社会学研究方法（第四版）[M]. 北京：中国人民大学出版社，2013.

[17] 南帆. 文本生产与意识形态 [M]. 广州：暨南大学出版社，2002.

[18] 邵燕君. 倾斜的文学场——当代文学生产机制的市场化转型 [M]. 南京：江苏人民出版社，2003.

[19] 宋应离. 中国当代出版史料：1949—1999 [M]. 郑州：大象出版社，1999.

[20] 李春雨. 出版文化与中国文学的现代转型 [M]. 北京：北京语言大学出版社，2011.

[21] 王海波. 人民文学出版社六十年图书总目：1951—2011 [M]. 北京：人民文学出版社，2011.

[22] 崔斌箴. 出版与国际传播散论 [M]. 北京：五洲传播出版社，2012.

[23] 何明星. 从文化政治到文化生意——中国出版的革命 [M]. 桂林：广西师范大学出版社，2013.

[24] 曹清华. 意义生产与出版活动：中国现代文学的两难 [M]. 北京：中国社会科学出版社，2013.

[25] 刘起林. 文学"马拉松"：《李自成》出版五十年研究文选 [C]. 北京：中国青年出版社，2014.

[26] 康晓光等. 中国人读书透视：1978—1998 大众读书生活变迁调查 [M]. 南宁：广西教育出版社，1998.

[27] 韦君宜. 老编辑手记 [M]. 成都：四川人民出版社，1985.

[28] 路遥. 早晨从中午开始 [M]. 西安：西北大学出版社，1992.

[29] 冯羽，夏秀玫. 二十世纪大文学家 [M]. 南京：江苏文艺出版社，1996.

[30] 何启治. 文学编辑四十年 [M]. 北京：人民文学出版社，2001.

< 180 >

［31］陈忠实. 凭什么活着［M］. 长春：时代文艺出版社，2007.

［32］张英编. 文学人生［M］. 上海：上海教育出版社，2005.

［33］姚雪垠. 姚雪垠回忆录［M］. 北京：中国工人出版社，2010.

［34］麦家. 非虚构的我［M］. 广州：花城出版社，2013.

［35］王世龙，钟湘麟. 名家名师名校名社团校园文学论萃［C］. 北京：
中国文史出版社，2015.

［36］符二. 抵达之路：中国当代重要作家访谈录［M］. 合肥：安徽教育
出版社，2016.

［37］张若英. 中国新文学运动史料［M］. 上海：光明书局，1934.

［38］钱理群，温儒敏，吴福辉. 中国现代文学三十年（修订本）［M］. 北
京：北京大学出版社，1998.

［39］新文艺出版社编辑部. 论"文学是人学"批判集（第一集）［C］.
上海：新文艺出版社，1958.

［40］中国科学院哲学研究所中国哲学史组. 中国哲学史资料选辑 清代之
部［M］. 北京：中华书局，1962.

［41］中国科学院哲学研究所中国哲学史组. 中国哲学史资料选辑 先秦之
部［M］. 北京：中华书局，1964.

［42］顾炎武，黄汝成集释. 日知录集释［M］. 石家庄：花山文艺出版
社，1990.

［43］梁启超. 梁启超全集（第五册）［M］. 北京：北京出版社，1999.

［44］叶书宗. 苏联的革命与建设——历史的回顾与总结［M］. 上海：上
海社联出版社，1986.

［45］蒋孔阳，朱立元. 西方美学通史（第4卷）［M］. 上海：上海文艺出
版社，1999.

［46］叶咏梅. 中国长篇连播历史档案（上）［M］. 北京：中国广播电视出
版社，2010.

［47］中共中央关于经济体制改革的决定［M］. 北京：人民出版社，1984.

［48］江泽民. 加快改革开放和现代化建设步伐 夺取有中国特色社会主义

< 181 >

事业的更大胜利 在中国共产党第十四次全国代表大会上的报告
[M]. 北京：人民出版社，1992.

[49] 沈宝祥. 认真学习邓小平同志重要谈话 [M]. 北京：中共中央党校
出版社，1992.

[50] 宋华忠. 新社会阶层的兴起与中国共产党领导权实施路径 [M]. 上
海：上海人民出版社，2014.

[51] 陈炎兵，何五星. 中国为何如此成功：引领中国走向成功的高层重
大决策纪实 [M]. 北京：中信出版社，2008.

[52] 中共中央宣传部. 习近平总书记系列重要讲话读本（2016 年版）
[M]. 北京：学习出版社，人民出版社，2016.

[53] 中华人民共和国国民经济和社会发展第十三个五年规划 [M]. 北京：
人民出版社，2016.

[54] 陆学艺. 当代中国社会阶层研究报告 [M]. 北京：社会科学文献出
版社，2002.

[55] [法] 皮埃尔·布迪厄. 艺术的法则——文学场的生成与结构（新修
订本）[M]. 刘晖译. 北京：中央编译出版社，2011.

[56] [美] 休梅克. 大众传媒把关 Gatekeeping：中文注释版 [M]. 张咏
华注释. 上海：上海交通大学出版社，2007.

[57] [美] 麦库姆斯. 议程设置 [M]. 郭镇之，徐培喜译. 北京：北京大
学出版社，2008.

[58] [德] 哈贝马斯. 公共领域的结构转型 [M]. 曹卫东等译. 上海：学
林出版社，1990.

[59] [美] 阿尔文·托夫勒. 第三次浪潮 [M]. 朱志焱，潘琪，张焱译.
北京：新华出版社，1996.

[60] [英] 尼克·史蒂文森. 认识媒介文化 [M]. 王文斌译. 北京：商务
印书馆，2001.

[61] [英] 利萨·泰勒，[英] 安德鲁·威利斯. 媒介研究：文本、机构
与受众 [M]. 吴靖，黄佩译. 北京：北京大学出版社，2005.

< 182 >

［62］［法］古斯塔夫·勒庞. 乌合之众：大众心理研究［M］. 冯克利译. 北京：中央编译出版社，2005.

［63］［加］罗伯特·洛根. 理解新媒介——延伸麦克卢汉［M］. 何道宽译. 上海：复旦大学出版社，2012.

［64］［英］维克托·迈尔-舍恩伯格，［英］肯尼思·库克耶. 大数据时代：生活、工作与思维的大变革［M］. 盛杨燕，周涛译. 杭州：浙江人民出版社，2013.

［65］［丹］克劳斯·延森. 媒介融合：网络传播、大众传播和人际传播的三重维度［M］. 刘君译. 上海：复旦大学出版社，2015.

［66］［英］尼古拉斯·盖恩，［英］戴维·比尔. 新媒介：关键概念［M］. 刘君，周竞南译. 上海：复旦大学出版社，2015.

［67］［英］艾莉森·贝弗斯托克. 图书营销（第三版）［M］. 张美娟等译. 石家庄：河北教育出版社，2004.

［68］［美］菲利普·科特勒，［美］凯文·莱恩·凯勒. 营销管理（第十四版）［M］. 王永贵译. 上海：格致出版社，2012.

［69］［意］安东尼奥·葛兰西. 狱中札记［M］. 葆煦译. 北京：人民出版社，1983.

［70］［德］卡尔·马克思，［德］弗里德里希·恩格斯. 马克思恩格斯选集第四卷［M］. 中共中央马克思恩格斯列宁斯大林著作编译局编译. 北京：人民出版社，1972.

［71］［俄］列宁. 列宁选集第二卷［M］. 中共中央马克思恩格斯列宁斯大林著作编译局编译. 北京：人民出版社，1995.

［72］［德］黑格尔. 精神现象学［M］. 贺辟麟，王玖兴译. 北京：商务印书馆，1979.

［73］［俄］高尔基. 高尔基文学书简（上卷）［M］. 曹宝华，渠建明译. 北京：人民文学出版社，1962.

［74］［德］黑格尔. 美学（第一卷）［M］. 朱光潜译. 北京：人民文学出版社，1958.

< 183 >

[75] ［联邦德国］H. R. 姚斯，［美］R. C. 霍拉. 接受美学与接受理论 [M]. 周宁，金元浦译. 沈阳：辽宁人民出版社，1987.

[76] Wang Anyi. The Song of Everlasting Sorrow：A Novel of Shanghai, Michael Berry & Susan Chan Egan trans [M]. New York：Columbia University Press，2008.

期刊论文类

[1] 翟耀. 茅盾的文学思想与俄国批判现实主义文学 [J]. 文史哲，1992 (1).

[2] 吴俊. 中国当代文学评奖的制度性之辨——关于茅盾文学奖、鲁迅文学奖之类"国家评奖" [J]. 当代作家评论，2011 (6).

[3] 肖鹰. 中国文学的精神危机与茅盾文学奖的休克治疗 [J]. 天津社会科学，2010 (4).

[4] 朱晏. 文化身份与当代文学经典中"承认的政治" [J]. 求是学刊，2013 (3).

[5] 张丽军. 文学评奖与新时期文学经典化 [J]. 南方文坛，2010 (5).

[6] 段崇轩. 文学评奖的功与过 [J]. 社会科学论坛，2009 (9).

[7] 罗长青. 新世纪文学评奖正义现象述评 [J]. 福建师范大学学报，2015 (1).

[8] 胡平. 我所经历的第四届茅盾文学奖评奖 [J]. 小说评论，1998 (1).

[9] 黄发有. 以文学的名义——过去三十年文学评奖的反思 [J]. 社会科学，2009 (3).

[10] 杨剑龙. 文化消费语境中的文学评奖 [J]. 扬子江评论，2007 (3).

[11] 洪治纲. 无边的质疑——关于历届"茅盾文学奖"的二十二个设问和一个设想 [J]. 当代作家评论，1999 (5).

[12] 周根红. 茅盾文学奖与新时期文学出版 [J]. 中国出版，2015 (10).

[13] 唐韧，黎超然，吕欣. 茅盾文学奖获奖作品调查报告 [J]. 广西大学学报（哲学社会科学版），1999 (5).

[14] 张学军. 茅盾文学奖获奖作品接受状况调查 [J]. 中国现代文学研究

< 184 >

丛刊，2012（8）.

［15］郭幸菲，李文畅. 河南高校大学生对茅盾文学奖获奖作品接受情况调查研究［J］. 山西青年，2016（13）.

［16］田耕. 掘井十年方见水——我们是怎样抓长篇小说出版的［J］. 出版史料，2004（4）.

［17］何直（秦兆阳）. 现实主义——广阔的道路［J］. 人民文学，1956（9）.

［18］韦君宜. 从编辑角度谈创作［J］. 民族文学，1983（1）.

［19］达流. 从人和社会的关系把握文艺——访秦兆阳先生［J］. 湖北社会科学，1992（1）.

［20］朱盛昌. 秦兆阳编当代［J］. 当代，2014（3）.

［21］何西来.《冬天里的春天》和李国文的小说创作［J］. 当代作家评论，1998（4）.

［22］汪新生. 奥林匹斯山的黄昏——新潮小说座谈会纪要［J］. 湖北社会科学，1989（5）.

［23］赵尊党.“赶时髦”与脚踏实地——读稿随记之十［J］. 新闻与写作，1987（2）.

［24］赵玫. 文学编辑谈文学［J］. 文学自由谈，1988（3）.

［25］章仲锷. 我编《钟鼓楼》［J］. 出版工作，1986（3）.

［26］周昌义. 记得当年毁路遥［J］. 文艺理论与批评，2007（6）.

［27］董保存. 一部写了50年的长篇小说［J］. 新闻出版交流，1996（1）.

［28］郝丹. 大数据时代文学出版的审美维度［J］. 华北电力大学学报（社会科学版），2016（1）.

［29］何启治.《白鹿原》档案［J］. 出版史料，2002（3）.

［30］脚印. 从《尘埃落定》到《空山》［J］. 长篇小说选刊，2005（3）.

［31］周昌义.《尘埃落定》误会——听老编辑说事（四）［J］. 星火，2009，（3）.

［32］凌晨光. 文学批评家的行为准则［J］. 山东大学学报（哲学社会科学版），1997（1）.

< 185 >

[33] 王飞. 文学批评家的责任 [J]. 文学理论与批评，2008（4）.

[34] 邓晓芒. 文学批评家的四大素质 [J]. 中国政法大学学报，2008（6）.

[35] 雷达. 一卷当代农村的社会风俗画——略论《芙蓉镇》[J]. 当代，1981（3）.

[36] 韩抗. 农村题材长篇小说的发展与《芙蓉镇》[J]. 求索，1983（5）.

[37] 胡光凡. 含泪写笑 寓庄于谐——《芙蓉镇》的一个艺术特色 [J]. 求索，1983（5）.

[38] 黄济华. 浓缩的艺术——读《芙蓉镇》一得 [J]. 语文教学与研究，1983（3）.

[39] 林家平.《芙蓉镇》的结构艺术 [J]. 当代作家评论，1984（2）.

[40] 陈望衡. 眉睫之前卷舒风云之色——简论《芙蓉镇》的美学特色 [J]. 当代作家评论，1984（4）.

[41] 杨桂欣. 简论《沉重的翅膀》的艺术性 [J]. 文艺评论，1985（6）.

[42] 杨建国. 浩瀚星海中一道奇异的光芒——读《沉重的翅膀》[J]. 语文教学与研究，1986（9）.

[43] 杭海. 批判现实主义文学的功绩 [J]. 中文自修，1995（2）.

[44] 陈荒煤. 漫谈《骚动之秋》[J]. 当代，1990（3）.

[45] 周志雄. 论李佩甫长篇小说《生命册》[J]. 小说评论，2013（2）.

[46] 邱明正. 一个不精确的口号——评"文艺是阶级斗争的工具"说 [J]. 上海文学，1979（8）.

[47] 洁泯. 人生的道路——评周克芹的长篇小说《许茂和他的女儿们》[J]. 文学评论，1980（3）.

[48] 刘卓.《将军吟》的悲剧特色 [J]. 辽宁大学学报（哲学社会科学版），1983（4）.

[49] 白烨. 史志意蕴·史诗风格——评陈忠实的长篇小说《白鹿原》[J]. 当代作家评论，1993（4）.

[50] 张颐武.《白鹿原》：断裂的挣扎 [J]. 文艺争鸣，1993（6）.

[51] 谢有顺. 尊灵魂，叹生命——贾平凹、《秦腔》及其写作伦理 [J].

< 186 >

当代作家评论，2005（5）.

[52] 张学昕. 回到生活远点的写作——贾平凹《秦腔》的叙事形态 [J].
当代作家评论，2006（3）.

[53] 王春林. "坐标轴"上那些沉重异常的灵魂——评李佩甫长篇小说
《生命册》[J]. 文艺评论，2014（1）.

[54] 程德培. 李佩甫的"两地书"——评《生命册》及其他六部长篇小
说 [J]. 当代作家评论，2012（5）.

[55] 邓增耀. 谈文学创作中的艺术想象 [J]. 南昌大学学报（社会科学
版），1994（2）.

[56] 熊俊钧. 从《钟鼓楼》看刘心武小说创作在艺术上的某些不足 [J].
中国文学研究，1987（2）.

[57] 南帆. 城市的肖像——读王安忆的《长恨歌》[J]. 小说评论，
1998（1）.

[58] 叶红，许辉. 《长恨歌》的主题意蕴和语言风格 [J]. 当代文坛，
1997（5）.

[59] 张志忠. 寻根文学的深化和升华——《长恨歌》《马桥词典》论纲
[J]. 南方文坛，1997（6）.

[60] 葛红兵，周羽. 论王旭烽《茶人三部曲》[J]. 小说评论，2000（5）.

[61] 曾镇南. 茶烟血痕写春秋——读《茶人三部曲》（一、二）[J]. 百
科知识，2001（2）.

[62] 贺绍俊. 盲人形象的正常性及其意义——读毕飞宇的《推拿》[J].
文艺争鸣，2008（12）.

[63] 张莉. 日常的尊严——毕飞宇《推拿》的叙事伦理 [J]. 文艺争鸣，
2008（12）.

[64] 洁泯. 读《冬天里的春天》的随想 [J]. 文学评论，1982（6）.

[65] 斯忍. 《冬天里的春天》——独具一格的艺术结构 [J]. 语文教学与
研究，1983（4）.

[66] 邓小平. 在中国文学艺术工作者第四次代表大会上的祝词 [J]. 文艺

< 187 >

研究，1979（4）.

[67] 胡采. 作品要闪耀时代光辉 [J]. 小说评论，1986（3）.

[68] 贺敬之. 对当前文艺工作的几点看法 [J]. 文艺研究，1981（2）.

[69] 张光年. 社会主义文学的新进展——在四项文学评奖授奖大会上的讲话 [J]. 人民文学，1983（3）.

[70] 何启治，黄发有. 用责任点燃艺术——何启治先生访谈录 [J]. 文艺研究，2004（2）.

[71] 张洁. 交叉点上的风景 [J]. 长篇小说选刊，2010（3）.

[72] 顾骧. 改革与文学 [J]. 小说评论，1985（1）.

[73] 朱晖. 第三届茅盾文学奖之我见 [J]. 当代作家评论，1995（2）.

[74] 邵燕君. 以和为贵，主旋律重居主导——小议茅盾文学奖评奖原则的演变 [J]. 名作欣赏，2009（3）.

[75] 张炯. 攀向高峰的艰难——评世纪之交长篇小说高潮与第六届茅盾文学奖 [J]. 文学评论，2005（4）.

[76] 张光年. 谈文学与改革 [J]. 文学自由谈，1986（6）.

[77] 陈美兰. 回忆首届茅盾文学奖评选读书班 [J]. 武汉文史资料，2013（10）.

[78] 胡平. 不同寻常的第八届茅盾文学奖 [J]. 小说评论，2012（3）.

[79] 王凌. 有关刘师培一则早期反清资料 [J]. 历史档案，1988（31）.

[80] 郭小说. 成为什么样的人和如何成为人——论人道主义精神的实质 [J]. 理论月刊，2014（7）.

[81] 李国文. 尝试以后 [J]. 辽宁大学学报（哲学社会科学版），1983（4）.

[82] 吴士余，蔡鸿程. 常销书谈 [J]. 中国图书评论，2008（8）.

[83] 雷达. 诗与史的恢宏画卷 [J]. 求是，1991（17）.

[84] 贺仲明. "《平凡的世界》现象"透析 [J]. 文艺争鸣，2005（4）.

[85] 李宝成. 路遥：《平凡的世界》背后的故事 [J]. 新西部，2008（Z1）.

[86] 邵燕君. 《平凡的世界》不平凡——"现实主义常销书"生产模式分析 [J]. 小说评论，2003（1）.

［87］毛卫宁. 心怀敬畏地与经典对话——电视剧《平凡的世界》导演阐述［J］. 中国电视，2016（1）.

［88］杨虎. 从舆论领袖理论看名家荐书畅销引导作用［J］. 中国出版，2015（4）.

［89］吴秀明，章涛. "获奖修订版"生成与当代主流文学话语的规范/妥协机制——以《沉重的翅膀》和《白鹿原》的修订为例［J］. 清华大学学报（哲学社会科学版），2015（1）.

［90］叶子. 文学依然神圣——为乡党陈忠实先生送行［J］. 当代，2016（4）.

［91］迪博拉·沙尔斯基，王志和. 喜爱读书消遣的英国人逐年增加［J］. 图书馆论坛，1991（4）.

［92］朱江. 国外图书状况一瞥［J］. 当代贵州，2015（15）.

［93］王德威. 海派作家又见传人［J］. 读书，1996（6）.

［94］吴赟. 上海书写的海外叙述——《长恨歌》英译本的传播与接受［J］. 社会科学，2012（9）.

［95］郝丹. 中国当代文学如何走进美国主流市场［J］. 中国出版，2015（22）.

［96］傅小平，莫言. 谁都有自己的高密东北乡——关于长篇小说《蛙》的对话［J］. 黄河文学，2010（7）.

［97］郝丹. 魔幻的"根"与"根"的魔幻——莫言"寻根文学"的魔幻现实主义色彩［J］. 名作欣赏，2013（18）.

［98］莫言. 两座灼热的高炉——加西亚·马尔克斯和福克纳［J］. 世界文学，1986（3）.

［99］莫言. 影响的焦虑［J］. 当代作家评论，2009（1）.

［100］麦家.《暗算》三记［J］. 作家，2009（1）.

［101］麦家. 文学的创新——由儿子学骑单车想到的［J］. 青年作家，2007（12）.

［102］王旭烽，孙侃. 历史风貌的文化叙述——王旭烽访谈录［J］. 时代文学，2005（6）.

［103］王火.《战争和人》三部曲创作手记［J］. 文学评论，1993（3）.

[104] 谢望新. 《将军吟》的再认识 [J]. 当代作家评论, 1984 (5).

[105] 苏童. 我写《黄雀记》[J]. 鸭绿江 (上半月版), 2014 (4).

[106] 张洁. 我为什么写《沉重的翅膀》? [J]. 读书, 1982 (3).

[107] 胡殷红, 刘醒龙. 关于《天行者》的问答 [J]. 文学自由谈, 2009 (5).

[108] 杜学文. 作家如何做好时代的记录者 [J]. 人民论坛, 2016 (13).

[109] 任一鸣. "空白"及其填充的艺术——兼评接受美学 [J]. 新疆大学学报 (哲学社会科学版), 1989 (2).

[110] 阿来. 寻找本民族的精神 [J]. 中国民族, 2002 (6).

[111] 阿来, 冉云飞. 通往可能之路——与藏族作家阿来谈话录 [J]. 西南民族学院学报 (哲学社会科学版), 1999 (5).

[112] 迟子建, 郭力. 迟子建与新时期文学——现代文明的伤怀者 [J]. 南方文坛, 2008 (1).

[113] 张丽军. 文学评奖机制改革与新时期文学 [J]. 小说评论, 2010 (6).

[114] 林为进. 历史的限制与现实的选择——重评第二届茅盾文学奖获奖作品 [J]. 当代作家评论, 1995 (2).

[115] 贺绍俊. 十进五的游戏——关于第八届茅盾文学奖的随想 [J]. 天津师范大学学报 (社会科学版), 2012 (1).

[116] 邵燕君. 茅盾文学奖: 风往何处吹——兼论现实主义文学的创作困境 [J]. 粤海风, 2004 (2).

[117] 谭五昌. 简谈第七届茅盾文学奖评选背后的文化选择 [J]. 名作欣赏, 2009 (3).

[118] 王颖. 茅奖与网络文学——兼谈网络文学中的几个问题 [J]. 小说评论, 2013 (3).

[119] 孙新峰. 《秦腔》荣获茅盾文学奖的文化意义 [J]. 商洛学院学报, 2009 (1).

[120] 海晓虹. 茅盾文学奖视域中的《暗算》研究 [J]. 内蒙古大学学报 (哲学社会科学版), 2012 (5).

[121] 肖明超. 2014 中国精众消费报告 [J]. 销售与市场 (管理版),

< 190 >

2014（5）.

[122] 邹晓东. 跨过出版集团的成长路径和特征及其对中国出版业的启示
[J]. 四川大学学报（哲学社会科学版），2003（3）.

[123] 茅盾. 现实主义与反现实主义的斗争是文艺历史发展的规律 [J].
文艺研究，1980（4）.

学位论文类

[1] 范国英. 茅盾文学奖的文学制度研究 [D]. 四川大学，2006.

[2] 任美衡. 茅盾文学奖研究 [D]. 兰州大学，2007.

[3] 孙俊杰. 茅盾文学奖获奖作品中的儒家文化表现 [D]. 山东大
学，2012.

[4] 陈晓洁. 媒介环境学视域下文学与媒介之关系研究 [D]. 山东大
学，2012.

[5] 王颖. 新传媒语境中文学传播的路径与价值嬗变 [D]. 吉林大学，2015.

[6] 岳亚光. 从茅盾文学奖透视当代文学评奖制度的价值取向 [D]. 陕西
师范大学，2014.

[7] 陈蕴茜. 茅盾文学奖评奖机制研究 [D]. 广西师范大学，2013.

[8] 李虹. 茅盾文学奖评奖问题研究 [D]. 江西师范大学，2011.

[9] 王世峰. 茅盾文学奖"主旋律"意识研究 [D]. 中国海洋大学，2010.

[10] 王浩. 文学评奖制度研究——以诺贝尔文学奖和茅盾文学奖为例
[D]. 西南大学，2013.

[11] 刘容. 历史书写的现代意识及其反思——以茅盾文学奖获奖历史小
说为中心 [D]. 湖南大学，2013.

[12] 欧阳小婷. 茅盾文学奖前三届获奖作品的人民性——兼论文学人民
性的当下重建 [D]. 江西师范大学，2014.

[13] 张旭. 论茅盾文学奖获奖作品的现实主义特质 [D]. 沈阳师范大
学，2012.

[14] 张婕蕾. 茅盾文学奖与出版传播 [D]. 武汉理工大学，2012.

< 191 >

[15] 张昳. 80 年代文学与政治关系的解冻——以第一、二届茅盾文学奖评奖为例 [D]. 沈阳师范大学, 2015.

报纸文章类

[1] 王若飞. 中国文化界的光荣，中国知识分子的光荣 [N]. 解放日报, 1945-07-09.

[2] 蓝梵. 韦耶尔冈爆冷折桂龚古尔奖 [N]. 东方早报, 2005-11-06.

[3] 林蔚. 茅奖作品销量两重天 [N]. 中国青年报, 2015-09-25.

[4] 杜宇, 刘彬. 第十三次全国国民阅读调查结果公布 [N]. 光明日报, 2016-04-19.

[5] 王平平. 责任编辑眼中的茅盾文学奖得主 [N]. 江南时报, 2000-11-16.

[6] 脚印. 阿来与《尘埃落定》[N]. 人民日报海外版, 2000-11-15.

[7] 阿来, 顾珍妮. 多次被退稿 上市当年销售 20 万册 [N]. 辽沈晚报, 2013-04-19.

[8] 张江, 雷达, 白烨, 黄发有, 叶梅. 现实主义魅力何在 [N]. 人民日报, 2016-04-29.

[9] 黄启哲. 贡献更多有筋骨有道德有温度的时代写作 [N]. 文汇报, 2015-10-15.

[10] 陈龙. 王蒙《这边风景》获奖 [N]. 南方日报, 2015-08-17.

[11] 张莉. 文学批评家首先是普通读者 [N]. 辽宁日报, 2016-06-06.

[12] 黄小希, 王雪玮. "我们裁判作品，社会裁判我们" [N]. 新华每日电讯, 2011-08-17.

[13] 宋波鸿. 茅盾文学奖对网络文学太苛刻? [N]. 辽沈晚报, 2011-05-17.

[14] 钱业. 茅奖助推 江南繁花开 [N]. 法制晚报, 2015-08-18.

[15] 金宇澄. 我写《繁花》：从网络到读者 [N]. 解放日报, 2014-03-22.

[16] 金宇澄, 朱小如. "我想做一个位置很低的说书人" [N]. 文学报, 2012-11-08.

[17] 陈颖.《平凡的世界》收视很蹊跷 你到底看还是没看? 这是个问题

< 192 >

［N］．华西都市报，2015-03-25.

［18］董卿．媒体人应成为中华文化的笃信者、传承者［N］．光明日报，
2017-03-20.

［19］柳青．小说：能否更多利用方言资源［N］．文汇报，2005-08-02.

［20］谢勇强．路遥逝世 20 年追思会在京举行［N］．华商报，2012-12-02.

［21］路艳霞．《穆斯林的葬礼》销量突破 300 万册［N］．北京日报，2015-
09-12.

［22］肖雪．《白鹿原》面世 22 年总发行量破 500 万册［N］．西安日报，
2015-11-23.

［23］路艳霞．《白鹿原》作枕，先生且安歇［N］．北京日报，2016-04-30.

［24］贺绍俊．《平凡的世界》的魅力［N］．光明日报，2016-02-18.

［25］安波舜．阅读的趋向与分化［N］．人民日报，2010-11-23.

［26］祖薇．《平凡的世界》爆出艰难出版内幕［N］．北京青年报，2015-
07-09.

［27］厚夫．《平凡的世界》乘着广播的翅膀飞翔［N］．北京青年报，2015-
03-22.

［28］解晨红．习近平聊起《平凡的世界》——我跟路遥住过一个窑洞
［N］．华商报，2015-03-07.

［29］关军．韩敬群：《穆斯林的葬礼》是我们的镇社之宝［N］．新商报，
2009-10-10.

［30］姜妍．《穆斯林的葬礼》可以拍电视了［N］．新京报，2012-09-12.

［31］寿鹏寰．关于一个人的记忆，定格在白鹿原［N］．法制晚报，2016-
04-29.

［32］赵蔚林．《白鹿原》为何没有出现在英语世界？［N］．华商报，
2016-06-13.

［33］何明星．当代文学成为中文图书走出去主力［N］．人民日报海外版，
2014-12-09.

［34］李斌．法国人为什么爱读书［N］．文汇报，2014-11-23.

［35］职茵，孙悦萍，雷雯.《平凡的世界》为何还坐冷板凳［N］. 西安晚报，2013-08-31.

［36］谢迪南，麦家. 麦家：生活是最优秀的小说家［N］. 中国图书商报，2007-10-09.

［37］罗皓菱. 麦家《解密》亮相 24 个西语国家［N］. 北京青年报，2014-06-25.

［38］刘悠扬. 21 个国家同步"解密"麦家［N］. 深圳商报，2014-03-20.

［39］张稚丹.《解密》海外传奇密码［N］. 人民日报海外版，2014-05-23.

［40］高宇飞. 麦家：西方不够了解中国作家［N］. 京华时报，2014-06-25.

［41］胡晓. 出版商抱 500 万现金 也没买走麦家的《风语》［N］. 华西都市报，2010-03-10.

［42］车兰兰. 中国民营资本试水美国出版市场［N］. 北京商报，2012-10-19.

［43］宋平. 电商能否取代出版社［N］. 人民日报海外版，2014-06-06.

［44］2014 中国数字出版年会公告［N］. 中国新闻出版报，2014-06-23.

［45］李明远. 数字出版年收入增长 31%［N］. 中国新闻出版报，2014-07-16.

［46］王安忆. 艺术要寻找的是特殊性［N］. 文艺报，2016-03-09.

［47］李佩甫. 做一个"麦田的守望者"［N］. 文艺报，2014-12-05.

［48］倪光辉，鞠鹏. 胸怀大局把握大势着眼大事 努力把宣传思想工作做得更好［N］. 人民日报，2013-08-21.

［49］本报讯. 文艺为人民服务，为社会主义服务［N］. 人民日报，1980-07-26.

［50］本报讯. 坚定对文学价值的信念［N］. 人民日报，2015-09-30.

［51］中国作家协会书记处. 茅盾文学奖评奖条例（2015 年 3 月 13 日修订）［N］. 文艺报，2015-03-16.

网络文献类

［1］王晟. 奖金仅 10 欧元的龚古尔奖为何权威［EB/OL］. http：//cul.qq.com/a/20150905/004104.htm，2015-09-05.

< 194 >

［2］王晟. 女作家蕾拉·斯利马尼因《甜蜜的歌》获 2016 年龚古尔奖［EB/OL］. http：//cul.qq.com/a/20161104/007385.htm？t＝1478226748713，2016-11-04.

［3］陈诗怀. 英国布克奖到底是一个什么样的奖？［EB/OL］. http：//www.thepaper.cn/newsDetail_ forward_ 1384719，2015-10-14.

［4］孙丽萍.《咬文嚼字》将逐一开"咬"茅盾文学奖得主［EB/OL］. http：// news. xinhuanet. com/book/2013 - 05/07/c_ 124672134. htm，2013-05-07.

［5］中央宣传部、新闻出版署关于印发出版社改革、图书发行体制改革的意见的通知——1988 年 5 月 10 日·中宣发文（1998）7 号·（88）新出办字 422 号［EB/OL］. http：//www.bkpcn.com/Web/ArticleShow.aspx？artid＝010018&cateid＝A120201，2003-06-10.

［6］宋宇晟. 莫言谈"下海"经历：时代大潮中作家要有定力［EB/OL］. http：//www.chinanews.com/cul/2013/09-01/5230405.shtml，2013-09-01.

［7］周玮，姜潇. 中国改革文艺评奖制度 文艺奖项大幅压缩［EB/OL］. http：//news.xinhuanet.com/2016-01/12/c_ 1117753871.htm，2016-01-12.

［8］汪晓慧. 格非：用自由换钱是日常危机［EB/OL］. http：//cul.qq.com/a/20150901/070035.htm，2015-09-01.

［9］中国作家协会鲁迅文学奖评奖办公室. 关于征集第五届鲁迅文学奖参评作品的公告［EB /OL］. http：//www.chinawriter.com.cn/news/2010/2010-02-28/83008.html，2010-02-28.

［10］第八届茅盾文学奖评奖办公室. 关于征集第八届茅盾文学奖参评作品的通知［EB/OL］. http：//www.chinawriter.com.cn/news/2011/2011-03-02/94767.html，2011-03-02.

［11］Maya. 尘埃落定［DB/OL］. https：//movie.douban.com/review/3545274/，2010-08-14.

［12］阿木.《我们光荣的日子》：乡村教师的礼赞与阵痛［EB/OL］.

< 195 >

　　　　http：//i.mtime.com/106840/blog/7907373/，2015-07-08.

[13] 2016微信数据报告发布 ［EB/OL］. http：//tech.qq.com/a/20161228/
　　　　018057.htm#p=1，2016-12-28.

[14] 贾也. 天涯观察第322期：茅盾文学奖何以淫得一手好湿 ［EB/OL］.
　　　　http：//bbs.tianya.cn/post-free-2256413-1.shtml，2011-08-26.

[15] 张雪. 李志武：再版《平凡的世界》连环画必须创新 ［EB/OL］.
　　　　http：//www.ce.cn/culture/gd/201503/31/t20150331_4985686.shtml，
　　　　2015-04-01.

[16] 高小立. 长篇小说《穆斯林的葬礼》销量突破300万册 ［EB/OL］.
　　　　http：//www.chinawriter.com.cn/news/2015/2015-09-14/253272.
　　　　html，2015-09-14.

[17] 王薇. 穆斯林的葬礼出版25年销量突破两百万 计划翻拍成电视剧
　　　　［EB/OL］. http：//news.xinhuanet.com/local/2012-09/11/c_
　　　　113040899.htm，2012-09-12.

[18] 佚名. 火了20年的《穆斯林的葬礼》［EB/OL］. http：//wyzs.cnr.cn/
　　　　cplb/200902/t20090224_505244822.shtml，2009-02-24.

[19] 宋庄. 霍达：创作是燃烧自己 ［EB/OL］. http：//culture.workercn.cn/c/
　　　　2013/02/18/130218082651780697390.html，2013-02-18.

[20] 桂涛. 中国当代文学作品首次批量走进英语世界 ［EB/OL］. http：//
　　　　www.chinanews.com/cul/2017/03-17/8176401.shtml，2017-03-17.

[21] 赵大伟. 麦家《暗算》"远嫁"西班牙 累计发行200万册 ［EB/OL］.
　　　　http：//www.chinanews.com/cul/2013/08-30/5227862.shtml，2013-08-30.

[22] 冯源.《解密》成入选英国"企鹅经典文库"的首部中国当代小说
　　　　［EB/OL］. http：//news.xinhuanet.com/politics/2014-03/20/c_
　　　　119864870.htm，2014-03-20.

[23] 腾讯娱乐. 麦家作品于美国获赞 多国为其打造好莱坞概念片［EB/OL］.
　　　　http：//ent.qq.com/a/20160725/031927.htm？t=1469974038761，2016-
　　　　07-25.

< 196 >

［24］ 2014 年第二十一届北京国际图书博览会简介 ［EB/OL］. http：//
reader.gmw.cn/2014-08/07/content_ 12420569.htm，2014-08-07.

［25］ 王文，刘巍巍. 专访贾平凹：做时代的记录者是我的使命 ［EB/OL］.
http：// news. xinhuanet. com/2013 – 06/13/c _ 116135449. htm，
2013-06-13.

［26］ whj.Wa Wa！ ［EB/OL］. https：//www.amazon.com/review/R3JYU6461
N6JZB/ref=cm_ cr_ dp_ title？ ie = UTF8&ASIN = 0143128388&channel =
detail-glance&nodeID=283155&store=books，March 16，2016.

［27］ Biblioteca per la vendita.Breathes a soul into the demonized ［EB/OL］. ht-
tps：//www.amazon.com/gp/customer-reviews/R21SHS5HFKCL9/ref=cm_
cr_ arp_ d_ rvw_ ttl？ ie=UTF8&ASIN=0143128388，November 21，2015.

［28］ Patton.Brilliant，enigmatic & weirdly whimsical ［EB/OL］. https：//www.
amazon.com/review/R1L0CF3ULYHLSJ/ref = cm _ cr _ dp _ title？ ie =
UTF8&ASIN = 1250062357&channel = detail-glance&nodeID = 283155&store =
books，January 4，2014.

［29］ Amazon Customer.God closed a leafed door for you to open a leaf of window
inevitably for you ［EB/OL］. https：//www.amazon.com/gp/customer-re-
views/R1YTNVMPE34LZ8/ref = cm _ cr _ arp _ d _ rvw _ ttl？ ie =
UTF8&ASIN=1250062357，January 23，2016.

< 197 >

附录1　茅盾文学奖评奖条例

（2019 年 3 月 11 日修订）

茅盾文学奖是中国具有最高荣誉的文学奖项之一，根据茅盾先生遗愿，为鼓励优秀长篇小说创作、推动中国社会主义文学的繁荣而设立。

茅盾文学奖由中国作家协会主办。

一、指导思想

茅盾文学奖评奖工作以马列主义、毛泽东思想、邓小平理论、"三个代表"重要思想、科学发展观、习近平新时代中国特色社会主义思想为指导，坚持以人民为中心，贯彻"二为"方向和"双百"方针，弘扬社会主义核心价值观，坚持导向性、权威性、公正性，褒奖体现中国当代长篇小说创作思想和艺术高度的优秀作品。

二、评奖范围

茅盾文学奖每四年评选一次。

参评作品须为成书出版的长篇小说，版面字数 13 万字以上，于评奖年限内首次出版，出版单位在中国大陆地区。

用少数民族文字创作的长篇小说应以其汉语译本参评。

多卷本作品应以全书参评。

< 198 >

三、评奖标准

茅盾文学奖评奖坚持思想性与艺术性统一的原则。获奖作品应有深刻丰富的思想内涵，有利于坚定文化自信，展现中国精神。对于深刻反映时代变革、现实生活和人民主体地位，书写中华民族伟大复兴中国梦的作品，尤应予以关注。注重作品的艺术价值，鼓励题材、主题、风格的多样化，鼓励探索和创新，鼓励具有中国风格、中国气派，满足人民精神文化生活新期待的作品。

四、评奖机构

茅盾文学奖评奖工作在中国作家协会书记处领导下，由茅盾文学奖评奖委员会负责。

评奖委员会成员应为关注和了解全国长篇小说创作情况的作家、评论家和文学组织工作者，均以个人身份参与评奖工作。年龄一般不超过 70 岁。

评奖委员会设委员若干名。由中国作家协会书记处聘请部分符合条件的人员；同时，各省、自治区、直辖市作家协会和中央军委政治工作部宣传局各推荐一名符合条件的人选，由中国作家协会书记处审核聘请。

评奖委员会设主任、副主任，由中国作家协会书记处聘请。

评奖委员会下设评奖办公室，承担事务性工作。

五、评奖程序

1. 征集和审核参评作品。

茅盾文学奖评奖办公室向中国作家协会团体会员单位、中央军委政治工作部宣传局、出版社、大型文学期刊和重点文学网站征集作品。具体征集办法和作品参评条件以评奖办公室公告为准。

作者须向上述单位提出作品参评申请。评奖办公室不接受个人申报。

评奖办公室依据参评条件对所征集的作品进行审核，参评作品目录经审核后向社会公示。如发现不符合参评条件的，评奖办公室有权取消其参评资格。

< 199 >

2. 评选和产生获奖作品。

茅盾文学奖评奖实行票决制，评奖细则由中国作家协会书记处制定。

评奖委员会在对参评作品阅读、讨论的基础上，选出不超过十部提名作品；在提名作品中选出不超过五部获奖作品。

提名作品向社会公示。

投票实行实名制。投票、计票在公证机构监督下进行。

评奖委员会主任主持评奖工作，不参与投票。

3. 评奖结果发布和颁奖。

评奖结果经中国作家协会书记处审核批准后发布。举行颁奖大会，公布授奖辞，向获奖作品的作者颁发证书、奖牌和奖金，向获奖作品的责任编辑颁发证书。

六、评奖纪律

1. 严禁行贿受贿等违纪违法行为和人情请托等不正之风。评奖委员会成员和评奖办公室工作人员，须自觉遵守本条例和评奖细则规定的评奖纪律，不得有任何可能影响评奖结果的不正当行为。如有违反，有关人员的工作资格和有关作品的参评资格均予取消。

2. 评奖委员会成员和评奖办公室工作人员，如系参评作品的作者或责任编辑、参评作品作者或责任编辑的亲属、参评作品发表或出版单位的主要负责人、参评作品所属的文库或丛书的主编，应主动回避。相关人员可选择退出评委会，或作品退出评选。

3. 中国作家协会组成专门的纪律监察组监督评奖过程。

七、评奖经费

1. 茅盾文学奖创立经费由茅盾先生捐赠。

2. 茅盾文学奖评奖和奖励经费由中国作家协会书记处筹措。

八、本条例由中国作家协会书记处负责修订、解释

< 200 >

附录 2　茅盾文学奖获奖作品信息列表

	作品名称	作者	出版单位	出版年份
第一届	《李自成》（第二卷）	姚雪垠	中国青年出版社	1976 年
	《东方》	魏巍	人民文学出版社	1978 年
	《许茂和他的女儿们》	周克芹	百花文艺出版社	1980 年
	《将军吟》	莫应丰	人民文学出版社	1980 年
	《芙蓉镇》	古华	人民文学出版社	1981 年
	《冬天里的春天》	李国文	人民文学出版社	1981 年
第二届	《黄河东流去》（上） 《黄河东流去》（下）	李準	北京出版社 北京出版社	1979 年 1985 年
	《沉重的翅膀》	张洁	人民文学出版社	1984 年
	《钟鼓楼》	刘心武	人民文学出版社	1985 年
第三届	《平凡的世界》（第一部） 《平凡的世界》（第二部） 《平凡的世界》（第三部）	路遥	中国文联出版公司 中国文联出版公司 中国文联出版公司	1986 年 1988 年 1989 年
	《穆斯林的葬礼》	霍达	北京十月文艺出版社	1987 年
	《第二个太阳》	刘白羽	人民文学出版社	1987 年
	《少年天子》	凌力	北京十月文艺出版社	1987 年
	《都市风流》	孙力、余小惠	浙江文艺出版社	1989 年

< 201 >

续表

	作品名称	作者	出版单位	出版年份
荣誉奖	《金瓯缺》(第一册)	徐兴业	福建人民出版社	1980 年
	《金瓯缺》(第二册)		福建人民出版社	1981 年
	《金瓯缺》(第三册)		海峡文艺出版社	1985 年
	《金瓯缺》(第四册)		海峡文艺出版社	1985 年
	《浴血罗霄》	萧克	解放军文艺出版社	1988 年
第四届	《白门柳》(第一部 夕阳芳草)	刘斯奋	中国文联出版公司	1984 年
	《白门柳》(第二部 秋露危城)		中国文联出版公司	1991 年
	《骚动之秋》	刘玉民	人民文学出版社	1990 年
	《白鹿原》	陈忠实	人民文学出版社	1993 年
	《月落乌啼霜满天》	王火	人民文学出版社	1987 年
	《山在虚无缥缈间》		人民文学出版社	1989 年
	《枫叶荻花秋瑟瑟》		人民文学出版社	1992 年
	(三部作品结成《战争和人》)			
第五届	《南方有嘉木》	王旭烽	浙江文艺出版社	1995 年
	《不夜之侯》		浙江文艺出版社	1998 年
	(两部作品与《筑草为城》			
	结成《茶人三部曲》)			
	《长恨歌》	王安忆	作家出版社	1996 年
	《抉择》	张平	群众出版社	1997 年
	《尘埃落定》	阿来	人民文学出版社	1998 年
第六届	《历史的天空》	徐贵祥	人民文学出版社	2000 年
	《英雄时代》	柳建伟	人民文学出版社	2001 年
	《东藏记》	宗璞	人民文学出版社	2001 年
	《无字》	张洁	北京十月文艺出版社	2002 年
	《张居正》	熊召政	长江文艺出版社	2002 年

< 202 >

续表

	作品名称	作者	出版单位	出版年份
第七届	《秦腔》	贾平凹	作家出版社	2005 年
	《额尔古纳河右岸》	迟子建	北京十月文艺出版社	2005 年
	《暗算》	麦家	人民文学出版社	2006 年
	《湖光山色》	周大新	作家出版社	2006 年
第八届	《推拿》	毕飞宇	人民文学出版社	2008 年
	《蛙》	莫言	上海文艺出版社	2009 年
	《一句顶一万句》	刘震云	长江文艺出版社	2009 年
	《天行者》	刘醒龙	人民文学出版社	2009 年
	《你在高原》	张炜	作家出版社	2010 年
第九届	《江南三部曲》	格非	上海文艺出版社	2012 年
	《生命册》	李佩甫	作家出版社	2012 年
	《这边风景》	王蒙	花城出版社	2013 年
	《繁花》	金宇澄	上海文艺出版社	2013 年
	《黄雀记》	苏童	作家出版社	2013 年
第十届	《人世间》	梁晓声	中国青年出版社	2017 年
	《牵风记》	徐怀中	人民文学出版社	2018 年
	《北上》	徐则臣	北京十月文艺出版社	2018 年
	《主角》	陈彦	作家出版社	2018 年
	《应物兄》	李洱	人民文学出版社	2018 年

< 203 >

附录3 高校大学生对茅盾文学奖获奖
作品的接受情况调查报告

文学接受在文学作品传播的整个过程中很是关键，读者进行阅读接受时是居于主体位置的，读者接受的核心对象就是文学文本。一般来说，大学生包括专科生、本科生和研究生（硕士研究生和博士研究生）。大学生是正在接受教育的群体，且其阅读理解能力较强，知识更新速度较快。调查高校大学生对茅盾文学奖获奖作品的接受情况有利于更好地了解和把握获奖作品在受教育程度较高的社会群体中的传播状态和趋势。

一、调查研究概述

2016年9月10日至9月11日，笔者在北京师范大学大学图书馆1层至7层阅览区和自习区以及教二楼、教四楼和教七楼自习室随机发放自填式调查问卷1000份，并回收问卷980份，其中有效问卷917份，回收率为98%，有效率为93.4%。具体的样本构成如表1所示。

表1 样本构成表

性别构成	男	29.3%
	女	70.7%
文化程度构成	本科	60.4%
	硕士	32.3%
	博士	7.3%

< 204 >

续表

所学专业归属	中国语言文学	13.6%
	其他人文社会科学	57.3%
	自然科学	29.1%

这里需要说明的有两点：一是北京师范大学是师范类院校，男女人数比例约为 3∶7，从样本的性别构成来看，本次调查的男女比例与学校的基本情况相符；二是由于调查在北京师范大学主校区进行，所以大学生的文化程度主要包括本科、硕士和博士三个层次。

调查问卷共设置了 10 道问题，其中单选题 5 道，多选题 4 道，填空题 1 道，问卷内容涉及茅盾文学奖获奖作品的阅读情况和知名度情况、大学生最喜爱的获奖作品、获奖作品最应具备要素、获奖作品影视改编的接受情况和接受期许、获奖作品列入大学生读者书单的情况、大学生阅读获奖作品倾向选择的方式、影响大学生购买获奖作品的因素、获奖作品的信息获取渠道以及大学生最关注的茅盾文学奖内容等。

二、茅盾文学奖获奖作品的文本接受情况

（一）"阅读情况"与"知名度"

调查问卷第 1 题列出了九届茅盾文学奖 43 部获奖作品的名称，问卷填写者需在"阅读过"的作品前面标注"√"，在"仅听说过"的作品前标注"○"。调查统计数据显示，大学生阅读过的茅盾文学奖获奖作品排名前八位的分别是《平凡的世界》（65.4%）、《白鹿原》（44.8%）、《穆斯林的葬礼》（42.2%）、《长恨歌》（25.4%）、《蛙》（20.0%）、《尘埃落定》（13.7%）、《秦腔》（11.2%）、《推拿》（11.0%）。（具体参见图 1）

统计数据表明，除了上述几部作品外，其余作品的阅读率（阅读过作品的人数在总人数中的占比）都在 10% 以下，而像《金瓯缺》《这边风景》《茶人三部曲》《黄河东流去》《都市风流》《第二个太阳》《东藏记》《生命册》《骚动之秋》《浴血罗霄》这几部作品的阅读率还没有达到

< 205 >

1.0%，其中《浴血罗霄》更是无一人阅读过。从数据来看，在所有获奖作品当中，《平凡的世界》的阅读率是最高的，且阅读人数已经超过了总调查人数的一半，《白鹿原》和《穆斯林的葬礼》的阅读率也超过了40%。

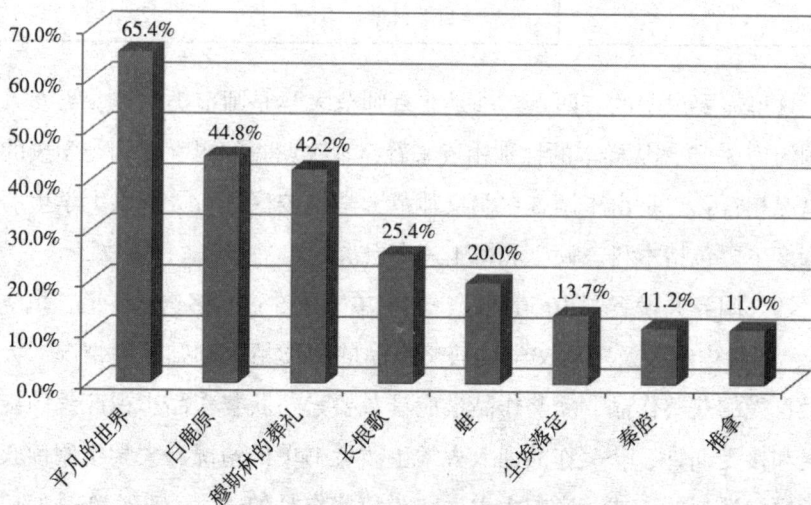

图1　大学生阅读过的茅奖获奖作品排行榜前八名

　　大学生对茅盾文学奖获奖作品的接受除了"阅读过"还包括"仅听说过"（即"听过书名但没看过书"）这样一种情况，"阅读过"和"仅听说过"相叠加就构成了获奖作品的"知名度"情况。调查显示，茅盾文学奖获奖作品知名度排名前八位的作品分别是《平凡的世界》（88.0%）、《白鹿原》（81.0%）、《穆斯林的葬礼》（68.4%）、《长恨歌》（53.4%）、《蛙》（50.6%）、《推拿》（38.6%）、《芙蓉镇》（32.7%）、《秦腔》（32.7%）。（具体参见图2）

　　除了以上几部作品外，其他获奖作品的知名度比率都在30%以下，其中《茶人三部曲》《英雄时代》《第二个太阳》《这边风景》《生命册》《浴血罗霄》《东藏记》和《骚动之秋》的知名度比率还不到5%。从数据来看，《白鹿原》和《平凡的世界》的知名度比率都超过了80%，且和阅读率上的差距相比，二者间在知名度上的差距相对要小一些，这实际上与《白鹿原》的影视改编作品的影响力较大有密切关系。另外，获奖作品的

< 206 >

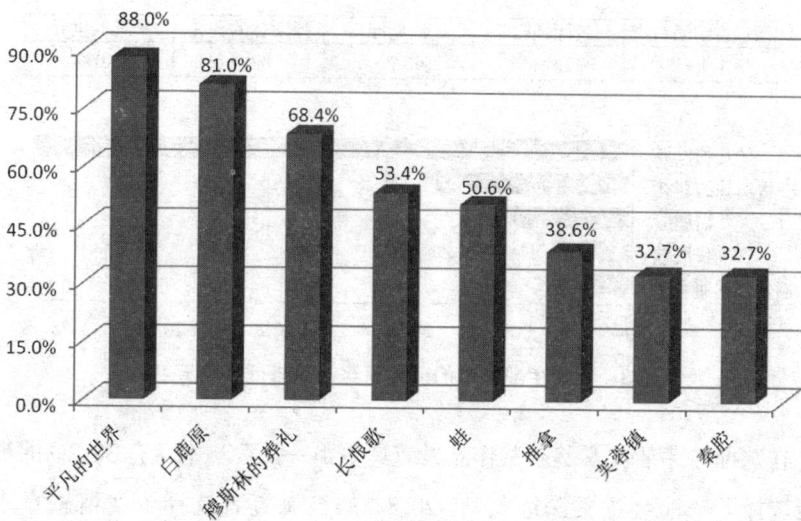

图2　茅奖获奖作品知名度排行榜前八名

阅读排行前五名与获奖作品的知名度排行前五名的次序完全一致，但两个排行榜从第六名到第八名出现了差异，即在知名度排行中，《芙蓉镇》进入前八名，《推拿》的排名由阅读排行的第八名升至第六名，而《尘埃落定》则无缘前八。《芙蓉镇》的"入选"以及《推拿》的"晋升"也是基于两部作品的影视改编在大学生群体中产生了较大的影响力。

（二）"最喜欢的获奖作品"与"作品最应具备的要素"

调查显示，在"你最喜欢的茅盾文学奖获奖作品"一题中，填"无"的大学生占了47.9%，这其中因完全没有读过一部获奖作品而填"无"的占14.0%，读过至少一部获奖作品但没有"最喜欢"的占33.9%。这表明，一方面，接近半数的被调查者没有特别中意的茅盾文学奖获奖作品；另一方面，调查中有接近15%的大学生完全没有读过一部茅奖获奖作品。在填写了具体作品名称的被调查者中，填写《平凡的世界》的占25.0%，填写《穆斯林的葬礼》的占8.0%，填写《白鹿原》的占6.1%，填写《长恨歌》的占2.9%，填写《额尔古纳河右岸》的占1.9%。（具体参见图3）

< 207 >

额尔古纳河右岸	长恨歌	白鹿原	穆斯林的葬礼	平凡的世界
1.9%	2.9%	6.1%	8.0%	25.0%

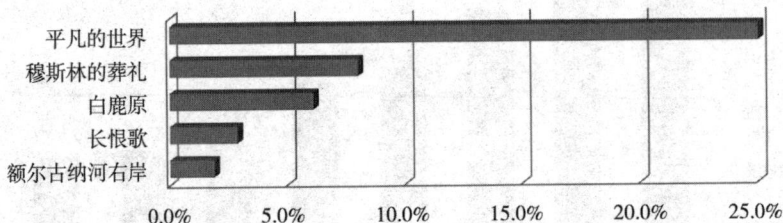

图3　大学生最喜欢的茅奖获奖作品排行榜前五名

在选择"茅盾文学奖获奖作品最应具备哪一要素"中，有38.2%的被调查者选择了"社会意义深远"，有20.8%的被调查者选择了"情感真挚动人"，其后依次为"人物形象丰满"(17.6%)、"题材接近生活"（14.2%）、"情节跌宕起伏"（4.7%）、"艺术手法新颖"（2.7%）、"其他"（1.8%）。（具体参见图4）

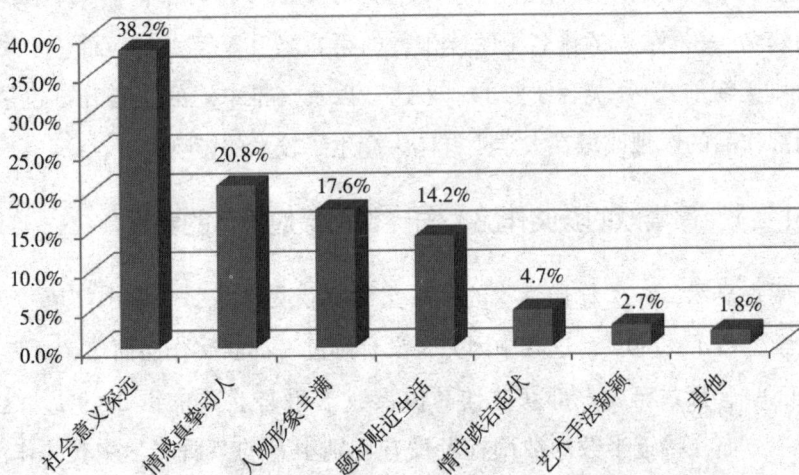

图4　大学生认为茅奖获奖作品最应具备的要素

通过对调查统计数据进行深入分析即可发现，不同专业归属的大学生认为茅奖获奖作品最应具备的因素有一定差异。首先，在选择"社会意义深远""情感真挚动人""人物形象丰满"和"艺术手法新颖"这四个选项的大学生中,所学专业属于其他人文社会科学的与所学专业属于自然科学的占比差距不大;其次,在选择"情感真挚动人""人物形象丰满"和"题材贴近社会"这三个选项的大学生中,所学专业属于中国语言文学的占比明显低于所学专业属于其他人文社会科学和自然科学的占比;再次,在选择"社会意义深远"和"艺术手法新颖"这两个选项的大学生中,所学专业属于中国语言文学的占比明显高于所学专业属于其他人文社会科学和自然科学的;最后,在选择"情节跌宕起伏"一项的大学生中,所学专业属于其他人文社会科学的占比略低于所学专业属于中国语言文学和自然科学的。(具体参见表2)

表2　不同专业归属大学生认为获奖作品最应具备的要素比较

最应具备的要素 专业归属	社会意义深远	情感真挚动人	人物形象丰满	题材贴近社会	情节跌宕起伏	艺术手法新颖
中国语言文学	44.8%	14.4%	10.4%	7.2%	5.6%	12.0%
其他人文社会科学	37.0%	22.3%	19.4%	15.8%	3.8%	1.1%
自然科学	37.5%	21.0%	17.2%	14.2%	6.0%	1.5%

三、书单列入情况、阅读方式倾向与购买影响因素

在"您是否专门将茅盾文学奖获奖作品列入自己的阅读书单"一题中,选择"是"(即"列入书单")的占14.9%,选择"否"(即"不列入书单")的占85.1%,也就是说调查中专门将茅奖获奖作品列入阅读书单的大学生还不到总调查人数的1/5。(具体参见图5)

调查统计数据显示,在文化程度为本科的被调查者中,专门将获奖作品列入书单的占13.7%;在文化程度为硕士的被调查者中,专门将获奖作品列入书单的占15.9%;在文化程度为博士的被调查者中,专门将获奖作品列入书单的占20.9%。也就是说,随着文化程度的提升,被调查者专门将茅奖获奖作品列入阅读书单的意愿会增强。(具体参见图6)

在"您更倾向于通过以下哪种方式阅读茅盾文学奖获奖作品"一题中,选择"纸质书阅读"的占84.5%,选择"数字阅读"的占15.5%,这

< 209 >

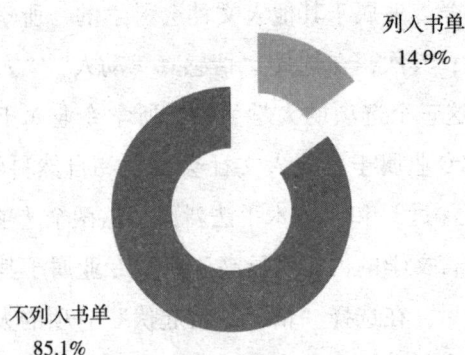

列入书单
14.9%

不列入书单
85.1%

图 5　是否专门将茅奖获奖作品列入阅读书单

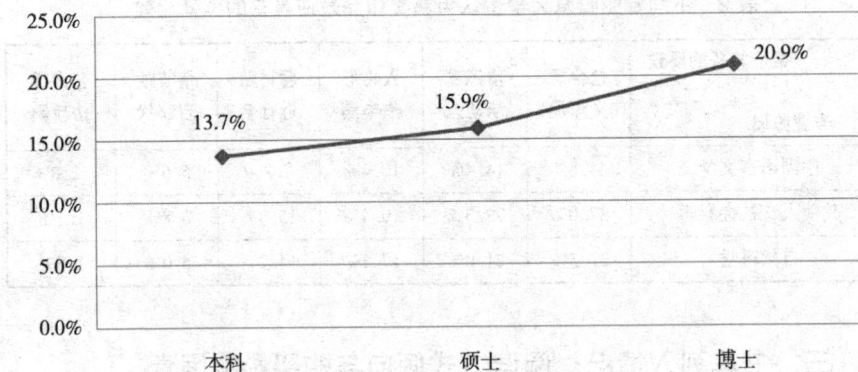

图 6　不同文化程度大学生专门将获奖作品列入阅读书单情况

意味着目前纸质书阅读仍是大学生阅读茅盾文学奖获奖作品所选择的主要方式。(具体参见图 7)

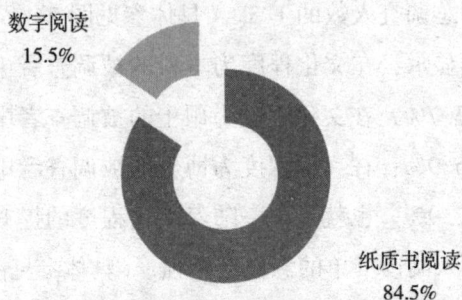

数字阅读
15.5%

纸质书阅读
84.5%

图 7　茅奖获奖作品阅读方式倾向

< 210 >

调查发现，选择"数字阅读"的男生占被调查男生总数的17.1%，选择"数字阅读"的女生占被调查女生总数的14.8%，也就是说在阅读茅奖获奖作品时，男生选择"数字阅读"这种方式的意愿要高于女生。另外，统计数据显示，所学专业属于中国语言文学的被调查者选择"数字阅读"的占其总人数的9.6%，而所学专业属于其他人文社会科学和自然科学的被调查者选择"数字阅读"的分别占各自总人数的16.8%和15.7%，这意味着所学专业属于中国语言文学的大学生选择"数字阅读"这种方式的意愿远低于所学专业属于其他人文社会科学和自然科学的大学生。

在"如果购买茅盾文学奖获奖作品，以下哪些因素更容易影响您的选择"一问中，问卷共提供了"内容""作者""封面和装帧""价格""出版社""图书榜单""影视作品改编"和"其他"八个选项。数据显示，有接近八成的被调查者选择了"内容"一项，选择"作者"一项的也达到了44.6%，其后依次为"封面和装帧"（25.5%）、"价格"（22.1%）、"图书榜单"（20.7%）、"出版社"（14.7%）、"影视作品改编"（12.9%）、"其他"（2.0%）。（具体参见图8）

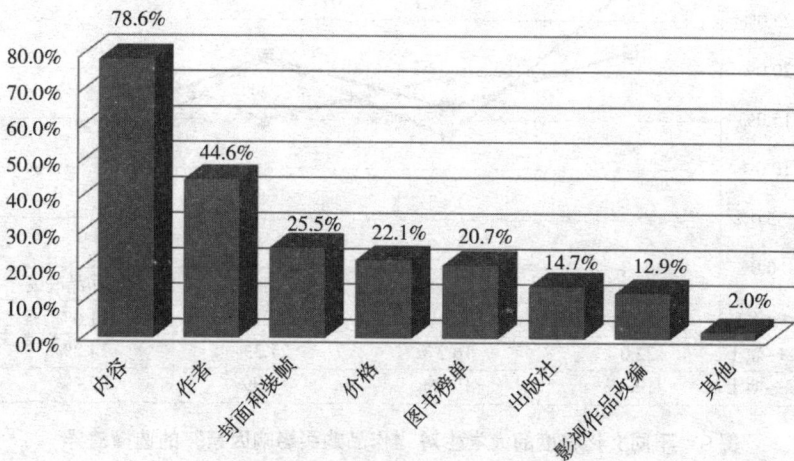

图 8　影响大学生购买茅奖获奖作品的因素

从统计数据可以看出，"内容"是影响大学生购买茅奖获奖作品的最主要因素，这实际上反映出"内容"始终是消费者选择文学作品的第

< 211 >

一指标，因此无论是作者、编辑，还是出版从业人员，都要秉持"内容为王"的理念。调查中选择"作者"因素的大学生超过四成，这意味着作家的知名度会对大学生购买茅奖获奖作品产生很大影响，像《平凡的世界》《白鹿原》《蛙》《长恨歌》《推拿》《秦腔》《暗算》这几部知名度较高、销量不错的作品，都属于目前的"名家之作"，路遥、陈忠实、莫言、王安忆、毕飞宇、贾平凹、麦家的名字很多时候要比他们的作品更让人熟悉。

调查数据表明，影响大学生买茅奖获奖作品的因素会因其文化程度的不同而有所不同。首先，"封面和装帧"因素对大学生购买获奖作品的影响会随着其文化程度的提升而降低；其次，"出版社"和"影视作品改编"这两个因素对大学生购买获奖作品的影响会随着文化程度的提升而提升；最后，和文化程度为本科和硕士的大学生相比，"图书榜单"因素对文化程度为博士的大学生的影响较低。（具体参见图9）

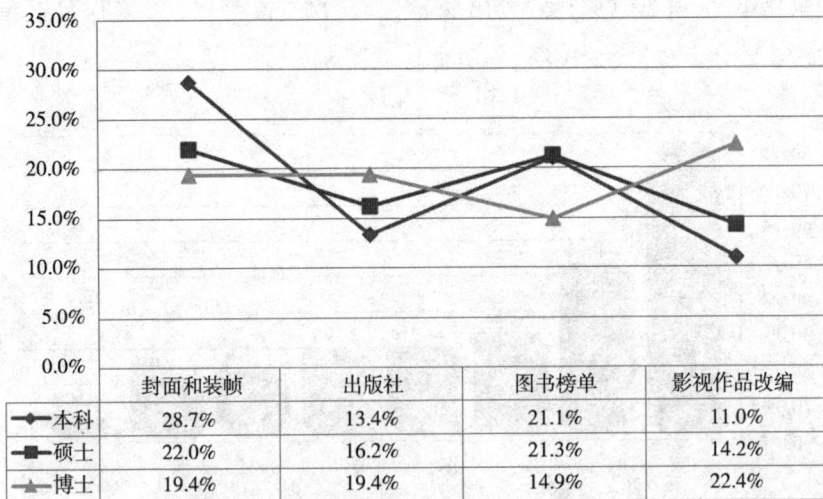

	封面和装帧	出版社	图书榜单	影视作品改编
本科	28.7%	13.4%	21.1%	11.0%
硕士	22.0%	16.2%	21.3%	14.2%
博士	19.4%	19.4%	14.9%	22.4%

图9 不同文化程度的大学生对"作品购买影响因素"的选择差异

为考察被调查者对不同的"作品购买影响因素"的选择是否与性别因素有关，本次调查将不同性别被调查者对"内容""作者""封面和装帧""价格""图书榜单""出版社"和"影视作品改编"这七项因素进行了差

< 212 >

值比较分析，即用男大学生的选项比率减去女大学生的选项比率——差值在-3%以上代表该项因素对女大学生购买获奖作品的影响比对男大学生的要大，差值在-3%到 3%之间代表该项因素对男大学生和女大学生购买获奖作品的影响差异不大，差值在 3%以上代表该项因素对男大学生购买获奖作品的影响比对女大学生的要大。

　　差值比较结果显示，"封面和装帧""内容"和"图书榜单"这三项因素更容易影响到女大学生购买茅奖获奖作品，"价格"这一项因素更容易影响到男大学生购买茅奖获奖作品，而"影视作品改编""出版社"和"作者"这三项因素对不同性别大学生购买茅奖获奖作品产生的影响差异不大。(具体参见表 3)

表 3　不同性别大学生对"获奖作品购买影响因素"的选择差异比较

性别 影响因素	男	女	差值（男-女）
封面和装帧	18.6%	28.4%	-9.8%
内容	72.5%	81.2%	-8.7%
图书榜单	17.1%	22.2%	-5.1%
影视作品改编	10.8%	13.7%	-2.9%
出版社	13.0%	15.4%	-2.4%
作者	43.1%	45.2%	-2.1%
价格	24.9%	21.0%	3.9%

四、影视改编作品的接受情况与接受期待程度

　　统计数据显示，在本次调查中完全没有看过任何一部由茅奖获奖作品改编的影视作品的被调查者占总调查人数的 19.0%，这个数字要高于完全没有阅读过任何一部茅奖获奖作品的人数比重。这表明正在接受高等教育的大学生群体对改编自茅奖获奖作品的电影或电视剧的接受率并没有对获奖作品的原著文本的接受率高。此外，经统计发现，既没有阅读过任何一部获奖作品，也没有看过任何一部由获奖作品改编的影视作品的被调查者

< 213 >

约占总调查人数的 6.0%。

目前，已经被改编成电影或电视剧的茅盾文学奖获奖作品有 27 部（详见第二章表 1①）。调查数据显示，在这 27 部获奖作品中，影视改编接受率（即看过影视改编作品的人数在总调查人数中的占比）排在前五名的作品依次是《平凡的世界》（48.2%）、《白鹿原》（43.3%）、《推拿》（23.0%）、《少年天子》（15.2%）和《暗算》（10.9%）。（具体参见图 10）

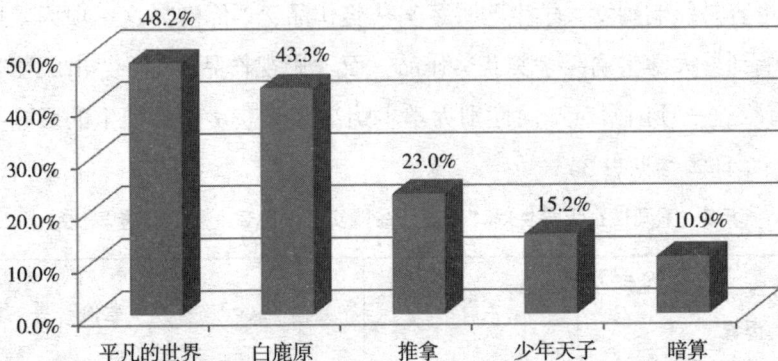

图 10　茅奖获奖作品影视改编的接受率排行榜前五名

《平凡的世界》和《白鹿原》两部作品的影视改编接受人数都接近被调查人数的一半，这一方面是因为电视剧《平凡的世界》和电影《白鹿原》都是近五年才问世的"新作"，另一方面则是因为这两部作品的原著销量都非常高，受众非常广。《推拿》能够进入前三的原因也有两个：其一是电视剧《推拿》首播于 2013 年，电影《推拿》也是 2014 年才上映的作品；其二是电影《推拿》的导演娄烨在大学生群体中有较高的知名度和影响力。

在本次调查中，除了图 10 中的 5 部作品外，其余 20 部作品的影视改编的接受率均在 10% 以下，像《许茂和他的女儿们》《一句顶一万句》《抉择》《额尔古纳河右岸》《钟鼓楼》《英雄时代》《天行者》《湖光山色》《黄河东流去》《浴血罗霄》《白门柳》《茶人三部曲》《战争和人》

---

① 进行本次调查时，改编自《一句顶一万句》的同名电影以及改编自《白门柳》的同名汉剧电影均未上映，改编自《白鹿原》的同名电视剧尚未播出。

< 214 >

《金瓯缺》这些作品的影视改编接受率均低于3%。

调查结果显示，在"您对茅盾文学奖获奖作品的影视改编的期待程度如何"一问中，选择"非常期待"的占5.4%，选择"比较期待"的占32.1%，选择"一般期待"的占50.2%，选择"完全不期待"的占12.3%。（具体参见图11）

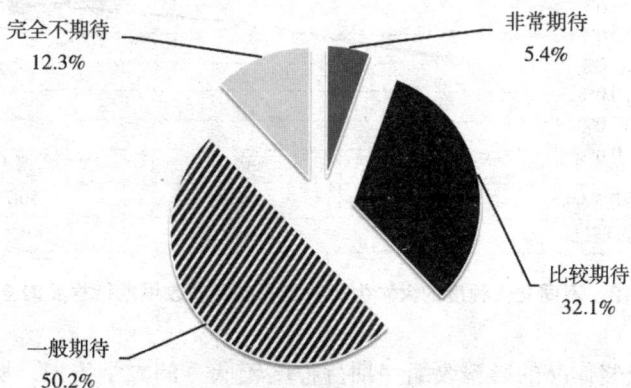

图11 大学生对茅奖获奖作品影视改编的期待程度

从数据统计结果来看，选择"非常期待"和"比较期待"的加起来还不到总人数的一半，而选择"一般期待"和"完全不期待"的加起来已经超过六成。这个结果不仅表明大学生对于茅奖获奖作品的影视改编期待程度较低，也表明大学生对当前改编自茅奖获奖作品的影视作品不甚满意。造成这种局面的原因主要有三：一是大学生是正在接受高等教育的社会群体，他们在精力分配上更倾向于选择文本阅读；二是由于受教育程度较高，大学生对获奖作品的影视改编水平要求就会高一些，而目前从整体上看影视改编作品的水平还是低于原著的水平；三是有一部分大学生对国产电影和电视剧有习惯性的抵触心理，更喜欢观看美国、英国、韩国、日本等国拍摄的影视作品。

如果将选择"非常期待"和"比较期待"的大学生综合起来视为对获奖作品影视改编"期待程度较高"的被调查者，将选择"一般期待"和"完全不期待"的大学生综合起来视为对获奖作品影视改编"期待程度较低"的被调查者，那么通过数据统计可以发现：首先，对影视改编"期待

< 215 >

程度较高"的大学生，对影视改编的期待程度会随着他们的文化程度的提升而增强；其次，对影视改编"期待程度较高"的博士生与对影视改编"期待程度较低"的博士生的人数占比基本持平。（具体参见图12）

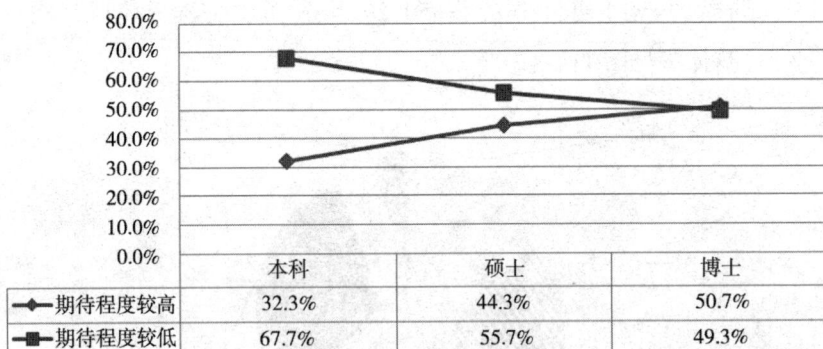

	本科	硕士	博士
期待程度较高	32.3%	44.3%	50.7%
期待程度较低	67.7%	55.7%	49.3%

图12　不同文化程度的大学生对获奖作品影视改编期待程度的差异

在对获奖作品的影视改编"期待程度较低"的大学生中，所学专业属于自然科学的占比要高于所学专业属于中国语言文学和其他人文社会科学的，这一方面是因为学习自然科学类专业的大学生理性思维较强，对影视作品这种感性意味较浓的艺术形式不太感兴趣；另一方面也与学习自然科学类专业的大学生花费在茅奖获奖作品阅读上的时间较少有关。（具体参见图13）

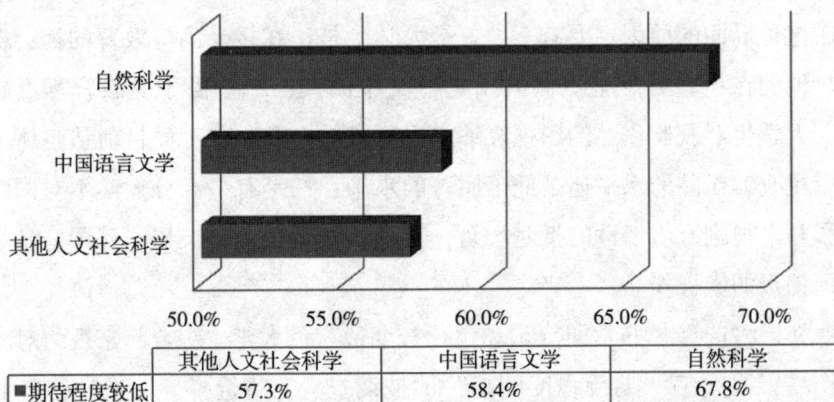

	其他人文社会科学	中国语言文学	自然科学
期待程度较低	57.3%	58.4%	67.8%

图13　"专业归属"对影视改编"期待程度较低"这一选择的影响差异

< 216 >

五、信息获取渠道与最关注的茅盾文学奖内容

在"您一般通过以下哪些渠道获取茅盾文学奖获奖作品的信息"一问中，问卷共设置了十个选项。在所有被调查者中，选择"门户网站的新闻频道或文化频道等"的占47.8%，选择"微博"的占36.5%，选择"微信订阅号或微信朋友圈"的占36.0%，选择"周围人讨论或推荐"的占32.8%，其后依次为"纸质报刊、广播或电视"（23.9%）、"课堂教学或学术研讨活动"（23.0%）、"网络社区、论坛或贴吧等"（20.5%）、"实体书店的宣传活动等"（16.7%）、"图书销售网站或出版社自建网站等"（16.6%）、"其他"（3.6%）。（具体参见图14）

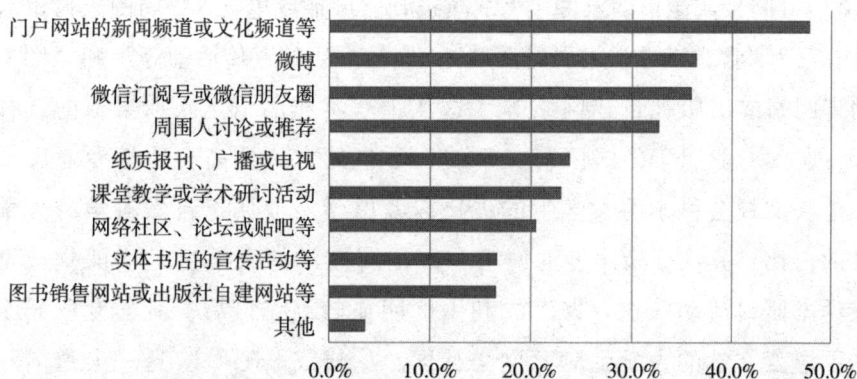

其他	图书销售网站或出版社自建网站等	实体书店的宣传活动等	网络社区、论坛或贴吧等	课堂教学或学术研讨活动	纸质报刊、广播或电视	周围人讨论或推荐	微信订阅号或微信朋友圈	微博	门户网站的新闻频道或文化频道等
3.6%	16.6%	16.7%	20.5%	23.0%	23.9%	32.8%	36.0%	36.5%	47.8%

图14   茅奖获奖作品信息获取渠道排行榜

通过以上数据可知：首先，大学生获取茅盾文学奖获奖作品信息的最主要渠道是"门户网站的新闻频道或文化频道"，这一方面是由于该渠道在提供获奖作品信息方面具有较强的指向性和专业性，另一方面也与该渠道提供的信息更多、更新信息的速度较快有关；其次，相比"面对面"的人际传播渠道和报刊、广播、电视等传统大众传播渠道，便捷

< 217 >

性、时效性和互动性这三大优势已经让门户网站、微博、微信、网络社区等依托互联网技术的传播渠道成为大学生获取茅奖获奖作品信息的主要渠道；再次，由于超过三成的大学生选择了"周围人讨论和推荐"这一人际传播渠道，所以"口碑"的打造和积累对于获奖作品的传播来说意义重大；最后，实体书店、图书销售网站以及出版社自建网站是茅奖获奖作品销售的重要阵地，但是调查显示大学生从这些渠道获取获奖作品信息的占比相对较低，这意味着获奖作品的营销推广环节目前还比较薄弱。

专业归属不同的大学生获取茅奖获奖作品信息的渠道有一定差异。调查结果显示：首先，在"门户网站的新闻频道或文化频道等""微博""微信订阅号或微信朋友圈""纸质报刊、广播或电视""周围人讨论或推荐""课堂教学或学术研讨活动""实体书店的宣传活动等"和"图书销售网站或出版社自建网站等"这八个获奖作品信息获取渠道的选择上，所学专业属于中国语言文学的大学生的占比要高于所学专业属于其他人文社会科学的大学生的占比以及所学专业属于自然科学的大学生的占比；其次，所学专业属于中国语言文学的大学生对"课堂教学或学术研讨活动"这一渠道的利用度明显较高；最后，所学专业属于中国语言文学的大学生对"网络社区、论坛或贴吧等"这一渠道的利用度明显低于所学专业属于其他人文社会科学和自然科学的大学生。（具体参见表4）

表4 不同专业归属的大学生对获奖作品信息获取渠道的选择差异

渠道 专业归属	门户网站的新闻频道或文化频道等	微博	微信订阅号或微信朋友圈	周围人讨论或推荐	纸质报刊、广播或电视	课堂教学或学术研讨活动	网络社区、论坛或贴吧等	实体书店的宣传活动等	图书销售网站或出版社自建网站等
中国语言文学	59.2%	40.0%	43.2%	40.0%	28.8%	48.8%	12.5%	20.0%	22.4%

< 218 >

续表

渠道 专业 归属	门户网站的新闻频道或文化频道等	微博	微信订阅号或微信朋友圈	周围人讨论或推荐	纸质报刊、广播或电视	课堂教学或学术研讨活动	网络社区、论坛或贴吧等	实体书店的宣传活动等	图书销售网站或出版社自建网站等
其他人文社会科学	48.0%	37.7%	36.0%	31.4%	23.8%	19.8%	22.7%	15.4%	17.1%
自然科学	41.9%	32.6%	32.6%	25.5%	21.7%	17.2%	18.0%	17.6%	12.7%

　　大学生获取的茅奖获奖作品信息并不专指获奖作品的名称、作者、出版发行单位、出版时间、主要内容、艺术特色等，它还包括获奖作品的评选过程信息、获奖作品的阅读和销售信息、获奖作品的评价信息、获奖作品的影视改编信息以及获奖作品的外译信息等。虽然本次调查以考察大学生对茅盾文学奖获奖作品的接受情况为核心，但大学生关注的茅盾文学奖内容并不只局限于获奖作品的文本内容和艺术特色。在"关于茅盾文学奖您最关注以下哪个方面的内容"一问中，选择"获奖作品的艺术品质如何"一项的占 56.9%，选择"获奖作品是否符合大众阅读需求"的占 20.4%，选择"获奖作品有哪些"的占 14.2%，选择"评奖过程是否公正、公平和公开"的占 8.5%。（具体参见图 15）

　　数据表明，关于茅盾文学奖，大学生最关注的内容是"获奖作品的艺术品质"，这就反映出受教育程度较高的社会群体在关注和评价茅盾文学奖时更多的还是以获奖作品的艺术品质为本，这也是一种抛开奖项光环而回归文学本身的理性态度的体现。有超过 1/5 的被调查者表示他们最关注的是茅奖获奖作品是否符合大众阅读需求，这实际上意味着对一部分大学生而言，评选出符合大众阅读口味的文学作品是他们对茅盾文学奖的一大期待。

< 219 >

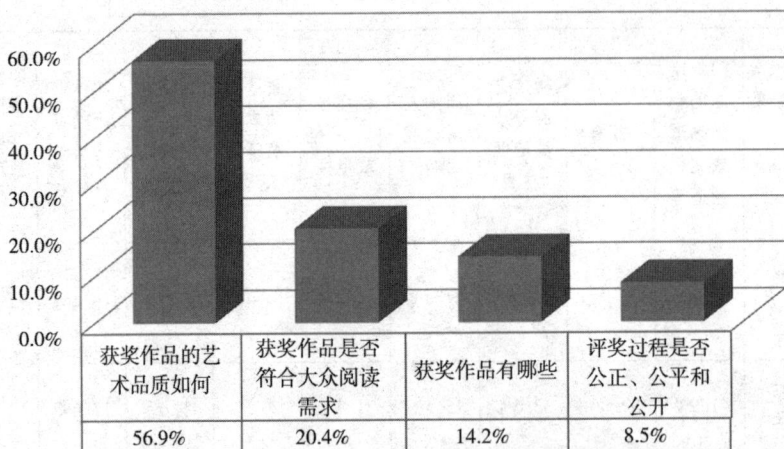

	获奖作品的艺术品质如何	获奖作品是否符合大众阅读需求	获奖作品有哪些	评奖过程是否公正、公平和公开
	56.9%	20.4%	14.2%	8.5%

图 15　大学生最关注的茅盾文学奖内容排行榜

通过调查统计可以发现，对于选择"获奖作品有哪些"和"评奖过程是否公正、公平和公开"这两项的大学生来说，"专业归属"因素对他们的选择影响不大。而在选择"获奖作品的艺术品质如何"一项的大学生中，所学专业属于中国语言文学的大学生人数占其总人数的 72.0%，这个比重远高于所学专业属于其他人文社会科学和自然科学的大学生人数在各自总人数中的占比。在选择"获奖作品是否符合大众阅读需求"一项的大学生中，所学专业属于中国语言文学的大学生人数占其总人数的 5.6%，这个比重远低于所学专业属于其他人文社会科学和自然科学的大学生人数在各自总人数中的占比。（具体参见表 5）

表 5　不同专业归属的大学生最关注的茅盾文学奖内容的差异

关注内容　　专业归属	获奖作品的艺术品质如何	获奖作品是否符合大众阅读需求	获奖作品有哪些	评奖过程是否公平、公正和公开
中国语言文学	72.0%	5.6%	13.6%	8.8%
其他人文社会科学	56.0%	22.3%	13.9%	7.8%
自然科学	51.9%	23.6%	15.0%	9.5%

专业归属为中国语言文学的大学生在"获奖作品的艺术品质如何"和

< 220 >

"获奖作品是否符合大众阅读需求"两项内容的选择上所表现出的突出差异充分体现出他们在看待和评价文学评奖和文学作品方面是具有一定的专业态度和学术素养的。

六、小结

第一，调查结果表明，作为受教育程度较高的群体，大学生对茅盾文学奖获奖作品的阅读率普遍较低，除《平凡的世界》外，其他作品的阅读人数都没有超过总调查人数的一半。师范类高校除女生人数比例高于男生人数外，人文社会科学类专业的数量通常也远高于自然科学类专业的数量，而一般来说，在阅读文学作品方面，学习人文社会科学类专业的学生的兴趣度相对要高于学习自然科学类专业的学生。在被调查者中，所学专业属于人文社会科学的占到了70.9%，这意味着在受教育程度和阅读兴趣度都比较高的大学生群体当中，茅奖获奖作品的接受情况很不理想。

第二，大学生读者对茅奖获奖作品的满意度普遍较低。在本次调查中，有近五成的大学生并没有最喜欢的茅奖获奖作品，而即便是阅读率和知名度都最高的《平凡的世界》，将其列为"最喜欢的茅奖获奖作品"的人数也仅占被调查人数的1/4而已。如果将"获奖作品最应具备要素"的调查结果综合考虑进来即可发现，茅奖获奖作品在"社会意义深远""情感真挚动人""人物形象丰满""题材贴近生活"等方面并没有达到大学生读者的理想要求，这也是茅奖获奖作品在大学生群体当中传播度不高的主要原因之一。

第三，调查中绝大多数大学生并没有专门阅读茅奖获奖作品的意图，如果阅读个别获奖作品，纸质书阅读仍是他们首选的阅读方式，而在购买获奖作品方面，作品的内容是影响大学生最终选择的关键性因素。大部分被调查者无意将获奖作品列入书单，一方面反映出获奖作品不甚符合大学生读者的阅读兴趣，另一方面也与茅盾文学奖在大学生群体中的认可度不高有关。大学生读者在阅读获奖作品时倾向选择纸质书阅读，主要是由于高校图书馆所提供的纸质图书资源非常丰富，借阅起来也比较方便。另

< 221 >

外，由于大学生长期在学校接受教育，所以和上班族相比，他们在阅读上有更多的时间和空间自由，对便捷而碎片化的数字阅读的需求并不那么大。大学生在购书选择上重"内容"充分反映出受教育程度较高的社会群体对于文学作品的内在品质的尊重。大学生是收入水平较低的群体，但他们对承载文化知识的图书产品的需求度却非常高，文学评奖想要实现对大学生群体的阅读引导，出版从业者想要让大学生群体更多地在获奖作品上消费，就要把作品的内容打造放在首位。

第四，获奖作品的影视改编对大学生群体的阅读选择影响不大。在影视作品的传播影响力不断提升的今天，文学作品被改编成影视作品已经成为一种时尚，这也是图书生产者为文学作品传播找到的一条新的有效途径。在这种趋势下，越来越多的人从观众变成了读者，"观众型读者"和"影视同期书"都是在文学作品影视改编的推动下产生的。但是本次调查结果表明，和获奖作品的阅读率相比，大学生对于获奖作品的影视改编接受率并不高：比如调查中阅读过《平凡的世界》的大学生占65.4%，而看过改编自《平凡的世界》的影视作品的大学生占48.2%；再如阅读过《白鹿原》的大学生占44.8%，而看过改编自《白鹿原》的影视作品的大学生占43.3%；又如阅读过《推拿》的大学生占38.6%，而看过改编自《推拿》的影视作品的大学生占23.0%。

第五，从大学生获取茅奖获奖作品信息的渠道来看，文学作品的传播需要融合到人际传播、传统大众传播和网络传播相结合的"共生性传播"环境当中。而在大学生获得的关于茅盾文学奖的信息当中，他们最关注的就是获奖作品的艺术品质，这一点其实与他们对现有的获奖作品满意度不高、购买作品时最看重"内容"以及对获奖作品影视改编的期待程度较低等都是相通的。

< 222 >